生涯編集者

戦争と人間を見すえて

原田奈翁雄《はらだ なおお》

*——もくじ

II　突如、戦争が終わった

Ⅲ　戦争と昭和天皇

装画・味戸ケイコ
装幀・中村くみ子

はじめに――なぜこれを書くのか

八・一五

今日、二〇一七年八月十五日。私はこの文章を書き始める。

今から七十二年前、一九四五年、昭和二十年八月十五日正午、大日本帝国天皇が、ラジオを通じて私たち全国民に、米英ソ中など連合国軍に無条件降伏することを告知したのが、この日だった。

昭和十六年、一九四一年十二月八日未明、大日本帝国陸海軍は突如米英軍などに襲いかかって戦争を始め、以降、四年間つづいた激烈な太平洋戦争、第二次世界大戦が終わったのだ。

私が十七歳の夏だった。

一九三九年、ヨーロッパに始まった第二次世界大戦に日本が討って出る十数年も前、二七年に私が生まれたとほとんど同時に、この国日本は隣りの中国に侵攻してずっと戦争をやってきていたから、私にとっては、この日までの十七年間のすべては戦争と共にあったのだ。

この八月十五日がなければ、そしてこの日の日本の降伏が数日、十数日、後にずれていたならば、現在、私は存在していないことがほとんど確実だった。この日がこの日であったからこそ、私は、いま、生きているのだ。

そしてそれは、私ひとりの身の上のことではない。この日に至るまでの数か月、数十日、数日の間、四五年三月十日、マリアナ基地を発進した米軍の巨大爆撃機B29三二五機が、三十八万発（!）という爆弾と焼夷弾で襲いかかった東京大空襲で、十万にのぼる都民が殺された。四月一日、沖縄本島への米軍上陸によって日米地上軍の死闘が始まり、まき込まれた島民四人に一人が殺されたと言われる大量の死。六月二十三日、同島日本軍の組織的戦闘が終わった。一方、その間つづいた日本中の都市という都市への米軍の空襲によって、各地に数百、数千の死。そしてついに、八月六日、米軍の原子爆弾投下によって広島十万、九日、長崎七万のいのちが一瞬にして奪われてしまった。幸いにも、いや、とらえようによっては、いっそう無残にもと言うべきか、あのピカドンを浴びながらも、たまたま生き残った人びとの多くは、その後生きているかぎり、原爆の呪いともいうべき激烈重篤な後遺症にさいなまれつづけなければならなくなったのだ。

この果てることのない死と破壊のつづく日々は、まったく何の前ぶれもなく、突如として国民に告げられた大日本帝国天皇の、敵連合国に対する全面無条件降伏の告知によって、ぱたりと止まるのだ。日本中の人間たちすべてが、目前に迫っていた死から解放され、救い出されたのが、この一九四五年八月十五日なのだ。

この日は、辛うじて生き残ったすべての日本人にとっては、まさに決定的な日だったのだ。

だからこそ、この文章を書こう、書かねばならぬと思い決めた私が、書き始めるのをこの日と決めて、実際にペンを執ることにしたのだった。

一九四五年八月十五日、私の中では万感の思いが、この日付に凝縮しているのだ。

財産遺言書

それにしても、なぜこれを書こうと決めたのか。

すでに九十年を生きてきた私は、この一年ほどの間に、体力、気力、共に急激に衰えるのを自覚しないわけにはいかなくなっていた。もうこの世での時間はいくばくも残されていないことははっきりしている。

私には、自分の作った家族がある。現在のつれあい、金住典子《かなずみふみこ》とはすでに三十年近くも共に暮らしてきている。同時に、最初の妻との間に生まれた三人の子ども。彼らはそれぞれに家族を作り、五人の孫たちもいる。

職業としての編集者、出版の経営もやめて、年金以外には無収入になってからすでに三十年の余、その間、金住典子とふたりで、職業とは別の仕事、言ってみれば、私たち共同でこの世の中にはたらきかける社会活動として、小さな雑誌の刊行を始めて十六年、その費用のあらかたはふたりの持ち出しだったから、私の死後に残る財産と言ったものは絶無に近い。それでも早くに死ねば、いくばくかのものは残るかも知れない。

私の死後、いずれにしろわずかな遺産をめぐって、彼らの間に行き違いが生じるようなことがあっては困る。私は、その処理をめぐって、はっきりとした「遺言状」を残さねばならぬと考え、公証人役場に出向いて、その作製を依頼したのだった。公証人とあれこれ相談する中で、私の中で、次第に頭をもたげてくることがあった。「おれの遺すべきものは、本当はこんなものではないのではないか」。「全然、別のことではないのか」。その思いを抑えることができなくなってきたのだ。

遺すべきは詫び状だ

「おれは、おれの愚かだった生き方を洗いざらい明らかにして、その愚かさが、特に私の子どもたちに与えた深い哀しみや傷についてこそ、まずは詫びるべきなのではないのか」

私の愚かさが、折角家族というものを作りながら、当時の徹底的な家父長制に全く無自覚のままに、人間として互いを尊重する豊かな関係を育てることができず、一家離散という結果を招いて、彼らに量り知れない悲しみや痛みを与えつづけてきた。私はまずそのことをはっきりと認め、彼ら子どもたちに率直に詫びることではないだろうか。それこそが、私の、彼らに対する遺言状でなければならぬのではないか。

さらにとつおいつ考える中で、私の愚かさは、身近な家族を越えて、私の生きた時代のすべての人びと、とり分け韓国、朝鮮、中国の人びとに対して、取り返しのつかぬ不幸、癒し得ない深い傷を与えつづけてきたではないか、との思いが次第に煮えつまってきたのだ。

人智のかぎりをつくして、互いに互いを殺し合った戦争、あのえんえんとつづいた戦争の中で、私の愚かさが、数千万の人間たちを死に追いやってきたことと、直接につながっていたのではなかったか。

私は、実際に戦場に立つことはなかったけれど、生まれ落ちるとほとんど同時に始まっていたこの国の戦争に、先頭に立って参加し、担い、心はまったく戦争そのものを生きてきた。

それが、二千万、三千万の中国人を殺してきた日中戦争であり、日本人三百余万、米英軍の若い兵士などすべてを含めた、世界中、八千万にも及ぼうという死者の数を積み重ねてきた日中戦争、太平洋戦争、第二次世界大戦だったではないか。

まぎれもなく、この人類相互の殺し合い、大戦争のすべてをしっかりと担ってきた私。その私の取り返しのつかない罪の深さ。

これをこそ、すべての人びとに進んで示し、懺悔し、詫び、そして告げるべきなのではないか。

どうぞ、この愚かさきわまりなかった私を見てくれ。私のたどったこの救いようのない愚かさを、だれもが二度とふたたびくり返してはならない、決してくり返してほしくない。

私は、いまを生きるすべての人びとに向かって、強く訴えずにはいられない思いに駆られるのだ。

この私のようには、生きないでくれ。その痛切な思いが、祈りが、人類すべてに遺す遺言状として、この文章を書き始めさせるのだ。

I

すべては戦争だった

明けても暮れても、少年の日の私の生きるすべては戦争の中に、戦争と共にあった。さらに幼い日々の、それなりに充実して楽しくもあった私の原初の記憶は、いつしかすべて戦争の重く暗い空気に塗り変えられ、とざされていかねばならなかった。

戦争ロボットからテロリストへ

ひとりになっても戦うぞ

私の愚かさとは、どんなものであったか。
ひとりでも多く敵を殺す。そればかりを、しっかり心に誓って、あの敗戦の日まで、十七年間を生きてきた。そればかりではない。戦争は終わったにもかかわらず、私はその後の数年間も、同じ思いをもって、いや、いっそう激しく、敵とたたかう、彼らを殺すという固い意志を抱きつづけて生きてきたのだった。

敗戦の日まで、私だけでなく、ほぼすべての日本人は、天皇陛下のために、憎い敵とたたかう、そのためには喜んで死んでいく、だれしもが、それを当然のこととして受け入れ、揃って口にもしていた。そしてあの八・一五が迫ってくるころには、もはや「一億一心、火の玉だ!」の合ことばのもと、その一億の日本臣民、天皇の家来であるすべての人びとが、その最期の時が自分に迫っていることを痛切に覚悟しなければならなかったのだ。

だが、突如として告げられた八・一五、大日本帝国の敵米英など連合国への無条件降伏によって、一億臣民はあっという間に砕け散ってしまった。彼らは、一挙に私の周囲から消え失せてしまったのだ。上は大将、大臣から、下はすべての周囲の大人たちが、武器を捨てて、敵の前にひざまずいてしまったのだ。

こうして私は、彼らと共にあることが、金輪際できぬことになってしまったのだ。

「そんな馬鹿な！」

私には決して受け入れることのできない事実だった。

だれが日本の降伏などを認めるものか！

「ようし、おれはひとりになっても、断乎たたかうぞ！」

あの日、私は、きっぱりとそう心に決めたのだった。

生まれ落ちてからこの方、私たち幼き者はただただ日本の正義のたたかいを担い、そのためにこそ死んでいくのだと、ひたすらにその思いだけを抱くように、大人たち、世の中のすべてから育てられ、教え、しつけられてきていた。ほかの生き方があるなどと思うことは、頭の中にも、体のどこにも、あることはなかったのだ。だから、当然のこと、突如として敗戦を告げられても、私はそのように生きるしかなかったのだ。

戦場に立てば、兵士たちはひとり残らず、戦争ロボットにならざるを得ない。一対一で敵と向かい合った時、どちらが先に銃の引き鉄を引いて相手を倒すか、一瞬の差が生死を分かつ。どんな迷いもためらいも許されない。兵士は、本能的、反射的に引き鉄を引く。

私は、実際に戦場に立つことはなかった。まだ徴兵年齢に達していなかったから。だからこの瞬時のロボットと化したことはなかった。だが、私は、まったく別の道、方法によって、自動殺人機械、戦争ロボットに仕立て上げられていた。生まれ落ちると同時に、国をあげて私たちを作り上げた教育、大人たちに強いられた教育がそれだった。

私はまず、そのような私、戦争ロボットが作られたなりゆきを、いま、若い人たちをはじめ、すべての人びとにはっきりと語り、伝えたいのだ。こんなことになれば、こんなことになってしまう。そのことをはっきりと、すべての人びとに知り、自覚してもらわなければ、人間たちは、かぎりなく私と同じ愚かさを、殺し合いを進んでくり返すことになる。断じてそんなことを許すことはできない。すべての人間たちよ、どうぞこの私を見てくれ、あなたはこんな具合には生きないでくれ、心からのお願いだ。それだけが、私にこの文章を書かせるただ一つの理由なのだ。

日本の中国侵略

私、そして私たち、昭和天皇の即位前後、昭和の初期に生まれた少年少女たちがこの世に出てきた時から、この国、日本は、ずっとずっと戦争をつづけていた。日本海を隔てた中国大陸に、男たちの大軍を送って、中国人に対する破壊と収奪、殺戮をほしいままにしていたのだ。

一九三二年、私が五歳、日本は中国東北部に、中国旧清朝の廃帝を立てて、植民地国家満州帝国を作り上げてしまう。さらにそれを足場に、日本軍は中国全土に向けて、大々的な侵略の手を伸ばしていくのだった。

だが大陸は余りにも奥深く広大だった。小さな島国しか知ることのなかった日本軍兵士たちは、最初のうちこそ大小の中国都市を次々と占領し、喜び勇んで前進に前進をつづけていったのだが、やがてどこまで行こうが、前途はなお果てしのないことに気づかねばならなかった。

数年をかけて日本軍が手にしたのは、すべて大陸表面の点と線、つまり散在する占領都市と、それらをつなぐ幹線道路にしかすぎなかった。侵攻した日本軍の周囲はすべて、当時四億と言われた中国人口の侵略者に対する怒りと悲嘆、怨嗟のうずまく大地となっていたのだった。

ようやくそうと気づいて怖毛《おぞけ》立った日本軍だったが、もうすでに遅い。占領した日本軍に武器弾薬はもちろん、食糧の補給さえも次第にとだえて孤立し、軍中央からの指令はすべて「現地調達」、つまり中国人から奪って何とかせよ、ということになってしまう。中国の人びとの怒り、怨念、そして抵抗は、いや増しに燃え立つばかり、日本軍は引くに引けず、進むに進めずに、一望千里の荒野に茫然と立ちすくむしかなかった。兵士たちの軍靴は、底なしの泥沼にすっぽりとからめとられてしまったのだ。

対米英戦争、第二次世界大戦へ

もともと、日本軍による中国大陸への侵攻に強く反対し、非難していた英米仏など国際連盟による国々は、ついに中国全土からの、日本軍の撤退を迫ってくる。その撤退決議を受けて日本は一九三三年、国際連盟を脱退してしまう。

三七年、日本軍は中国の首都、北京に近い盧溝橋で中国軍と衝突、全面的、本格的な日中戦争を展開する。ヨーロッパで英仏などと対立していたドイツ、イタリアと日本は防共協定を結んで、日独伊三国は国際連盟諸国と決定的な対立に踏み出す。

三九年、ドイツ軍がポーランドに侵攻、英仏が対独宣戦、第二次世界大戦が始まる。

当初、ドイツ軍の攻勢はすさまじいものだった。オーストリア、ポーランドなど東欧諸国を次々と占領、さらに西方オランダ、ベルギーに侵攻、首都パリを占領されたフランスは、開戦翌年には早々にドイツに降伏してしまった。ドイツ空軍による、ロンドン空襲も始まっている。独伊の優勢は、だれの目にも明らかだった。

中国大陸で身動きできなくなってしまった日本にとって、このヨーロッパの状況は、またとない好機と映ったのは当然のことだった。この風に乗らぬ術《て》はない。

事態の進展は速かった。三国同盟調印一年後、アメリカの対日経済制裁のしめつけが極点に達し、鉄、石油などの対日禁輸が通告されたのを機に、日本は米英オランダなど、連合国に対して、一気に戦争をしかけてしまうのだ。

一九四一年、昭和十六年十二月八日、寒空をつん裂いて、日本中のラジオが勇壮な「軍艦マーチ」の旋律をひびかせ、それにつづいて、かん高い軍人の声が、人びとの耳に飛び込んだ。

「大本営発表。大本営発表。大日本帝国は、本十二月八日未明、西太平洋において、米、英軍と戦闘状態に入《い》れり」

私が十四歳になったばかりのあの朝、あの声は、いまも私の耳底にはっきりと残っている。この声に、一瞬、日本国中が静まり返った。当然、だれもが息をのんだのだ。世界の二大強国に戦いを挑んだのだ！　ついに！

すでに久しく、大陸での戦争に国民は倦《う》んでいた。食糧、衣類などの配給も乏しくなり、前途に確かなものは何も見えぬばかりではない、欧米諸国からの日本に対する非難攻撃の圧力に深く傷つき、いら立ってもいた。

そんなあの日の寒空に突発した強烈無比の一大ニュース。何はともあれ、変化こそ解放への曙光とも見えたにちがいない。この沈黙の意味は、底深いものだった。

息をのんだすべての日本人の沈黙の中、この「戦闘状態に入れり」の声と軍艦マーチは、間断なくくり返されてつづく。

だが、その時間はさほど長いものではなかった。新たな大本営発表がはじけたのだ。「大戦果」の続報だった。列島の沈黙は、一気に歓喜の大喚声となって爆発する。

何と、日本軍は、アメリカ太平洋軍の中心基地ハワイ、パールハーバーに奇襲をかけたのだ。空から大空襲、海から潜水艇攻撃、そこにいた艦隊に壊滅的な損害を与えたばかりではない、同時に、太平洋上のイギリス戦艦二隻を撃沈、同国の植民地マレー半島に上陸、さらに時をおかずにイギリスのアジアでの中心拠点シンガポールの英軍を降伏させて占領。

「勝った！　勝った！」「向かう所、敵なし！」。日本国中が、華々しく打ち上げられる大本営発表に酔い痴れずにはいなかった。高名な歌人、詩人たちが競って皇軍賛歌をうたい上げ、新聞がでかでかとそれを掲げた。もちろん私たち少年は、その先頭に立って無邪気に舞い上がった。

これまで大陸で、大人たちがやっている戦争。私たちは、その真の事実も意味もまったく知ることなく、おれたちも戦っているのだと、親や学校の教師たちが導く日常の空気に、ごく自然に浸りきっているのにすぎなかった。だが、十二月八日のアメリカ真珠湾、さらにイギリスマレー半島、シンガポールの奇襲戦争の、はじけるように華々しい進軍ラッパは、突如としてこの戦争を、否応なく私自身にさし迫った真の戦争へと、一気に引きずり込まずにはいなかったのだ。もはや、戦争は遠い話ではない。それはがばとばかり私の前に降り立って、私を飲み込んでしまったのだ。

だが、日本中をまき込んだその舞いは、さして長くはつづかなかった。不意討ちをくらったアメリカが、総力をあげて大反攻に転じるまで、さほどの時間はかからなかったのだ。

日本最後の日々

開戦とほとんど同時に、フィリピン、ビルマ、インドネシアなど、西欧列強のアジア植民地諸地域、南太平洋上の大小の島々を占領していた日本軍は、マッカーサー総司令官の率いる米軍の総反撃を受けて、半年もたつころには、次々と「転進」――実は敗走、「玉砕」――つまり全滅を強いられるようになってしまう。あれよ、あれよという間に、状況はたちまちに逆転してしまう。そしてついには、南太平洋諸島に空軍基地を作り上げた米空軍は、巨大爆撃機B29の大群で、日本本土を、思うがままに爆撃するまでになってしまう。

大詰めの本格的な空襲は、開戦から三年三か月、一九四五年、昭和二十年三月九日深夜から十日未明、日本の首都、東京大空襲によって始まった。一夜にして東京の下町は焼きつくされ、十万の都民が殺される。一か月後、残された山手一帯が同じように焼き払われ、池袋にあった私の家も灰になってしまう。B29の空襲は以降、日本中の都市という都市を次々と総なめにしていく。四月一日には、米大艦隊が沖縄の海をおおいつくし、大々的な艦砲射撃と空襲につづいて沖縄本島に上陸、日米地上部隊の死闘がつづくが、ついに六月二十三日には沖縄防衛の日本軍壊滅。この間、「カンポーの食い残し」、艦砲射撃から免れて生き残った島の人びとは、逃げかくれた洞窟で火焔放射器の火を浴びせられ、敗走する日本軍によってそこを追い出され、ついには自決を迫られて、島民の老幼親族相互に殺し殺される修羅にまで追い込まれることになったのだ。

もはや米軍の本土上陸も時間の問題になってしまう。「一億玉砕」。国民ひとり残らず、上陸米兵と戦って死ぬ。私たちは当然、明確な事態の終わりを覚悟しなければならぬ所まで来てしまった。

私たち少年も、みなその思いをひとつにするほかはなかった。一人前の大人、二十歳になるまでもなく、おれたちは死ぬんだな。敵と刺し違えて。

当時中学五年生、私と同学年、十六、七歳の少年たちはみなそう思い、実際に教室の内外で、「人生二十年」と言い交わし、うなずき合っていた。それを当然の運命として受け入れ、納得しようとしていたのだ。

なぜ死ぬのか。いったい何のために？

問うまでもないことだった。

憎っくき敵、鬼畜米英から天皇陛下、そして天皇の国、皇国を守る。そのために、「醜《しこ》の御盾《みたて》」――大して役にも立たぬ盾としてこの身を捧げる。喜んで死ぬ。皇国に生まれた男児として、これに勝る生き甲斐、身に余る光栄はない。

私たちはみなそう心に誓って、これまでを生きてきたのだ。

「海征《ゆ》かば　水漬《みづ》く屍《かばね》　山征かば　草むす屍　大君《おおきみ》の辺《へ》にこそ死なめ　顧みはせじ」。天皇の足もとで死んでいく。これ以上の幸せはないと歌う、万葉集の一首に、当時の代表的作曲家によって付された旋律の悲愴感に、私たちは心底吸い込まれて、みな一様に酔っていたのだ。


だが、それなのに、なお私たちは心中ひそかに一縷《いちる》の望みを抱きつづけていた。最後には神風が吹く。神風が吹いて敵軍を木っ葉微塵にしてくれる。大昔、元寇の故事にすがって、軍官の指導者たちは、国民に「必勝の信念」を叩き込んでいたのだった。日本は神の国、正義の戦に、敗けるわけがない。最後の最後には神風が吹いて必ず勝つ。私たちはその信念にすがって、残されたわずかな日々に辛うじて立っていた。

いま私は、当時の私自身のことを語っている。しかし断言するけれど、これは決してただ私ひとりのものではなかった。少なくとも、私と同年代の少年少女たちは、ひとり残らずが、私と全く同じだった。いや、大人たちだって、そのほとんどは同じだった。天皇の臣民、一億日本人は、完全にそう考えるように作り上げられていたのだ。軍国日本、軍官の指導者たち、マスコミ、世間という身のまわり、環境、すべての総がかりで。

さもなければ、あのヒロシマ、ナガサキに原子爆弾が落とされて、国民の眼前で、二つの都市がすべて吹き飛ばされ、融け去り、焼きつくされ、十万、七万の市民が熱風と放射能によって一瞬にしてみな殺しにされるまで、大人たちだって戦いつづけることはとてもできなかったにちがいない。ずっと以前に、力なく手を挙げずにはいられなかっただろう。

現にまだ東京が大空襲にやられる一か月前、四五年二月十四日のことだ。天皇に最も近い重臣中の重臣、首相を三度も務めた近衛文麿が、天皇と対面、用意してきた「上奏文」を読み上げた事実がある。「敗戦は遺憾ながら最早必至なりと存じ候」。近衛は、もう米英軍に降伏するしかないと、きっぱりと断言して、昭和天皇に決断を迫ったのだ。天皇は近衛に対して何と答えたか。「もう一度戦果を挙げてからでないと、話はなかなか難しい」。「もう一度戦果を」と、あり得べくもないことを述べ立てて、近衛の必死の進言をにべもなく退けてしまったのだ。

この時天皇が近衛の進言に従っていたならば、広く太平洋各地に前進していた日本軍兵士たち無数の戦死、病死、餓死はなかったし、先に挙げたような大惨劇、東京大空襲から、沖縄の地上戦、二度の原爆投下に至る間に殺された無数の死者たちは決してあり得なかったのだ。もちろん満州の広野に残された数十万人もの日本人開拓農民たちの死の逃避行も。

原爆投下とソ連参戦によって、さすがの昭和天皇も事態を認めざるを得ないことになって八・一五に至るのだが、当時の天皇周辺の人間どもはこれを天皇の「御聖断」とたたえ、その後も今日まで、この「御聖断」神話は生きのびつづけている。私はこの神話の作り手たち、それをそのまま今に至っても許容している人たちを、とても許すことはできない。近衛の進言を、一顧だにすることなく退けた昭和天皇の量り知れない罪の重さ、深さの巨大さと共に。

一方、ひたかくしにされて、絶体絶命の瀬戸際にまで追い込まれていた彼我の戦争の事実を少しも知ることのなかった下々一般の国民が、何とか持ちこたえてきたのは、あの「神風」信仰があったからこそのことだった。指導者たちが、徹底的に国民ひとりひとりに叩き込んだ、まさに神がかりそのものの「必勝の信念」が。

無条件降伏

「今日正午、重大発表が行なわれる。全国民はラジオの前に集まれ」。あの日、例になくものものしい指令が発せられていた。

「重大発表?」。もちろんそれはうすうす予想せぬことではなかった。いよいよの時が来たのだな。私たちはみなそう感じとっていた。

「皇国の興廃、この一戦にあり。各員一層奮励努力せよ!」

日露戦争における日本海海戦、ヨーロッパからはるばる回航してくるロシアの大艦隊と、日本軍連合艦隊の、日本海を舞台にする一大決戦、その決戦を目前にして、連合艦隊司令長官、東郷元帥が全軍に向けて発した指令である。

このことばは、すでに久しく私たちの頭に、いやというほどに叩き込まれ、焼きつけられていた。「そうか、いよいよ、その時――奇蹟を呼ぶ一大反撃の時が来たのだ」。私たちはみなそう感じたのだった。

空襲で二度焼け出されていたわが家にラジオはなかった。隣家の人が、道路に面した窓ぎわにラジオを移して置いてくれて、私たちはその下の道路に立った。

正午、ラジオから異様にかん高い声がひびき始めた。何と、それが、神、天皇の声だというのだ。目に見れば目がつぶれる。幼い頭でそう信じていたほどに、尊い尊い存在、そのお方、神の声だと言うのだ。

たしかにいささか人間ばなれした声は、雑音もまじって、すぐにはよく聞きとれなかった。耳をそば立てる私に、そのうちに、はっきりと聞きとれることばがあった。

「耐えがたきを耐え、忍びがたきを忍び……」

おや、何だか雰囲気がおかしいな。私はかすかにそう思ったけれど、しかしよくはわからなかった。

「変だぞ」という感じだった。

「玉音放送」。人間ではない、神の声の放送が終わり、アナウンサー、聞きなれた人間の声がつづいた。そしてその声で、初めてはっきりとわかったのだ。大日本帝国にふりかかった真の事態。何と敗北！　敵に降伏！

足が萎《な》えた。すべての力が体から抜けた。

そんな馬鹿な！

あるはずのないことが、起こったというのか。

それを告げたのは、神である天皇自身の声なのだ。それはまぎれもなく絶対のもの。否定したくとも、とてもそんなことのできぬもの。

大地にひざまずいて手をつき、身をよじってうめかずにはいられなかった。後から後からこみ上げる涙に身を委ねるしかなかった。

みんな泣いていた。茫然としていた。

「ご飯だよ」。同居して一つ家に住んでいた兄のいいなずけの母親の声に促されて、ようやく私たちは路上から立ち上がって、家に入った。丸い座卓を囲んで、私も茶碗を口にした。芋がら入りの、大きくふやけたわずかな米粒の浮かぶうすいうすいかゆだった。

「こんな悲しい時にでも、おれはめしを食えるんだな」と、自分をいぶかしみながら、なおあふれる涙の中で私は思ったのだ。

「これは断じて天皇陛下の御意志なんかであるはずがない。君側《くんそく》の奸《かん》――天皇を取り巻く悪い奴ら、重臣、大臣、大将たちの企み、裏切り以外のものではあり得ないではないか」

どうしても、そうとしか考えられない。そうとなれば、おのずと答えは一つしかなかった。

「よし、おれはやるぞ!」

「ひとりになっても、おれは戦うぞ! 敵をやっつけるぞ!」

たちまちのうちに、私の意志はきっぱりと固まったのだ。うすいかゆ一杯をすする間に。

当然涙は乾いて、私はさばさばした思いで食卓を離れたのだ。

これがあの八・一五、大日本帝国降伏の日、十七歳の私のすべてであった。

取り残された戦争ロボット

全身全霊をあげて戦争を引き受け、戦争をやってきたつもりの少年の前から、その戦争が、一瞬にして向こうから身を引いてしまったのだ。押し寄せていた巨大な津波が、一転、猛烈な勢いで沖合いに引いていくように。

ポカンと口を開けて取り残された私に、何が始まったか。

これまでは、たたかいは私たち日本人すべてのものだった。みんなと一体となってたたかっていた。「一億一心」のスローガンのもと。そのみんなが、上は大臣大将から始まって、周囲のすべての大人たちに至るまで、一瞬にして私のまわりから脱け落ちて、いなくなってしまったのだ。どうしようもない。私ひとりのたたかいを、私は引き受けるしかないことになってしまったのだ。

私はたたかう！　神の国、正義の戦いに、降伏など、金輪際あるわけがない！

生まれ落ちてからこの方、一から十まで、すべては戦争に勝つため、天皇のためにいのちを捧げることだけを生きる目的とされて、そのように作られてきた少年、私にとっては、それはまことに当然の結論にすぎなかったのだ。

それなのに、その戦争がどこかへ行ってしまった！

ならば、おれが去って行った戦争を追って、戦争を引き受ける。たったひとりであろうとも。それ以外の道はなかったのだ。敵の総大将マッカーサーを、一対一で刺し殺す。総大将をやっつければ、こちらの勝ちだ。まるで日本、戦国時代の旗指物《はたさしもの》を背負った合戦のイメージを抱くしかない私だったということだ。

ひとりでたたかうという決意、実は妄想を得ることによって、生身《なまみ》の私は、ようやくにこの事態に耐えたということだったのだ。

私はここで言う。いまだからこそ、改めてはっきりと言う。繰り返し言わなければならない。私は、「戦争ロボット」だったのだ。それ以外のものとして、身体の動かしようをまったく知ることのなかった、人の手によって作り上げられた人工自動運動体、まぎれもないロボットだったのだ。

兵士は戦場において、だれしもがこの戦争ロボットになるほかはない。だが私は、戦場に立つことはなかったにもかかわらず、それなのになぜ私は戦争ロボットだったのか。

言うまでもない、私は、私たち同世代の少年たちは、生まれ落ちるや否や、まことに用意周到に、ありとあらゆる手だてをつくし、それなりの時間をかけて、徹底的に、それとして作り上げられてきたのだった。それ以外の者として立つことなど、決してできない者として。

いずれにしろ、私はあの日、敗戦の告知を受けて、うすいかゆをすすりながら決意したことによって、それまでの自分とは、全く異なる場に自分を立てたのは、はっきりとした事実だった。

あの時まで、私は、すべての日本に生まれた男子ならば、ひとり残らずならなければならない大日本帝国、皇軍の一兵士、戦争ロボットとして戦おうとする者にすぎなかった。だがあの瞬間、私はまぎれもなくすべてのアメリカ軍、その総大将マッカーサーに立ち向かうたったひとりのテロリストとして自分を立てたのだ。そして少なくとも数年、私はそれでありつづけたのだ。もちろん当時テロリストなどという、いま、世界で最も恐れられる者たちの名を知ることは全くなかったのだけれど。

こうして、私の戦後が始まった。

たちまちに米占領軍が町にやってきて、焼け跡の中を縦横にジープを乗り回す。敵の総司令官マッカーサーが東京に近い厚木基地に到着、飛行機のタラップに大きなパイプを口にして姿を現し、日本国中を睥睨《へいげい》する写真が、新聞の一面にでかでかと印刷されて私たちの前につきつけられた。つづいて、軍服のマッカーサーと対面したフロックコートを着けた天皇が、威丈高に立つ彼のわきに、心もとおぼつかない風情で、がに股で立つ写真。これもまたでかでかと。

何という屈辱！　私の闘志はあおり立てられる一方なのは言うまでもない。周囲は当然敗戦の現実にうちひしがれていたはずだろうに、むしろ私は、意気軒高として焼け跡に立っていたのだ。電車の中で、アメリカ兵とけんかさえやってのけた。なぐり合いになりかかったところを、周囲の人びとに腕を取られ、体をかかえて押しとどめられ、それは辛うじて止んだのだったけれど。

テロリスト集団の結成

あの日から二か月ほどたったろうか、私は新聞の片隅に、小さな広告の文面を読んだのだ。

「憂国、熱血の青年志士よ　来たりて絶叫せよ　十二月一日午前十時、宮城前広場　勤皇青年同盟」

（この広告文は、私の記憶によるものではない。後に朝日新聞の記者、河原理子さんによって、私たちのことが綿密に調べられ、一週間ほどにわたって連載されたコラム「殉皇菊水党《じゅんのうきくすいとう》」に記録されたもので、一字一句、この通りのものだった。）

たったこれだけの文字が、一瞬にして私をわしづかみにしたのだ。多言はいらない。憂国、勤皇、絶叫。これだけで、広告の言わんとするところは明らかだった。三つの二文字が私の胸に深く、まっすぐに飛び込んで五体をとらえたのだ。

その十二月一日、敗戦からわずか四か月足らずの朝、私は二重橋前にかけつけたのは言うまでもない。指定の十時は過ぎた。だが、何も始まらない。三十分、一時間と待った。あの広告を見てやってきたと思われる人びとが、あちらこちら、みな人待ち顔で立ち、また松の植え込みを囲む石縁《いしべり》に坐っている。

ずっと後になってわかったことだったが、あの広告を出した勤皇青年同盟の人びとはすべて、マッカーサー司令部、占領軍によって、あの朝までに逮捕されていたのだった。

しびれを切らせて動き出した私は、何と、すぐに中学校の同級生、龍野忠久を見つけたのだ。卒業以来、まだ八か月、「おっ、貴様も来たのか！」。ふたりは互いに駆け寄って固く手をにぎり、肩を叩き合った。

私たちふたりのまわりに、自然にひとびとが集まってきた。みんな、あの広告を見てやって来た同じ年ごろの少年たちだった。

「だれも来ない！　何も始まらない！」

「よし、それならおれたちでやろうじゃないか！」

たちまちそういうことになって、一時間もしないうちに、私たちは二重橋前から都電で一直線、板橋にある龍野の部屋に移動したのだ。三十人ほどもいただろうか。

その中に、静岡からやってきた羽織袴《はおりはかま》姿の少年がいた。彼が懐から短刀を取り出して私たちに見せて、言ったのだ。「これで徳球《とっきゅう》を刺しに行くんだ」。

抜身の白刃《はくじん》と彼のことばに、私たちはいっそう燃え立たずにはいなかった。

「徳球」とは徳田球一、日本共産党の書記長、親玉だった。

日本共産党は私の生まれる五年前、一九二二年、極秘裏に結成され、最初からその綱領で戦争に反対し、天皇制打倒をうたっていたのだ。活動を始めた党員やその同調者たちはたちまちに大弾圧をくらって、みな逮捕され、数千人の人びとが監獄に入れられていたのだ。「治安維持法」という最高刑を死刑とする法律の違反者としてのことだった。一つの考え、意志を表明することによって死刑にされる。それが当時のこの国の現実であったのだ。中には、有名な作家小林多喜二のように、逮捕と共に苛烈な拷問によって虐殺された人びともいたのだ。

戦争中の私たちは、この国に、そんな主張をしている人びとがいるなどということは、全く知らなかった。

占領軍の命令で、これまで獄中にあった彼らが解放され、私たちの前に姿を現し、いまや大っぴらに「天皇制打倒」を叫び始めているのだ。

「天皇制」だって？　私たち少年にとって、天皇は神さまなのだ。天皇は「制度」なんかであるものか。

私たちは、万世一系の天皇と神代の昔から君臣父子として、血と血でつながっているのだ。制度などという、人為のものなんかであるわけがない。

共産党に対して、私たちはみな一様に、こんな奴らを許せるものかという、強い怒りと憎悪に燃えていたのだ。徳球、この不逞きわまりない共産党の親玉は、鬼畜米英の総大将マッカーサーと共に、私たちにとっては、とても生かしてはおけない、最大の敵となっていたのだ。

私たちはすぐに行動に立ち上がろうと誓い合った。一日も早く、ひとりでも多く同志を集めよう！その場で私たちは「殉皇菊水党」と、グループの名を決め、指の先をかみそりで切って血判状を作ったのだ。殉皇とは天皇のために死ぬこと、菊水とは、かつて南北朝時代、天皇の忠義の臣、楠《くすのき》正成《まさしげ》、正行《まさつら》父子の家紋にちなんで名づけたのだ。

これまでは、みなそれぞれに一匹狼のテロリストだった私たちは、かくしてれっきとしたテロリスト集団となったのであった。

テロリストは当然武器を持たねばならない。この問題の解決は容易だった。静岡から上京した羽織袴の少年は、刀剣商の息子だったのだ。私たちは、それぞれ彼から短刀を手に入れることにして、一日も早い再会を約して散ったのだ。私ももちろん、早々に白木の鞘《さや》に収まった短刀を手に入れ、それを用いる日の一日も早からんことを期して興奮していたのだった。

私は、父や妹たちが疎開して住んでいた、父母の郷里、長野県の飯田市に行き、そこで町中に墨書したビラを貼って同志を募った。陸軍士官学校帰りの同い年の少年、さらに中学生までも含めて二十名ばかりが神社に集まって、殉皇菊水党飯田支部を結成したのだ。だが、その数日後、私はGHQ、

1946年5月、殉皇菊水党は皇居内清掃の勤労奉仕を行なった。それが唯一の党活動として終わったのだった。写真上：庭木を片付けていると、昭和天皇がねぎらいに現れた。感極まって頭を垂れる殉皇菊水党員たち。前列一番手前が龍野忠久。写真下：宮内庁職員との記念撮影。前列左から二人目が著者、三人目が龍野。ゲートルを巻き、指先を伸ばして直立不動の姿勢である。（著者と龍野忠久との共著『死ぬことしか知らなかったボクたち—龍野忠久・原田奈翁雄往復書簡集』〈径書房、1997年〉より転載）

アメリカ占領軍の支部によって逮捕され、ジープに乗せられて連行されてしまったのだ。連れて行かれたのは、県庁所在地の長野市、そこの高級ホテルの一室に監禁されて、翌日、私は米軍の取り調べを受けた。

訊問するのは米軍の女将校だった。日系二世の米軍兵士の通訳がついて、あれこれ問い質された。そのうちに、天皇のことが主題となって、彼女との問答が始まった。もちろん天皇陛下は神だと言い張る私に、彼女はにが笑いを浮かべるばかりで、ついにはサジを投げるしかなかったのだろう、問答は打ち切られて、私は釈放されることになったのだ。これは全然話にならない、こんな愚かな小僧を相手にするのは時間の無駄だと、米軍の女将校は早々に判断したのだ。まあ当然至極の話だったと言うほかはない。

ロボット誕生の前史

鎖国から開国へ

なぜ、そしてどのようにして、このようなしろもの、戦争ロボットは作られたのだろうか。

それには、それが作られる下地となった、私の生まれ合わせたこの国独自の歴史があった。その経過をざっと明らかにしなければならない。

一六〇三年、徳川家康が征夷大将軍となって江戸に幕府を開いてから二百六十年の時を経て、幕府の勢威衰え、次の時代の幕明けが迫っていた。

江戸幕府の成立より一〇〇年ほど前、十五世紀から十七世紀前半にかけて、コロンブスが初めて大西洋を船で横断して以降、ヨーロッパ諸国は競って船を出して、南北アメリカなどに到達して、新しい、いや、恐ろしい時代が始まっていた。

その南北アメリカやオーストラリアには、はるか一万数千年も前からさまざまな人びとが暮らしていた。アジア、太平洋地域から渡った人びとの子孫たちだ。だが、ヨーロッパ人たちは、自分たちは今までまったく知られていなかった新しい天地を発見したのだと狂喜し、争ってその先住民たちの生きて暮らす土地土地に上陸していったのだ。そしてその「新世界」で、彼ら西欧人たちは何を始めたか。人類史上、特筆されるべき強奪と殺戮のかぎりをつくしたのだ。

コロンブス以降、わずか五十数年の間に、各地に長らく栄え、それぞれに独自の暮らし、文化、文明を築いてきていた先住民、インディオたち、メキシコのアステカ、中米のマヤ、南米のインカなどの諸帝国を、甘言と詐術、そして武力のかぎりをつくして、侵し、奪い、殺しに殺す。さらに彼らの持ち込んだ病原菌の大流行によって、先住の人びととの大量死を招き、彼らの世界を次々とうち滅ぼしてしまったのだ。

そして白人たちのその勢いは、時と共にアジア、太平洋にも広がり、及んできて、ついには文字通りこの地球は、彼らの侵攻、侵略によって、まるまるひとつにつながってしまうことになる。もちろん、彼らにとってのファーイースト、極東のこの日本列島にも彼らは押し寄せてきたのだ。一八五三年、アメリカ、ペリー率いる黒船の浦賀来航に始まったこの勢い、当然手をこまねいていたならば、殷鑑《いんかん》遠からず、この国の行く末も見えようというものだった。江戸幕府、そして維新政府が、必死になってそれに抗って、そのような悲劇を退けた努力、苦心の事実を認めるわけにはいかぬことは明らかだ。

江戸幕府は、その成立三十数年後に、鎖国令によって、国の門戸を、ヨーロッパ諸国に対してぴたりと閉じてしまっていた。それまで自由に日本に上陸して、通商その他の活動をしていた彼らがもたらして、時の日本国支配者をふるえ上がらせるものがあったのだ。キリスト教である。

新大陸の発見以降、西欧諸国は、どこに行っても、まずそこに住む人びととの通商交易の手段として、キリスト教を最大の武器としていたのだ。甘言によって近づき、手なずけ、そしてついには、人びとの心から物に至るまで、すべてを彼らの手にからめとって植民地は完成する。

彼らの持ち込んだキリスト教は、神の前で、万民、すべての人びとはみな平等だと説く。もちろん彼らの言う万民に、彼ら白人以外の人間は含まれていないことは、彼らにとって理の当然だった。日本でも、彼らと接触が始まってから、西国大名などを始めとする武士層、広く庶民にまで、このキリスト教の信者が広がってきて、長崎では信者たちによる島原の乱まで起こされていた。幕府は早々に、これは捨ておけぬと断じたのだ。

江戸幕藩体制は、その基盤を、「士農工商」、さらには何と人外の者として「穢多《えた》、非人」とさげすむきわめて非情厳格な身分制度によって築かれている。キリシタンの説く、人はみな平等などという考えがはびこったならば、この国の秩序は根っから崩れ去ってしまう。幕府はそのことを心底恐れたのだ。非キリスト教国であり、文字から法制度まで日本のすべての文化の祖国である隣りの中国以外には、オランダ、朝鮮などを除いてきびしく門戸を鎖ざして内にこもった江戸時代は、それなりに小さく孤立しながら、しっかりと自足して、三百年近くにわたって、安隠な暮らしをつづけてくることができたのだった。その安定してつづいた日本の江戸時代は、中国の唐、明、清朝時代と肩を並べて、世界史的に見てもまことに稀有な、長期にわたって安定した時代だった。今日にもつづく「日本的なもの」と言われる人びとの心情、文化、芸能などの深い基盤が、この時期に形成され、爛熟した江戸文化によって培われたと言っても過言ではないだろう。

それだけに、突如として武力を誇示しつつ外から襲った衝撃は、たとえようもなく激しかった。

「太平の眠りをさます上喜撰《じょうきせん》、たった四杯で夜も寝られず」

上喜撰とは茶の銘柄、黒船＝蒸気船にかけて、お茶に目が冴えて寝るに寝られぬ不安と恐怖のおののき、日本中が上から下への大騒ぎになった自分たちのさまを狂歌にして茶化す人びとがいたのも、非常に臨んでも余裕を失うことのない江戸文化のみごとな発露と言えようか。

そしてふたたびペリーがやってきて開国を迫られた翌一八五四年には、アメリカとの間に「日米修好条約」が結ばれて、国を開くことになるのだ。後はもう否応もなく、その他のヨーロッパ諸国に対しても、次々と門戸を開いていくしかなかったのだ。

そして、どうなったか。

日本の変身は、まことに素早かった。

押し寄せた西欧文化と尊皇攘夷

にわかに開かれた門戸から、外からの風が、どっといちどきにこの国に吹きこんできた。何よりも、ヨーロッパのことば、文字が日本語に翻訳され、印刷出版され、争い読まれて、そのことばの大奔流が、人びとの心を深くゆさぶり、動かすことになったのだ。

ヨーロッパの人びとが、長年にわたる苦闘を経てたどってきた近代化の歩みを、封建の世にどっぷりと漬かっていた日本人たちは、まず知ることになる。彼らヨーロッパの人びとが、君主、国王たち権力による圧政や、封建制のしばりに抗ってたたかい、獲得してきた、言論、思想、表現の自由、そして民衆ひとりひとりが、人として生きる権利、民権を求めてたたかってきた事実、民主主義の始まる動きを知って、そのすべてに、深いおどろきをもって強くひきつけられていく。そしてその思いは、時と共にだんだんとはっきりしたものとなって、維新後わずか十数年もたつと、「自由」「民権」を主張し、わがものにしようとする人びとの動きが、はっきりと姿を現してくる。もちろん、日本の歴史始まって以来のことだ。

人びとは集まり、語り合い、各地でさかんに演説会が開かれる。そしてついに世論は、はっきりと、具体的な目標をうち出すようになる。すべての国民が参加する国民会議、国会を開き、この国の依って立つ基本の法、憲法を作ろうと湧き立つ強力な主張である。各地で、さまざまな人びとによって、憲法草案まで書かれるようになる。「自由民権」「国会開設」を求める運動がまき起こり、その勢いは押しとどめようもなく全国的に高まってゆく。

一方政府の側も、先進諸国に伍して国を運営していくためには、それらの国々と同じように、国家としての基本的な体裁を整えねばならないと自覚するようになる。彼ら政府の高官たちは、みずから使節団を作って諸外国に赴き、さまざまな国の憲法を調べ、学んで、憲法によって国を運営する方式を取り入れようと急ぐことになる。もはや抑えられぬほどに高まって湧き上がる人民の要求に先んじて、自分たちが上からそれを作ろうとする、支配者の本能的な動きだ。

そして一八八九年、明治二十二年、維新政府は、ヨーロッパの一大軍事強国プロシャ＝ドイツの憲法を下敷きに、初めて自前の憲法の制定にこぎつける。

だがしかし、政府が作った憲法の依って立つ根本の理念は、人民の求めている自由や民権などというものとは縁もゆかりもない、逆にひたすらに支配権力を盤石なものとしようとする強烈な意志に貫かれたものだった。その名は「大日本帝国憲法」。「帝国」とは、帝＝みかど、つまり天皇の国の憲法。

明治維新の先頭を担ったのは、薩長（鹿児島・山口）を中心とする下級中級武士たちだった。

彼らには、本来、一国を束ね率いるのに求められる何らの蓄積も権威もあったわけではない。あったのは倒幕と、新たな、彼らなりの自分たちの国を作ろうという情熱だけ。彼らには、国の中心となるに足りる名分と権威、つまりおのずと備わる品格や、力の源泉、背景となる歴史、時間をかけて培われた累代の資産や名声など、自分たちには何ひとつないことを自覚しないわけにはいかなかった。

明治維新の二大元勲といわれる伊藤博文は足軽、山県有朋は足軽以下、士分としては最も低い身分の出身だ。

ヨーロッパ諸国の人びとのよって立つ思考、思想の背景には、共通してキリスト教があった。憲法制定を目ざして彼らに学んだ維新政府の高官たちは、その彼らから、日本で広く信仰されている仏教を基礎にして憲法を考えたらどうかという示唆を受けることもあったけれど、それを受けることを、武士上がりの維新の高官たちはすることがなかった。

仏教の説くところの根っこにあるのは、「山川草木悉有仏性《さんせんそうもくしつゆうぶっしょう》」「悉皆成仏《しっかいじょうぶつ》」、ひとばかりでなく、この世の森羅万象、すべての存在は仏なのだという教えである。つまり、仏教思想の根本に、差別はいっさいあり得ないのだ。キリスト教も仏教も、維新政府の高官たちの思惑と相容れるところはまったくなかったというほかはない。

彼らが苦心して見つけ出し、持ち出してきたのは、それらとは、根っから違うものだった。武家政治が始まって以降、戦国時代を経てすっかり埋もれて忘れられていた過去の権力、すなわち京都の貴族、かつての公卿社会の中で細々と命脈を保っていた古代王朝の血脈をつぐ天皇家という存在があった。

江戸時代中期、本居宣長の『古事記伝』に始まった国学、外来のものである儒教や仏教をいっさい排して、天皇家の支配していた日本本来の道、「神《かん》ながらの道」に戻れという、徹底したナショナリズム、復古主義の宣長らの主張こそが、江戸幕府を倒した武士たちの合ことば、「尊皇攘夷」「王政復古」そのものになったのだ。「攘夷」とは、圧倒的な力をもって迫りつつある侵略者、西欧列強を、こちらも力をもって叩き返せというスローガン。だがその相手は、叩き返すには余りにも強すぎた。維新政府はやがて看板をかけ替えなければならなくなった。——「文明開化」。彼らに追いつけ、追い越せと。

憲法、国の仕組み、その根幹にすえたのが、公卿社会で久しくかぶっていたほこりを払って、彼らがうやうやしくきらめく台座に奉ったのが、この天皇家という存在だったのだ。
「大日本帝国は、万世一系の天皇、これを統治す」（第一条）
「天皇は神聖にして侵すべからず」（第三条）
維新から二十二年、一八八九年に制定された「大日本帝国憲法」の冒頭に掲げられたこの文言こそが、憲法制定を前に、明治十五年、一八八二年に発布された「軍人勅諭」、憲法制定の翌一八九〇年に発布された「教育勅語」と共に、一九四五年、敗戦による明治維新政府の築いた大日本帝国の崩壊まで七十八年の間、この国をしばり、人民に対する絶対的な支配をほしいままにしてきた権力の根本の原理、立脚点としてすえられたのだった。
それればかりではない。この「万世一系」をもって、他の諸外国とは比べることのできない唯一性、絶対性、「世界に冠たる」優越性と誇示して、全くのひとりよがり、決定的な差別意識を、国をあげて育てていくことになるのだ。すべての生命は、その始まりから今日まで、ことごとく子から孫へとつながる万世一系以外にはあり得ないというのに。

這いつくばされた人民

敗戦以前のこの国の民たちの間で、広くささやかれていたことばがある。「袞龍《こんりょう》の袖《そで》に隠れる」というものだ。袞龍とは天皇の着る礼服のこと、その大きな袖の下にかくれるというのは、天皇の権威、威厳の下にかくれて好き勝手なことをする、その臣下たちの行為、やり方をさすことばだ。維新政府は、天皇をうやうやしくかつぎ上げて、その天皇の名のもとに、みごと自分たちに都合のいいようにものごとを運び、処理しているではないかと、下々の目にはっきりと見えたからこそ、広く人びとの間でささやかれるようになったことばなのだ。

明治新政府を率いた高官たち、その中で、軍隊、大日本帝国陸軍の最高権威となって絶大な力をふるった山県有朋の放ったことばがある。

「人民をして、畏怖《いふ》慴伏《しゅうふく》せしめよ」

国を統治するためには、人民をして恐れおののかせ、深くわれわれの前にひざまずかせなければならない。

山県の言い放ったこのことばを知った時、私はまさに心おののいて、深く五体に刻み込まれずにはいなかった。

山県だけではない。元勲のひとり岩倉具視は、明治十五、六年とつづいた日本各地の農民騒擾に衝撃を受けて、「これはフランス革命の前夜と同じだ」と大いに恐れ、こうなったからには、「陛下の股《こ》肱《こう》――手足。『軍人勅諭』によって、陸海軍人は天皇の手足だとされている――及び警察庁の勢威を左右にひっ下げ、凛然として下に臨み、民心をして戦慄するところあるべし」。軍隊、警察の力で人民どもをふるえあがらせなければならないと、山県と全く同じことを言っている（現在、出典名失念。御免）。つまりこれこそ、維新政府の中核となった連中の確固とした合ことば、立国の基本理念、意志であったのだ。彼らの念頭にあったのは、天皇の名をかざしてこそ、自分たち政府権力の支配は絶対のものとしてその力を発揮するのだと鋭く断言し、そのやり方を貫こうとしたのだ。

そしてあの敗戦の日まで、私は、私たちは、唯一絶対、神聖とされた天皇の前に、文字通りひざまずき、這いつくばって生きなければならなかったのだ。

そして這いつくばった私たち日本の臣民は、いったい何をしてきたのだろうか。

日清・日露戦争

一八六七年、絶対、神聖なる天皇を上にいただいた明治新政府が成立し、一八八九年、大日本帝国憲法が制定されて、その後わずか五年、大日本帝国は最も近い朝鮮半島をめぐって、朝鮮の背後にある超大国、中国清帝国と争って、一大戦争を始めたのだ。明治維新成立のそもそもの最初から征韓論が唱えられ、最も身近な隣国朝鮮に目をつけていた日本は、一八九四（明治二十七）年、朝鮮背後の大国、中国清朝に対して戦争をしかけると同時に、朝鮮に対して清朝への従属関係の破棄を要求、西欧の侵攻にさらされて国力とみに衰えていた清国は、翌一八九五年、日本に敗北。日本政府は朝鮮政府に対する干渉を強め、同年十月、親露派の王妃の排除を企んで日本軍兵士・壮士が王宮に侵入、王妃を引きずり出して斬殺、遺体を焼くという蛮行に及んだ。

清国を破った日本は、その十年後には、清国、朝鮮の背後に迫ったロシア帝国と戦端を開き、朝鮮、中国東北部の満州、日本海を戦場に戦い、国内で革命運動の波にゆらいでいた大国ロシアにも勝利してしまう。

二つの超大国と戦った極東の小国日本は、国を始めてわずか四十年足らずであったにもかかわらず、たちどころにして世界史の大舞台に華々しくおどり出たのだ。

すでに西欧帝国主義列強によって侵略され、またその恐れにおののいていたアジア太平洋地域の人びとにとって、その列強のひとつ、大国ロシアを破った日本は、まさに突如として現れたアジアの輝かしくもたのもしい英雄だと、彼らから雀跳《こおど》りして迎えられたのは、ごく自然のことだったろう。日本政府はもちろん、その政府の前に這いつくばされている日本の国民は、その自分たちが見下すことのできる者どもを得て、何と言おうと私たちは押しも押されぬ一等国の国民なのだという誇りと喜びにはじけ返ったのだ。

以降、大日本帝国は、先進西欧列強と肩を並べる一強国としてみずからを立てたばかりではない。その勢いにのぼせ上がって、他のアジア、太平洋の諸国諸地域、人びとを、さげすみ見下すようになっていく。わが国は、これら遅れた弱小アジアの一員などでは、もはやない、われわれは、西欧列強と肩を並べて進むのだ。「脱亜入欧」、遅れたアジアから、わが国日本は抜け出してヨーロッパ強国の仲間入りだ。人びとは争ってそのかけ声に同調し、それればかりではない、あろうことか、彼らヨーロッパ人たちが新大陸で散々ぱらやってきたことをそのまままねて、隣国、朝鮮、中国に対する恫喝、侵略の道をひたすらに走ることになる。

朝鮮侵略

同じころ、日本は台湾に対しても侵攻を始めて台北を占領、周辺侵攻の姿勢は止まる所を知らない。一方、中国東北部に侵攻を進め、朝鮮にまで迫っていた北の大国ロシアとの対立を深め、一九〇四（明治三十七）年、日露戦争を始め、国内の革命運動に揺れていたロシアに打ち勝ってしまう。そしてその講和会議において、日本は、朝鮮から国号を改めていた韓国（大韓帝国）保護権をロシアに認めさせる。何ということだ。この傍若無人の両国のふるまい！　日本は韓国統監府を設置、初代統監に伊藤博文を任命し、韓国の内政全般を掌握してしまう。そしてついに一九一〇（明治四十三）年、「韓国併合に関する条約」を結ばされるに至ったのだ。かくして、私たちの日本は、韓国の人びとから、その国を完全に奪ってしまったのだ。私の生まれるわずか十七年前のことであった。

国を奪うとは、どういうことか。

それは、人びとひとりひとりから、すべてを奪うことだ。土地を、食を、職を奪う。誇りを奪い、喜び、笑いを奪い、さらには彼らのことばをおとしめて侵略者、植民者のことば、日本語を強要し、ついには彼らの先祖伝来の姓を奪って日本式姓を名のらせ、個々人の名をさえ変えさせるに至る。おまえたちは、大日本帝国の属国、一部になったのだから、おまえたちも世界に冠たる大日本帝国天皇の民、「皇民」になったのだ――これを朝鮮人の「皇民化」という――、ありがたく思え。

第二次大戦、日本の敗北まで三十五年間、彼ら朝鮮の人びとの身の上を、あなたは思いみたことがあっただろうか。

食えなくなった人びとは、食と職を求めて海峡を越えて日本に渡ってくるばかりではない。男たちは、強制的に日本に連れてこられて、地下の炭鉱など、劣悪な危険労働を強いられ、ついには日本軍の兵士、軍属にまで仕立て上げられてしまう。女たちは、中国、東南アジアまで、広大に広がった占領地の日本軍兵士たちの性奴隷、従軍慰安婦にされて、日本軍、日本の男たちから凌辱のかぎりを受けたのだ。朝鮮人の男たちはさらに、米、英、オランダなど、太平洋地域で日本軍の捕虜になった敵兵の収容所で監視の任に就かされ、彼ら朝鮮人兵士、軍属たちは、日本の敗戦後、捕虜虐待の罪を問われ、たくさんの人びとが死刑に処されて殺されてしまう。

あなたは、隣国朝鮮の人びとを丸ごとおそったそんな事実を知っているか？

もはや、そんなことを知る日本人は、ほとんどいないのではないか。まして若い人たちは、あえて過去について知ることを、ことごとくはばまれつづけてきた。

いや、実はこんなことを言う私自身、これまで全く知ることなく、考えることもなかった事実が、いまのいま、目の前につきつけられたのだ。『朝日新聞』二〇一九年七月十七日から、在日韓国人詩人、金時鐘《キムシジョン》さんの語り、「人生の贈りもの」という連載を読んだのだ。

日本の植民地にされたことによって、韓国、朝鮮の人びとが、どんな屈辱、限りない不幸に襲われてきたことかと、戦後一貫して、いたたまれぬ思いで偲んできていた私だったが、金時鐘さんのこの語りに接して、もっともっと、太い鉄棒でぶんなぐられるようなショックを覚えずにはいられなかった。

金時鐘さんは、私より二年歳下、一九二九年、釜山《プサン》の生まれ、ほとんど同世代なのだ。

その金さんが語る。

「日本が支配した植民地朝鮮で生まれ、日本語で教育を受けました。意識というのは、ことばの蓄えですが、私の意識の下地に敷きつめられているのは、少年期を形作った言葉である日本語です」

その日本語を、侵略者日本から押しつけられ、学ばされた金さんは、「皇国少年になりきっていた」という。

「『皇国少年』になりきっていた私は、四五年八月十五日の日本の敗戦で地の底にめりこんでいくような墜落感を味わいました。『解放』で朝鮮人に押し返され、私が蓄えた日本語はとたんに『闇のことば』になりました。

朝鮮語の読み書きを知らなかった私は、壁に爪を立てる思いで（朝鮮語を）学んだものです」

何と、大日本帝国によって征服された人びとは、当然のこと、こぞってそれを悲しみ、怒り、強くひそかに抵抗していたにちがいないとばかり思っていたのに、これはいったい何ということだろう、この金少年は、侵略国の少年、この私とまったく同じ「皇国少年」になりきっていたというのだ！

「天皇は『現人神《あらひとがみ》』だと信じて疑わない私でもありました」

「『醜《しこ》の御楯《みたて》』となって天皇陛下に命を捧げる覚悟もしていた私です」

そんなことって、ほんとにあったことなのか!?

金時鐘さんには悪いけれど、少年だった彼も私も、人間という存在の愚かさ恐ろしさ、いや徹底的な哀しさの見本そのものだったというほかはない。

金さんの父上は、「旧制中学で学んでいた時、抗日独立を訴えた『三・一運動』（一九一九年）デモに加わって退学させられた」人だった。日本の植民地にさせられてからは、「父はかつて工事に関わったという突堤で釣り糸をたれ、朝鮮服姿で町を歩き、使ってはならない朝鮮語で暮らしていました。日本の支配への父なりの抗《あらが》いだったのでしょう」。

そんな父上は息子の時鐘少年を、どんな思いで見ていたのだろう。

「『非国民』呼ばわりされても仕方がない父とは対照的に、私の『皇国臣民化』は順調な進展を見せていました。

朝鮮人の子どもが通う公立普通学校（小学校）に通いました。三年の時から朝鮮語の授業はなくなり、朝鮮語を使えなくなりましたが、日本の唱歌や軍歌になじんでいる私には何の差し障りもありませんでした」

彼が六年生だった一九四一年十二月八日、太平洋戦争が始まった。

「毎月八日は『大詔奉戴日』——日本の対米英戦開始を宣言した天皇の勅語の発布記念日——となり、東方遥拝——天皇のいる日本国東京に向けて、遠く韓国から最敬礼を捧げるのだ——、皇国臣民の誓い、『君が代』『海ゆかば』の斉唱」

「住民総出の神社参拝もこの日にありました。てんでんばらばらのお詣《まいり》を見て、皇国少年になりきった私は『これでは戦争に勝てるはずがない』と憂えてもいました」

「我が身を顧みて、教育とは本当に怖ろしいものだと思います」

ほんとうに、ほんとうにそうですよね、金さん。同じことばを、私も何回、何十回と金さんのことばに重ねずにはいられません。

私が小学校に入ってから十七歳の敗戦の日まで、十年。もちろんそんな十年もかからず、わずか二、三年で、私の戦争ロボット化は完全なものに仕上がっていたのではないか。金さんの日本人化、皇民化も、同じようにたやすいものだったのだということがよくよくわかる。そしてこの金少年の背後には、彼と全く同じような朝鮮人少年少女たちが無数にいたことも疑いようがないだろう。

侵略国、被征服国、いずれにあっても、時の権力のやることほどに、真に恐ろしいものはない。

日本国政府は、特に安倍政権になってからは、これら日本の侵略の事実を、少しでもなかったことにしたいと心を砕いている。われわれ自身が、隣国の人びとに対して犯した歴史の事実を、自国の人びとの目から、世界の目から、記憶から、おおい隠し、できることならば、なかったことにしたいと、彼らは並ならぬ努力を重ねつづけている。

朝鮮だけのことではない。広大な中国に攻めこんだ日本軍は、数かぎりない殺戮を、長年にわたってやりつづけてきたのだ。その死者の数は、二千万人とも、三千万人とも。いや、そんなことはないと、一部の日本人たちは言いつのる。せいぜい二千万にすぎないではないか、と。殺戮が千万単位で行なわれた事実はだれも消し去ることはできない。一千万少なければ、罪は減じ、あわよくば消え去るとでも、彼らは思っているのだろうか。

日本はその後一九一五年には、中国政府に対して、中国国内における日本の権益を認めろと、「二十一カ条の要求」をつきつけ、私の生まれた一九二七年には、中国の内戦に乗じて同国北東部、山東省に出兵、四年後の三一年、日本軍は中国東北部、満州で、満鉄という鉄道路線を爆破して満州事変を引き起こし、翌三二年には、すでに滅んでいた清朝の旧皇帝をかついで、中国東北部に「満州国」という日本の植民地国家を打ち建ててしまう。

当然のこと、世界は、相次ぐこの日本の行為を黙って見ていたわけではない。国際連盟は「満州国」を認めず、調査団を派遣した上で、日本に対して中国からの撤退を迫ったのだ。その撤退勧告案は42対1（1は日本）で可決され、日本はその場で国際連盟を脱退してしまう。一九三三年、私が六歳の時だ。

もの心ついて以降、私の生きた環境は、昼も夜も、常に戦争、戦争、戦争だった。大人たちの社会、私たちの暮らしも話題も、私たち子どもに対する日々の教え、さとしも、すべては国から発して知らされる戦線の動き、大本営発表の戦果の発表と共にあった。そして、のべつ強調される、戦争を支えるわれわれ国民、銃後の心がまえ、「一億一心、火の玉だ！」のスローガンが、文字で、音声で、歌ごえで、町じゅうにあふれ返った。そして敵に対してかき立てられる、果てしない憎悪。「常在戦場」、つまりすべての国民は、いついかなる時も、戦場にある兵士の心がまえで生きねばならぬと、その覚悟が迫られつづけたのだ。

戦争のために学校があった

私の学校生活

私たち幼き者たちの日常は、当然学校と共にあった。小学校も中学校も、国にとっては、あるべき国民を仕立て上げるために要となる、最も大事な場所である。私たちはここで骨の髄まで、戦争、天皇のためにこそ敵を殺し、そのために自分も死ぬことを当然のこととして、喜んで受け入れ、信じて疑うことのない臣民——天皇の臣下、家来として作り上げられる。

私の受けた学校教育の目標は、ただひとつそこにこそあったのだ。文字を覚えた、九九もおぼえた。だが、生きることについて、それ以外のことを学んだ記憶は、私には何ひとつない。事実を正しく見る、一つの事実と他の事実の関係をとらえて全体を考える、そして論理的に、ものごとを筋道を立てて考えるというような、人間にとって最も基本的な思考の訓練とは全く逆のことが、日常的に強いられるばかりであった。

本当のことを何も知らず考えることもなく、私はおのずと常に燃えていた。敵に対する憎しみと、神とされる天皇に対する熱い忠誠心に。

いま思い起こしても、いたたまれない痛恨の思いがこみ上げて、頬がほてって熱くならずにはいられない、学校生活の一場面がある。

小学校六年生、私は級長だった。学校、その校庭の中心には、何よりも尊い神聖な場所がある。奉安殿という、立派なコンクリートで作られた小さな神殿である。そこには、天皇、皇后の写真が収められていて、私たちは登下校で校門を出入りするたびに、そこに向かってうやうやしく最敬礼をささげなければならない。そこに生き神さまがましますす、おられるのだ。下校時には、授業を終えたクラスごとに、各クラスの級長が生徒一同を従え、一列になって校門までやってくる。そこで級長は「廻れ、右」とかけ声をかけて、一同を奉安殿の方角に向けて直立させる。その上で、おごそかに、「最敬礼！」のかけ声をかけるのだ。私たちは天皇に対してていねいなあいさつをした上でなければ、それぞれの家路へと向かうわけにはいかないのだ。

ある日、いつものように、「最敬礼！」「直れ！」の号令をかけた私の目に、ひとりの生徒の動く姿が映ったのだ。彼はふざけて、まともに頭を垂れていなかったと、私には見えたのだ。私は彼に向けて当然の怒りをぶつけた。

怒って、何をしたか。ぞうり袋から上履きのズック靴を取り出し、やおらその少年の頭をなぐったのだ。なぐったその瞬間、私の胸に、思いもかけぬ動揺が走ったのを折にふれては思い返し、忘れたことはない。そのつど、私の胸には痛みが走る。

手だけでなく、靴を持って生徒をなぐりつける。それは少なからぬ教師たちが日常にやっていたことだった。中には、革靴のわき皮を切りとって、スリッパにしている（もはや物資不足で、スリッパも手に入らなくなっていたのだ）教師たちもいたのだが、その分厚い皮の靴底で生徒をなぐる教師さえもいたのだ。私はあの時、とっさにその教師たちと同じにふるまったのだ。

あの場面が、ズック靴を振り上げた私の手のふるまいが、何度となく戦後の私に、まざまざとよみがえることがある。そのたびに、私の頰が熱くなり、強烈な恥じらいの思いがこみ上げずにはいない。何とも悲惨な記憶なのだ。


もうひとつある。これも忘れたくとも忘れることのできない一連の光景だ。それは中学校の講堂だ。学校には、年に何度も式典がある。初代神武天皇が国を開いた日とされる紀元節、今の天皇の誕生日を祝う天長節とか、その天皇の祖父である明治天皇の偉業をたたえる明治節とか。すべては天皇をたたえ、あがめ奉る儀式である。全校生徒が講堂に集められて、おごそかに式が始まる。式は、必ず「教育勅語」の奉読によって始まる。天皇が下々臣民に向かって、このように毎日を生きなければならないと、おごそかに命じることばだ。汝臣民、「一旦緩急あれば、義勇公に奉じ、……もって皇運を扶翼すべし」。いざという時にはいのちを投げ出し……天皇家を守り助けよ。それが教育勅語の主題、要のことばなのだ。

おごそかに燕尾の礼服を着た校長が、副校長が両手にうやうやしく捧げてさし出す「教育勅語」を印刷した厚い四角の紙を最敬礼をして受け取り、校長はこの上なくおごそかに生徒たちに向かって、その一語一句を読み上げる。私たちは頭を垂れ、それを神妙な面持ちをもって「拳々服膺《けんけんふくよう》」する。つまり恐れ畏こまって拝聴し、押しいただくという、まことに厳粛な儀式なのだ。およそ十分か十五分ほどの間だろうか、冬ならばじっと首をたれている私たちは、おのずとたまる鼻水をすすることもつつしまなければならない。文節の切れ目になると、我慢していた私たちはほっと一息ついて、いっせいに鼻をすする。その音が講堂いっぱいに広がってひびく。

そんな「勅語奉読」が終わると、校長の訓示や、来賓のあいさつが長々とつづく。

そんなある日の式典でのことだ。式次第が終わってすぐに、配属将校——各学校には、陸軍の退役将校が教師として赴任していて、生徒たちにまさに人殺しの徹底的訓練を指導していた——の口からひとりの生徒の名が呼ばれ、全生徒の前に出て立たされた。

「おまえは何をしていた?」「式の最中に本を読んでいたな!」

答える間もなく、その生徒は猛烈なビンタを受けて張り倒され、立ち上がればまた突きとばされ、さらにビンタを受け、猛烈な制裁が始まった。全生徒は、息をのんでそれを見つづけるしかなかった。十分も二十分も、さらに長かっただろうか、殴打と説教がつづいたあげく、ようやくにして私たちは教室に戻された。

教室に戻った私に、担任教師が命じた。「配属将校の部屋に行け」と。わけもわからぬままに、私はそこへ行った。その小部屋は、広い一般の職員室とは別に、体育館の一角に、配属将校と、体操教師専用のものだった。部屋に入った私は、すぐに呼ばれた理由がわかった。さっき散々なぐられた少年、同じクラスの林幹也がそこにいたのだ。

林幹也が読んでいたのは、私が長兄の本棚から取り出して彼に貸した本だったのだ。将校の机上に、それが載っていた。和辻哲郎『偶像再興』。

私はなぐられることはなかったが、並んで立たされていた林幹也は、そこでも何度も何度もなぐり倒されて、頬はまっ赤、詫びのことばを重ねて涙を流すばかり。かたわらの体操教師が私に向かって、ニヤニヤ笑いながら言ったことばは、今に至るも耳の底に消えることがない。「何だ、これは？　えー、『漫談哲学』か？」。ねちねちとからまるその声が、私には何とも下卑《げび》て聞こえる。

林幹也よ、君とは戦後一度も会うことはなかったけれど、君の受けた傷はどれほどのものだったろうか。私にも、消し去ることのできない生々しく凄惨な出来ごとだったものな。

サイタ　サイタ　サクラガ　サイタ

私にとって、学校とは、そして教育とは、一体なんだったのだろう。

忘れもしない、七歳（当時は満年齢ではなく、数え年と言って、いまの六歳にあたる）になって上がる小学一年生、私たちに与えられた国語読本という、国の作った「国定教科書」の、胸おどるような印象だ。

五歳違いの次兄が使っていた教科書は、くすんだ黒インキ一色で印刷されたものだった。私の入学したその年に、それまでの教科書が全面的に改訂されて、全く新しいものになったのだった。私たちに与えられた国語読本巻の一は、何と、色鮮やかな多色刷りのものだったのだ。

その第一課、「サイタ　サイタ　サクラガ　サイタ」は、たしか二頁見開きで明るい桜の絵に彩られていた。小学一年生の心をおのずとはずませるその印象は、まことに晴れやかなものだった。兄が使って、私も見なれていたそれまでの教科書とは、打って変わった華やかさだ。

兄の使っていた教科書の第一課は、大きな黒い活字の「ハナ　ハト　マメ　マス」という、ごく単純な、日常生活になじんだ単語を並べただけのものにすぎなかったから、リズム感のある文言との違いは、小学一年生の私にも、はっきりと心に焼きついたのだった。

そして私たちの第二課は、「ススメ　ススメ　ヘイタイ　ススメ」。鉄砲をかついだ兵隊が何人か、膝を高く上げて行進する色刷りの絵がついている。

国語だったろうか、あるいは「修身」、いまで言う「道徳」の教科書だったろうか、忘れることのできない一課があった。

「キグチ　コヘイハ　シンデモ　ラッパヲ　クチカラ　ハナシマセンデシタ」

キグチコヘイは実在した兵士で、突撃戦で、進軍ラッパを口にくわえたまま戦死した、「忠勇無双」、天皇に対する深い忠義の心と勇気をかねそなえた皇軍兵士のかがみとして、日本陸軍によって大宣伝されていた国民的英雄なのだ。

私たちに与えられた教科書、それをもって子どもたちを導き、あるべき国民を作り上げようとする政府の意図は明らかだった。

「サイタ　サイタ　サクラガ　サイタ」は、やがてすべての男の子は、「ススメ　ススメ」のかけ声で戦場におもむき、みごとに戦死して靖国神社、戦死した者が神となって祀られて、畏《かしこ》くも天皇陛下がお参りしてくださる靖国神社のサクラとなって花開くのだという道筋が、はっきりと示されているのだ。

パッと咲いてパッと散るサクラ。それがこのありがたい皇国、天皇の国に生まれた臣民、天皇の家来である国民の歩むべき、美しく立派な生き方なのだと心に刻ませる。

この国の支配権力、その教育を担う文部省、いまの文科省の、まことに断乎として、しかもこまやかな配慮いきとどいた、みごとな編集だったと言うほかはない。

私たち幼な子の未来は、この権力の意図にしっかりとにぎられて、その意のままに導かれていくばかりだったのだ。

そしてその教育は、学年が進むに従って、はっきりとより実践的、つまり実際の戦争、戦闘の訓練そのものになっていく。

男の生徒の通うすべての中学校（当時、女はすべて別学の女学校）では、帝国陸軍のベテラン退役軍人が、学校への配属将校という肩書きで派遣され、その指導、命令のもと、一般の学業とは別格に位置づけられた、きびしい軍事教育――教練が行なわれる。

すべての生徒が実物の小銃――日露戦争で使われた旧式の三八式歩兵銃――を持たされ、敵に向かって弾丸を撃ち、地べたに這いつくばって前進し、敵に近づけば銃の先に小さな鉄剣をつけ、脇にひっさげて突撃し、「やっ！」と叫んで敵を刺し殺す。

私たち中学生は、学校に通いながら日々敵と対し、敵を殺すために生きる兵士そのものになっていたと言ってよかった。

白人コンプレックス

なぜこんなにまで敵を敵として憎み、殺そうと思っていたのだろうか。実際には見たこともない敵を。

百七十年前、突如として黒船が浦賀にやってきて、力ずくで開国を迫られた日本、江戸三百年の太平の夢を破られて、アメリカだけではない、ロシア、イギリスなど、ヨーロッパ諸国の軍艦も前後して次々とやってきて以来、日本人は初めて見るこれら白人たちに、最初から大きなコンプレックスを抱かずにはいられなかった。

初めて見る蒸気船。白人たちのその軍艦から、下関などに撃ち込まれた大砲の威力。彼我の力の違いを、いやというほどに見せつけられずにはいなかった。迫りに迫ってくる彼らに抗して、これ以上鎖国をつづけることはもはや不可能だ。尊皇攘夷を叫び、維新を担った諸藩の武士たちも、白人どもを打ち破って追い返すことなど、とうていできないことと認めざるを得ない。どうしようもなく、日本は開国に応じるほかはなかったのだ。

開国。そうとなったら、この国の変わり身の早さはまことにみごとなものだった。

昨日まで攘夷を叫んでいた薩長藩閥政府の高官たちは、その功によって華族、つまり貴族に列せられ（と言っても自分たちで自分たちの手に、名誉と特権、財産を取り込んだのだが）、それを取り巻く官民の有力者たちはともどもに、嬉々として西欧白人たちににじり寄り、笑顔をふりまいて交歓を始めたのだ。明治十六年、一八八三年、東京麹町に鹿鳴館《ろくめいかん》なる洋風建築の会館を建て、華族および白人使臣に限って入会を許される社交クラブを作って、日夜、宴会、舞踏会などを催して、興じ、はしゃぐ風俗を作り出す。いわゆる鹿鳴館時代の到来だ。

白人たちのもたらす文物は、すべて光り輝いて見えて、これを舶来もの、庶民にはとても手のとどかない高級品として珍重されて人びとにもてはやされ、争って高い値がつけられる。

白人たちは鼻が高く背が高い、色が白い、ただそれだけでも、短躯で黄色い顔の自分たちに引け目を覚えるようになっていった日本人だったのだ。

それ以来、長年にわたって、知らず知らずに深くうっ積していったこの国の、西欧に対する劣等感、コンプレックスを一挙にはらいのけるのに、対米英、オランダなどとの開戦、つまり白人たちに向けた軍事力による一大攻撃、荒々しい破壊ほどに効果的なものはなかっただろう。

「鬼畜米英」、奴らは人間じゃない、鬼、畜生なのだという、究極の差別意識をあおる官製のスローガンが吹きこまれて、私たち日本人すべては、この戦争によって、またとない高揚感、優越意識、そして解放感を満喫することになったのだ。

その典型的な体験が、まことに見事に私自身にある。恥を忍んで、そのことを語るほかはない。

初めての女性体験

少年期から青年期にかけて、私たちはおのずと性に目ざめていく。

ある夜のことだった。私は夢にひとりの女性を見たのだ。そして私の体は、これまでまったく経験したことのない快感にしびれたのだ。そして気がつけば、私のパンツは、ぬるぬるとした液体で汚れていたのだ。

夢に見たのは、女性、しかもその女性は、白人の女だった。

突如、落下傘によって私の前に降り立ったのは、何と、アメリカ軍の女兵士！

その時は、性のことなど、まだ何も知らなかった。マスターベーションも知らなかったし、もちろん女性にふれたこともない。しかし、夢で、アメリカの女兵士をまざまざと見たのは事実だ。私はいまだ夢うつつの頭で、はっきりとそれを認めねばならなかった。見たのは、落下傘で私の前に突如降り立った敵の女兵士だった。そして私は、生まれて初めて、肉体の快感にしびれたのだ。これは、男ならだれしも経験する「夢精」というものだと知ったのは、後になってからのことだった。

この事実は、永く私の中に焼きついてしまった。なぜ、敵兵の女だったのか。

いま、ことがらの前後についてはまったく覚えていない。しかし、この体験とからんで、私の目に深く刻み込まれている、一枚の写真がある。しかも同じアメリカ人の女性。それはある日の新聞にかかげられていた鮮明な写真だ。

電気スタンドがある。その前に、アメリカ人女性がすわって、それを見ている。スタンドの電球をおおっているランプシェードは、何と、日本人兵士の体からはがされた皮膚だと、説明文がついている。これぞまさに白人どもの「鬼畜」ぶり。国民の敵愾心をあおるのが目的の記事であることに間違いない。強烈な印象となって、その写真はいまも私の中に刻まれている。

突然、夢にアメリカ軍女兵士が出てきたのには、心の内で、こんな写真の印象もからんでいたことだったのかも知れない。

ともかく、抑えられない憎しみ、敵対心、そして当然征服欲ともからんで、まだ年少の私の中におのずと生み出されていたイメージが、あの夜の私を、無意識のうちに強烈に支配していたのではなかったろうか。


このようにして、中学校も半ばになるころには、戦争は私の心も肉体も、丸ごと飲み込んでしまい、私は身ぐるみ戦争を生きる者となってしまっていたのだ。

学徒動員

だがしかし、学校の教室からも、辛い軍事教練からも解放される時がやってきた。中学校三年生になって、私たちは学業を放棄させられることになったのだ。勤労動員。

若者たちは赤紙一枚で呼び出され、次々に兵士として戦線に送り込まれた。農村でも工場でも、当然人手が足りなくなる。そこで必然的に、十四、五歳になった中学生、女学生が駆り出されることになったというわけだ。

私の学校、東京都立九中の三年生の一部は、通学が停止されて、最初学校に比較的近い所にある凸版印刷という大きな印刷工場に動員された。そこで工員たちにまじってさまざまな雑用をさせられたのだ。

強く印象に残ったのは、そこで大量に印刷されている軍票という紙幣だった。太平洋にまで広がった日本軍の占領地で、現地の人びととの間で、日本軍が強制的に流通させていた紙幣。これには、戦場に直接つながるという実感があった。

半年もここに通っただろうか。私たち同学年生全員の動員先は、赤羽《あかばね》近くにある陸軍兵器補給廠《ほきゅうしょう》という、軍の施設へと変わることになった。二階建ての重々しい赤煉瓦の倉庫が、広い敷地に何十棟も連なって建って、それぞれに戦場に送られる戦争用具が収納されている。毎日、そこには小型の銃砲などの武器や、あらゆる種類の戦争用の雑貨が全国から送り込まれ、同時に次々と戦場に送り出されていく。私たちは毎日毎日、それらの梱包されている木箱を開き、必要とされる品々を発送用の木箱に詰め替えてふたに釘を打ち、荒縄で縛って、場内に敷かれたレールの上の大きな荷台、トロッコに積み、それを押して貨車に積み入れる。ものによっては、二十キロ、三十キロにもなるその木箱を肩にかついで運ぶのは大変な作業だった。だが私たちは、実によく働いた。兵隊さんたちが待っている、一刻も早く、戦場へ武器を！　最初のうちは荷をかつぐのに、肩に麻布をあてがって痛みを抑えてヨロヨロと運んでいたのだったが、じきにはだかの肩に直接木箱の角をあてても平気になってしまった。何しろ、私たちのこの作業は、直接に戦場につながっているのだ。そんな思いで、私たち中学生は、心から張り切って毎日この兵器補給廠に通ったものだった。

母の死

一方、このころ、私の身辺に、大きく特別な事情が迫ってくることになった。

空襲などが始まる気配が濃厚になって、国は大都市東京から子どもたちを地方に避難させる決定を下して、それぞれに親戚縁者を頼って「疎開」せよと命じられる事態になったのだ。行き先のない子どもたちは地方の寺や旅館などにまとめて学童疎開、集団疎開をさせられることになったのだ。わが家では、母と、まだ小学生だった私の妹ふたりが、両親の郷里、長野県飯田市に疎開して行ったのだ。

もともと病弱だった母は、疎開してすぐから病状が進んで、癌と診断され、日と共に悪化していくことになってしまった。最初、父や兄と私もいっしょに見舞うこともあったのだけれど、すでに日本の交通事情は悪化の一途をたどっていた。一般庶民には、列車の切符が手に入らなくなっていったのだ。近くの池袋駅に朝早く買いに行くのだが、切符の発売枚数は極端に制限されて、たいていすぐに売切れとなって無駄足になってしまう。だが、私は母の見舞いをあきらめることはできなかった。

何が何でも、母を見舞いたい。一九四四年、敗戦前年の暮れも迫るころになると、私はひとり土曜日の最終列車に乗って、ほとんど二週間もあけずに、新宿から途中一度乗り換えて八時間かかる飯田駅に通ったのだ。

切符を買えずに、どうやって？　当然のこと、無賃乗車しかあり得ない。

小柄な中学生の私にとって、改札口をすり抜ける、あるいは改札口を通らずにホームに入ってしまう、それは大してむずかしいことではなかった。乗車の時も、下車の時も、私はいともかんたんに、するりとそれをやってのけた。夜行の列車内はいつも超満員で、みんな通路はもちろん、椅子の下にまで身をちぢめて眠っている。列車の乗下車は窓からというのもあたりまえのことだったから、車掌が列車内をまわる検札などというものはいっさいなかったのだ。しかし後になって考えれば、ほんとに私はこの無賃乗車をうまくやりおおせたものだったと、われながら感心してしまう。すべては、病み衰えていく母を一目でも見舞わずにはいられないという痛切な思いだけが、私を導いていたのだ。国に捧げるいのちと思っているのに、国のおきてを破って、私の心は痛むことなどいっさいなかった。昭和十九年、一九四四年十二月十二日、ついにその母が亡くなってしまう。敗戦の八か月前だった。その日、兵器補給廠で働いていた私に、担任教師から呼び出しがかかって、その口から告げられたのだ。

「いま、君の兄さんから、お母さんが亡くなったと電話があった。すぐ帰りたまえ」とっさに私は答えたのだ、きっぱりと。「いえ、帰りません！」。

私は作業を休むわけにはいかない。兵隊さんたちが待っている。一刻も早く兵器を前線に送らなければならない。そのまま私は、終業まで仕事をつづけたのだった。

家に帰って、待っていた兄に言われた。「すぐ仕度をしろ」と。「いや、ぼくは行かない」。途端に、兄は私の頬を思いっきりひっぱたいた。「お母さんが死んだんだぞ！」。

とたんに眼から涙があふれて、私は大声をあげて泣くしかなかったのだ。母を失ったという事実が、兄にひっぱたかれて初めて痛切に迫って、ただただ、悲嘆の思いがあふれて止まらなかった。私は兄に従って、最終列車に乗ったのだった。

亡くなった母の枕もとで、伯母が私に言った。「なおおのことはちっとも心配ないと、お母さんが言い残していったでな」。涙があふれるばかりだった。

当時、飯田市の火葬場は、高みにある市域からはるかに見下ろす、天龍川の支流わきの小山にぽつんと立つ、みすぼらしいかぎりの小さな掘っ建て小屋だった。年をとった男が、夕方に薪に火を付けて、一晩かけてお骨にする。リヤカーで運んだ母を残して帰った私は、暗くなるまで、その掘っ建て小屋から立ちのぼるうすい煙から目を離すことができずに、涙を流しつづけていたのだった。ガリガリの軍国少年、戦争ロボットにも、母を失った悲しみは、たとえようもないものだった。

これはひょっとして

母を亡くして三か月、三月九日の夜から十日にかけて、東京は米空軍の大空襲におそわれた。父と兄と私、私たち三人の残った池袋のわが家から、まっ赤に燃え広がる下町の空を眺めて、ただふるえていた私だった。この夜、焼き殺された東京都民は十万。

それから一か月余、私たちの家も燃えてしまった。山手一帯が火の海となってしまったのだ。

アメリカの巨大な爆撃機B29が、手のとどきそうな超低空を飛んで、その悠々と浮かぶ銀色の巨体を、燃え盛かる炎と煙が下から赤々と照らし出す。思わず、美しいと言いたいくらいの、それは凄絶な光景だ。その敵機から、ぱらぱらと散らばって火花のように落ちてくる焼夷弾から逃げまどいながら、私は一瞬思ったのだ。

「これはひょっとして……」。だがその途端、私は思わず後につづくことばを、ぐっとのみ込んだ。「ひょっとして、敗けるんじゃないか」。

滅相もない、許されぬ、不届きな！　叩き込まれていた「必勝の信念」が、私に、このことばを、否応もなくのみ込ませたのだ。


一晩、逃げまわって、ようやく炎の収まったわが家の焼け跡に立って、兄と交わしたことばは、忘れもしない、「これでせいせいしたな」。何時やられるか、何時焼け出されるか、ずっとおびえつづけていた緊張から解放されて、思わず吐き出された、それは深い吐息だったのだ。負け惜しみでもあった。

空襲ばかりではなかった。敵の艦隊は太平洋を越えて、九十九里浜に迫っていた。巨大な艦砲射撃も始まっているらしい。今日、明日にも敵が上陸してくる。いよいよ本土決戦の時がやってきたのだ。

軍からは、各自竹槍を用意することが命じられていた。長い竹ざおの先っぽを斜めに切って鋭くとがらせ、迫ってくる敵兵をそれで刺せ、というわけだ。一人一殺。国民ひとりひとりが、敵兵と刺し違えて戦え、と。

八月六日、新聞は、「広島に新型爆弾」という小さな見出しを伝えた。次いで九日、同じ爆弾が長崎に。その「新型爆弾」の意味するものがどんなものであるか、私たちは、その時いささかも思いみることなど、まるでなかった。

II

突如、戦争が終わった

世界に冠たる大日本帝国天皇が世界を統一、一つの家のように支配することを目的として戦っていたこの国は、あの日全く突然、あろうことかそれまで徹底的に憎みさげすんでいた醜敵、鬼畜米英中など連合国にひれ伏して無条件全面降伏をしたのだ。

国民にとっては、驚天動地と言っても足りない、それは衝撃だった。

「真相はこうだ」

おれとはいったい何なのだ

一九四五年八月十五日、大日本帝国は無条件降伏をして、戦争は終わった。

だが逆に、私の、私ひとりの戦争が、この日に始まったのだ。

降伏によって、すべての日本人は戦争を投げ出して、戦争から一気に解放されたのだ。だが逆にこの日、私はあくまでも戦いつづけることを決意して、私にとっては十七年間つづいてきた戦争のつづきを、一身に引き受けることを選んだのだった。

すごいね、と、いまの私は思う。この少年の愚かさには底がない。

ほんとのことは何も知らない。あれかこれか、何ひとつ迷うこともなく、考えることもない。これこそ痴呆、愚かさそのものだ。

そしてまったくひとりで立ったテロリストは、同じく愚かさのきわみであることを強いられてきた同世代の少年たちと、ごく自然に呼び交い求め合ってひとつになり、れっきとしたテロリスト集団となったのだった。

だが、パスカルの言ったように、人間は考える葦である。生きるか死ぬか、戦争という異常な日と夜が去った時、私たちにはおのずと、そしておずおずと、考える、ということが始まったのだ。

テロリスト集団の一員となり、しばらくはその中で意気軒昂たるものがあったのだけれども、所詮は人工的に、無理矢理作られたものでしかなかったのだ、私は。その構造と持続を支えるすべてのものが瓦解すると共に、その支柱も筋金も、内からおのずとしぼみ、崩折れていくほかはなかったのだ。

まず私は全く同じロボット、テロリスト集団の中で、自分をそのれっきとした一員として認めつづけることが次第に苦しくなってきたのだった。さんざん迷い、ためらったあげくに、ようやくその集団、殉皇菊水党を脱出する決意はしたものの、それに代わる自分の明確な道を見出したわけでは決してなかった。これからの毎日を、おれはどう生きたらいいのか、いっさいの明確な目当てを失った腑抜けそのものとしか言いようのない日々を送ることにならざるを得ない。

茫然自失、何とも情けない状態の中で、実はこれまで経験したことのなかった心の動きが、私の中で少しずつ始まるようになってきたのだった。生まれて初めて、この自分自身に向けての疑問というものが、次第に頭をもたげてくるようになったのだ。

「おれとは、いったい何なのだ？」

恐ろしい疑問だった。まずこれから始まって、からっぽの頭の中で、恐る恐る、ものごとをあれこれ「考える」ということが、それこそ生まれて初めて私の中で始まったのだ。

これまで、ものを考えるという頭や胸の中のはたらきを、私は経験することがまったくなかった。

私の毎日の生きる中身は、最初っからすべて大人たちによって決められ、きっちりとレールが敷かれていた。私は大人たちの用意したきまりに従って毎日をすごすだけで、何ひとつ自分で考える、考えて選ぶ、選んで決めるということなどはまったくなかった。そんな必要がなかったのだ。「君《きみ》に忠に、親に孝に」。天皇には忠義をつくせ、親には孝行をつくせ。ハイ。日本人のなすべきことはそれがすべて。それをさえ見失わずに生きていれば、あとはまあ文句なし。ものごとを考える必要はなかったし、余計なことを考えるのは、むしろ怪しからぬことでさえあったのだ。

米軍の占領によって、言論、表現の自由が一気にとき放たれた。占領軍への批判と、特に広島、長崎の原爆に関すること以外、すべての言論はいっさい自由。何を考え、何を話そうとかまわない。原爆にかかわることだけは、占領軍の命によって絶対の緘口令《かんこうれい》。人類史上、最悪最大、彼らの犯した犯罪行為が世界に明らかになることを、彼らアメリカがいかに恐れていたかが、これでよくわかる。この禁を犯した者は直ちに米軍に逮捕されて沖縄に送られると、みな恐れて口をとざしていたのは実際のことだった。

だが、と、私はことさらにつけ加えぬわけにはいかない。緘口令はきびしかったのだが、特により近い広島でのことは、だれが語り、伝えるというのではないのだが、風が音もなく運ぶとでも言うのだろうか、いつとはなしに、私たちはみな広島を肌に感じ、おののき、想像するようになっていった。あたかも、焼けただれた人間の腐臭が、地を這って広がり、伝わってきたかのように。もちろん新聞もラジオも、それにふれることはいっさいなかったのに。そして、七年間に及んだ米軍の占領が解かれて初めて見せられ、聞かされることになった真の事実は、私たちがひそかに肌に感じていたことを、数十倍、数百倍、はるかにはるかに超えるものであることを、私たちは知ったのだった。

占領が始まってすぐに、新聞、ラジオは、さかんに過去の「事実」というものについて報道し始めた。「真相はこうだ」というラジオ番組が連日放送されるようになる。日本と日本軍の過去、戦争の実態が、次々とあばかれていくのだ。もちろん米占領軍による、これまでの敵対国政府の徹底的批判、否定であり、占領の正当性を、日本国民に観念させる意図が明白なものであった。どんなぐあいに日本は戦争を始めたのか、中国大陸の戦場で、日本軍はどんなことをやってきたか、日本の戦争指導者たちはどんな連中だったか、というようなことが、これでもか、というほどに、しつこく伝えられるのだ。新聞もすっかり様変わりして、これまで日本の政、軍によって厳重に隠されていた「事実」というものを、競って伝え始めたのだ。

もちろん私は激しい敵意をもって聞き、読みしていたのだが、そのラジオや新聞が伝える事実というものと、私が直接に経験してきたことが、たしかにつながることがいくつもあって、うーんと、うめかずにはいられないようなことが、少しずつ心の中で動き出したのだ。

事実と向き合う

私には、十歳違いの姉がいた。その姉が、当時もてはやされていた「大陸の花嫁」、――大陸に勇飛する男たちに嫁すことこそ、女たちの使命であり、たたえられるべき行為であるという大宣伝にそそのかされたのであろう、知人に引き合わされて、「満州国」警察官である広島出身の男性と結婚することになって、中国満州、ハルビン郊外で暮らしていたのだった。

（敗戦後何年もたってから、まさに広島市の爆心地に住んでいたこの義兄の一族は、ただひとりの男性を残して、すべてあの八月六日に殺されてしまったことを、私たちは知ることになった。）

幼い時から、私はこの十歳年の離れた、明るく茶目っ気豊かな姉を心から慕っていたのだが、当時すでに満州でふたりの男の子を生んで育てていた。敗戦と同時に、いっさいの消息が絶たれて、私たち家族は、この姉一家のことを心から案じつづけていたのだった。

実はその姉が、私たちの母の病いが重くなって、結婚して満州に渡って以来ただ一度だけ、赤子を連れて母の見舞に日本に帰ってきたことがあったのだ。母たちはまだ疎開していなかった、敗戦の一年ほど前のことだったろうか。

「真相はこうだ」の放送を聞いたりする中で、その姉が、あの時、私と、私の妹ふたりを部屋の隅に呼んで、声をひそめて話してくれたことを、私ははっきりと思い出したのだ。

「『おまえたちより、日本の軍馬の方が大事なんだ！』と言って、日本の兵隊さんが、取りすがる満人のおばあさんを力いっぱい地べたに突き倒したのよ」

中国人農民が、取り入れたばかりの高粱《コーリャン》を奪って荷車に積もうとする日本兵に、そうはさせまいと必死に取りすがったという場景だ。

そんな話を聞いたことはすっかり忘れていたのだったが、日本軍の実態をあばく放送を聞いていて、たしかに姉が話していたことをはっきりと思い出したのだ。

あの時、姉は、重大な秘密を伝えるというように、声をひそめた話しぶりだったことも。そうだ、たしかあの時、姉は目に涙を浮かべていたではなかったか。

姉は、事実を見ていたのだ。そして悲しんでいたのだ。

おれはほんとうのことを何ひとつ知ることなく、何が事実かなどということも少しも気にかけることなく、世の中の大人たちの言うことすべてをつゆ疑わず、ただうのみにして生きていたのではなかったか。

私の中で、さまざまな疑いが頭をもたげてくるようになる。

この聖戦、正義の戦争の目的は、「八紘一宇《はっこういちう》」、世界を一つの家族のようにして、天皇が親しくそれを支配する。「東洋平和」、「五族協和」（日、朝、満、漢、蒙古五民族の協力和合）のためだとしきりに言いながら、なぜ日本は朝鮮を植民地にして朝鮮の人びとを見下げ、バカにしているのか。中国人が日本に攻めてきたわけでもないのに、なぜ日本は他人の国に大軍を送って戦争をしかけつづけてきたのか。東洋平和と、どんな関係があるのか？

疑いは次第に広がり、止むことがなくなっていく。ついには、これまで考えたこともない対象にまで、それは広がっていく。

いったい、天皇はくそも小便もしないのだろうか。まさか、神さまがそんなことをするはずはないよな。――ほんとうに、天皇は神さまなんだろうか。

こんなことを言っても、いまの人びとにはとてもまともに受けとめてはもらえないだろうな、と思う。余りにも馬鹿げた話だから。だが当時の私にとっては、恐れ多くも天皇にかかわることがらは、まことに深刻な、それこそまさに、自分の依って立つ足もとを、根っからゆるがすほどに恐ろしい疑問なのだが、そんなものが次から次へと頭をもたげてくるのだった。

これまで、そうだ、その通りだと、何ひとつ疑うことのなかった私の中の事実が、これでもか、これでもかと、ゆさぶられつづけるのだから、まともに立ってはいられないような思いに、日夜迫られずにはいないのだ。ほんとうに阿呆みたいなことを、一つ一つ、自分の中でくり返しくり返し考えて、考えて、自分の答えを見つけなければならないのだ。

おれはいったい何だったんだろう。おれは事実というものを少しも知ることなく、大人たち、世の中から与えられ、教えられたことを、何ひとつ疑わずに、全部そのまま鵜呑みにして生きてきただけだったのではないか。

こうして、さまざまな疑い、迷いが湧き上がり、積み重なり、胸の中でこんがらがってきたのでは、もう単純に右翼、テロリストでありつづけることなど、できなくなってくるのは、ごく自然のことだった。マッカーサーを刺す、共産党をやっつけるなどという信念、目的を持ちつづけることは、もはやとても不可能だった。

まさに茫然自失。私はどうしたらいいのか。とても殉皇菊水党に留まることなどできない。何十日も、何か月も、私は迷いに迷ったあげく、ようやくこの党から抜け出すという決心を固めるしかなかったのだ。

だがそれは、血判状を作って敵を刺すことを誓い合った仲間、同志だ。抜けるなどと言えば、裏切り者！　と、たちまち自分が刺されることは明らかだ。血の盟約を破るのだから。さんざんに恐れ、迷い、ためらったあげく、私はどうしようもなく、彼らに対して脱党を告げるしかなかったのだ。

首をすくめて待つ私を刺しに来る者は、ついに現れなかった。もちろんみんなほとんどが同年の少年たち。彼らのひとりひとりも、私と同じように、さまざまにゆらぎ、動揺し始めていたのにちがいなかったのだろう。後になって考えてみたら。

私たちの殉皇菊水党は、私と龍野が誘った都立九中の同期生たちが、おのずと党員の多数を占めていた。私たちはみな、「昭和、昭和、昭和の子どもよ、ぼくたちは……」と歌われ、歌った、昭和天皇即位と時を同じくしてこの世に生まれた少年たちばかりだったのだ。

初めて人間に出会った

ブロンズの裸婦

四五年四月、東京山の手を襲った大空襲、米軍の巨大な爆撃機B29から花火のように散乱して降る焼夷弾の下を逃げまどいながら、「これは、ひょっとして……」と、生まれて初めて日本の敗北を疑うふとどきな私の予感が現実のこととなったのは、わずかその四か月後のことだった。八月十五日。

死ぬはずだった私、生き残った私、ごく自然のこととしてテロリストとなり、そこからもこぼれ落ちた私。新たに始まったのは、「おれはいったいどうしたらいいのだ？」「おれはいったい何なのだ？」という果てしのない自分自身への問いであった。一瞬一瞬が、地獄の火に焼かれるような痛苦の時間だった。

ほんとうのことは何なのだ？

このおれは、ほんとうに自分を生きてきたと言えるのか？

おれはこれから先を、どう生きていったらいいのか？

痛切な問いに迫られながら私の歩んだのは、焼け跡に残された古本屋めぐりだった。

二度焼け出された私たちが住んだのは、敗戦の直前に、やはり焼け出された兄の婚約者の父親が手に入れた、杉並区阿佐谷、川添いの二階家。その二階に、父、兄と私三人はころがりこんでいたのだった。

東京の西郊、中央線沿線は、中野あたりまでは完全に焼きつくされ、高円寺、阿佐谷あたりから先が辛うじて焼け残って、商店街もそのままだった。阿佐谷の家を出て、高円寺、荻窪、西荻窪あたりまで、駅近くの商店街に古本屋を求めてさ迷い歩く私の毎日が始まった。

棚に求めたのは、戦前に刊行されていた西欧の翻訳書だった。手当り次第、私は本をひっくり返しては立ち読みし、あれこれと買い求めた。シェイクスピア、モンテーニュ、パスカル、バルザック、ゲーテ、トルストイ、ドストエフスキー、聖書、……。

日本人の書いたもの？　そんなものには目もくれなかった。彼らの語り、書いてきたものは、全部でたらめだったではないか。つばを吐きかけたいくらいの思いだった。

私は、日夜、ひたすらに本を読みつづけた。

そこには、いままで思ってもみたことのない、実にさまざまな人間が、人生が、世の中が広がっていた。人間とは何か、いかに生きるべきかの問い、模索に満ちていた。次第に深いおどろき、感銘にとらえられて私は読みふけった。

敗戦数か月前に、私は中学校を卒業して大学に入学していた。明日にも死ぬ身だ。進学するなどという道は毛頭あるはずもなかったのだが、五歳違いの兄から、自分の卒業した明治大学に行けと、受験書類を押しつけられるままに受験してそこに入学してはいたものの、学校に通うことはほとんどなく、私はもがき、ただ本を読みつづけるばかりだった。

そんなある日、どんな風の吹きまわしだったのだろう、何と、私は上野にある美術展に出かけたのだった。

まだすべては焼け野原だった。そんな中で、「泰西美術展」、主催、朝日新聞社というのが開かれたのだ。

もちろんそれまで私に芸術などというものには何の関心もあったものではない。

会場に入ってすぐに、私は、ひとりの若い女性の裸像の下に立った。

私はその裸像を一目見るなり、思わず体が固まってしまった。十分、三十分、一時間、私は彼女を見上げて、身動きできなくなってしまったのだ。

彼女は、片足をやゝ高い台座にかけて、左下に伸びる自身の足もとにうつぶせの面を向け、両腕はその胸をぎゅっと抱き締めて立っている。それだけの姿だった。

アウグスト・ロダン作「エヴァ」
（上野・国立西洋美術館前庭）

彼女が抱きしめるのは、彼女自身。その姿は、自分自身に対する羞恥の思いそのもの、やる方のない痛切な悔恨そのものとして、私に強烈至極に迫ったのだ。

なんだ、これはいまの私そのものではないのか。私はうめかずにはいられなかった。

これが「人間」というものなのだな。散々に殺し合ってきたおろかそのものの人間。その人間、自分を恥じ、悔やみ、ひたすらに身もだえするしかなくて恐れおののく。

私の体全体に、このブロンズがずどんとぶち込まれて、なんとそれが、「人間」なのだ。

これまで私の中に、「人間」などという観念は毛頭なかった。殺すべき敵か、そうではない味方か。自分は、天皇のために敵を殺す、忠良なる臣民。あるのは、それだけだったのだ。

像の下に掲示があった。「エヴァ」、アウグスト・ロダン。エヴァとはイヴ、原罪を負ったわれわれの始祖の名なのだなとは、後になって思い至った次第だった。

ふたりの日本人女性

エヴァのモデルとなったのは、若いフランスの女性だった。

だがこの像と前後して、私はふたりの日本人女性に出合うことになった。しかも恐らく、いまのいまもこの日本に生きているだろうと思われる人たちだった。

大学の校庭でのことだった。友人の持っていた大判の薄い雑誌を手にとって、ベンチに坐ってぺらぺらとめくっているうちに、ふとあるページの書き出しの文章に目が行って、読むともなく活字を追っていた。

「このごろ私の思い出す子守歌は、『ふきのとうは十になる……』という子守歌です」

日本人の大人たちの書いたものなど、だれが読むものかと背を向けていた私だったのに、この童話というか、民話というか、低い声で静かに口ずさまれるようなその文章に思わず引き込まれて、ついつい、四、五十ページの文章を最後まで読み通してしまったのだ。山代巴《やましろともえ》という、日本人女性の書いた物語だった。

作者は、戦争に反対していたために、治安維持法違反という罪に問われて、広島県の三次《みよし》という町にある女囚刑務所の独房につながれていた女性だということが、読み始めてすぐにわかった。え、そんな日本人が、しかも女の人がいたのか、と思いながら、私は読み進めた。物語は、作者の囚われていた独房の隣の独房に、新しく入れられてきた女の囚人が、歌うともなく、語るともなく、くり返しひとりごちている声に耳をすまして、ようやくに聞きとることのできた、その女囚人の身の上ばなしだったのだ。

広島の山奥の貧しい農家に育った少女は、幼くしてよその農家の子守りに雇われて、学校にも通うことはなかった。そして年ごろになると、雇い主の農家の世話で、もっと山奥の農家に嫁入ったのだ。夫になる男はその家の長男で、両親と妹たちと暮らしていた。

お嫁さんはやがて身ごもって、男の赤ちゃんを生んだ。ある日、夫が言うのだった。

「こんな山奥で百姓していたって、一生うだつはあがらない。朝鮮の国境警備の巡査になって、稼いでくるぞ」

そしてまだうら若いお嫁さんと、乳のみ児の赤ちゃんを残して、夫は戦場に近い朝鮮と満州の国境に行ってしまったのだ。

広島の農村は、備後《びんご》がすりという、木綿織物の盛んな所だ。農家の女たちは、唯一の現金収入の道として、どこの家でもこの織り手となって、日も夜もなく、働きづめに働くのが習いなのだ。

残されたお嫁さんは、舅《しゅうと》、姑《しゅうとめ》たちから、赤ん坊に乳をやる時間も惜しまれて、朝早くから、夜遅くまで、ただただ織り機に向かわなければならない。それでも、赤ちゃんの成長をただひとつの喜びとして、お嫁さんは働きづめに働くのだ。

朝鮮の国境巡査になった夫からは、ごくたまに両親あてのハガキがとどくだけ。三年たち、五年たっても夫は帰らない。まだまだ出世をしなければと、十年、十五年たっても戻らない。ひとり息子は二十歳《はたち》になって、戦争にとられて行ってしまった。いまは、どこの戦場にいるのかもわからない。

二十年の余も過ぎて、待ちに待った夫がようやく帰ってきた。金ピカの肩章をつけ、長いサーベルを腰に下げて。その上、朝鮮で親しくなった女を連れてだ。

やがて夫は、母屋とは別に、新しく離れを建てると言う。連れてきた女を住まわせるためだ。離れができ上がって、お嫁さんは新築の青畳の拭き掃除をしていた。そこへ夫が飛んできて、「汚い足で青畳を踏むな」と、お嫁さんは縁側から蹴とばされて、庭にころげ落ちてしまったのだ。

その夜、何人もの村人たちが、髪ふり乱したお嫁さんが、何ごとか声をあげながら、村をさ迷う姿を見たという。

その夜中、お嫁さんはマッチを擦って、あの離れに火を付けて、そのまま井戸に飛び込んだのだ。

(私はこれまでに、何度も何度も、このお嫁さんのことを人びとに口で話し、文章にもしてきたのだが、そのたびに、何とひどいことかと、燃え上がるような怒り、声に出して泣きたいほどの悲痛の思いに迫られなかったことは一度もない。いまも、もちろんだ。)

お嫁さんが、わが身に気付いたのは、警察の取調室で、警察官から話しかけられた時だった。

作者、山代巴さんの隣の独房で、放火犯の女が語るでもなく、歌うでもなく、ひとり低くくり返し口ずさんでいたのは、そのお嫁さんの悲しい悲しい身の上話だったのだ。

何ということか。私はこの放火犯の貧しい農婦に、激しい思いを寄せずにはいられなかった。

お嫁さんは、あの一本のマッチを擦った瞬間、彼女は初めて自分自身を生きたのだと、私は思った。

金ピカの肩章をつけて帰ってきた夫は、ただただ金を、出世だけを目当てに、二十年の余も、妻子を顧みることなく、戦場に近い国境で生きてきた。戦争へと人びとを駆り立て、駆り立てられた日本の男たち。戦争を賛美する文章を書き、詩歌を歌い上げてきた作家、詩人、歌人たち日本の男たちも、実はみなこの夫と同じだったのではないかと、私は思った。

そして、この放火犯の貧しい農婦の身の上話を私に示してくれた物語の作者、山代巴という女の人は、戦争に反対して捕まって、同じように監獄の独房に閉じこめられていた。全然知らなかったけれど、あの戦争中に、国に逆らって生きていたそんな人間、日本の大人たちが実際にいたのだということも、ほんとに初めて知ったのだ。

私が偶然出会ったふたりの日本人女性。このふたりは、永く私の中に深くしっかりと棲みつくことになったのだ。

西欧の作家、思想家たちに初めてふれて、私は、人間とはどういうものか、人間の中に、まことにさまざまな光や影を感じ、見出して、これまで固く閉ざされていたロボット少年が思ってもみたことのない世界にふれ始めたばかりではない。

さらに、もっと切実な思いで出会ったロダンの若い女の彫像。日本の、学校にも通ったことのない貧しい農婦。そしてその人の存在を、私の胸に、きりきりと揉み込むようにして見せてくれた、戦争に反対した罪で囚われていた元女囚人の物語作者。

閉ざされた未来

死ぬんだ、死のう

私は、何ものにも代えがたく重い重い貴重なものを、三人の彼女らから深く深い衝撃、痛烈な共感と共に受けとめることができたのにもかかわらず、この私自身が生きることに、道はどうしても、少しも開かれることはなかったのだ。

私が十七歳までを生きてきた中身を導いてきたすべては、うそ、いつわりで塗り固められたものにすぎなかった。それなのに、私はそれらすべてをまことの事実と思い込んで疑うことなく、そのうそいつわりに導かれ、引きずりまわされて生きてきた。

これまでの私の人生とは、いったい何だったのだ！

そんなものを、自分の人生と言えるのか？

私の思いは、どうしてもそこに落ち込んでしまうしかないのだ。

日夜、苦しい胸をかきむしってのたくりまわるばかり、そしてその先は、おのずと明らかだ。こんなこれまでの人生の上に、そのつづきに、私はどんな人生をつないで生きていくというのか。うそいつわりに塗り固められた十七年間の土台の上に、いったいどんなものを作り、築くことができるというのだ。そんなものはあるわけがないではないか。私の未来は、私自身の過去によって閉ざされ、完全にふさがれてしまっているということだ。

日夜、苦しい胸をかきむしってのたくりまわり、至りつくところは、どうしたってひとつしかない。このおれに、未来などというものはあり得ない。そうとなれば、結論はただひとつ。死ぬんだ。死ぬしかない。

大学は二年の予科を終えて、学部の一年に進んでいた。学問、勉強をするという意識などこれっぽちもなく、胸に煩悶を抱いたままの夏の初めだった。大学の掲示板に、私は一枚の貼紙を見た。

「講師を求む。北海道網走中・高等学校」

見た途端に、私はきっぱりと心にきめたのだった。よし、ここに行こう。網走と言えば、重罪犯たちの監獄のある所、北海道も最果ての地。どうしたって最終ぎりぎりの決着をつけるまでの時間をすごすには、うってつけの場所ではないか。

私はそのまま教務課の窓口に行き、あの貼紙に応募したいと申し出た。

翌日、網走中・高等学校の校長と面接、私の採用は決まってしまった。

それから十日か二十日、私はありったけの蔵書をいくつもの木函につめて別送し、八月の半ば、網走に旅立った。車中泊二日、ようやく網走に着いた。暗く、小さな漁港の町だった。

肉体が心を裏切った

網走中・高等学校は、小さな網走の町の北東の外れの高台に建っていた。中・高等学校というのは、戦後の学制改革で、一つ校舎に、新制の高等学校と旧制の中学校がいっしょになっていて、教師はその両方で授業をしていたのだ。運動場のすぐ下は網走湾で、その運動場の海沿いの外れに木造二階建の寄宿舎が建っていた。私にあてがわれた住いは、その寄宿舎の玄関を入ったとっつけの一室で、「舎監室」の木札がかけてあった。私は住居を与えられると同時に、その寄宿舎の舎監ということになったのだ。

網走の冬はきびしい。吹雪に見舞われれば、二、三日の交通の途絶も珍しいことではない。汽車通学が必要な生徒たちは、冬はみなこの寄宿舎に入る。一、二階合わせて、十二、三の部屋があったろうか。

私が受持つことになった授業は、国語と社会科だった。国語はまあいいとしても、社会科には参った。私には、社会的な関心などというものは絶無だった。死のうと心に決めた人間が、社会などというものに興味を持てるはずがない。ただ私が政経学部の学生だったから、校長は私に社会科をあてがったのだろう。

社会科は、戦後早々に、新たに開設された課目だった。教科書を読んでも、私にはすべて無縁な単語が並ぶだけで、授業などというものができるわけがない。一軒だけあった町の本屋に行って、何か助けになるものはないかと探したが、貧しい書棚にそんなものは見当らない。私は兄貴に手紙を書いて、何か参考になる本を見つくろって送ってくれるように頼んだのだった。

国語の授業には、私なりの熱が入った。私は教科書を使わず、私の読んできた本から抜粋してプリントを作り、それを教材に授業をやったのだ。

特に私はロダンの「遺書」を全文教材としてみなに読ませることに情熱を注いだ。

「諸君、目の前にあるものを『表面』ととらえてはならない。それは内部から君に迫るふくらみなのだ」、というようなことばに、深く納得がいってひきつけられたのだ。

「深く、毅然として誠実であれ」。若い芸術家に向けたことばが、直接私の胸に深く刻まれてもいた。

左ページに揚げたのは、高1だったか高2だったか、持永保君という生徒の母親が、私が網走を去るにあたって、私のために彫ってくれた壁掛けだ。教室で、自殺願望の若者の伝えたことばが高校生にしっかりと伝わって、その母もまた息子から聞かされたこのことばに深く動かされたのだろう、同じことばを私に贈り返してくれたのだ。強くよきことばというものは、何と大きな力を持つものか。

まだ敗戦直後、飢えて苦しい時期だった。教師たちに中に、きわだって顔色の黄色い初老の人がいた。生徒たちは、あの先生は米が食えなくて、かぼちゃばかりを食っているからああなったのだとささやく、そんな時代だった。

そんな中で、恐らく四十代半ば前後だったのではないか――私は直接会ったことはなかった――、ひとりの女性の確たる姿が、彫られた美しい文字から浮き上がってくるではないか。

この壁掛けは、いまも私の手もとにある。

ロダンは、そのブロンズの若い婦人像に圧倒され、とりこにされて以降、いくつもの作品の写真集を手に入れて身近に持っていた。単行本、『ロダンの遺書』は、ロダン自身が若い芸術家に宛てて書いた芸術論で、その冒頭に数頁の「遺書」が置かれていたのだ。

私はロダンの「パンセ」（思い、思考）の写真を小さな額に入れて、それを生徒たちに向けて教卓に立てて各教室の授業にのぞんだのだ。

舎監室には、生徒たちが遊びにやってくるようになった。みな私といくつも年の変わらない少年たち。中には、樺太からの引き揚げ者や、軍隊帰りの、私と同年代の生徒たち。彼らは私の舎監室にじゃがいもの澱粉を持ち込んで、焼酎を作り、いっしょに飲むようになった。語り合ったのは、若者たちの人生論だったのだろう。

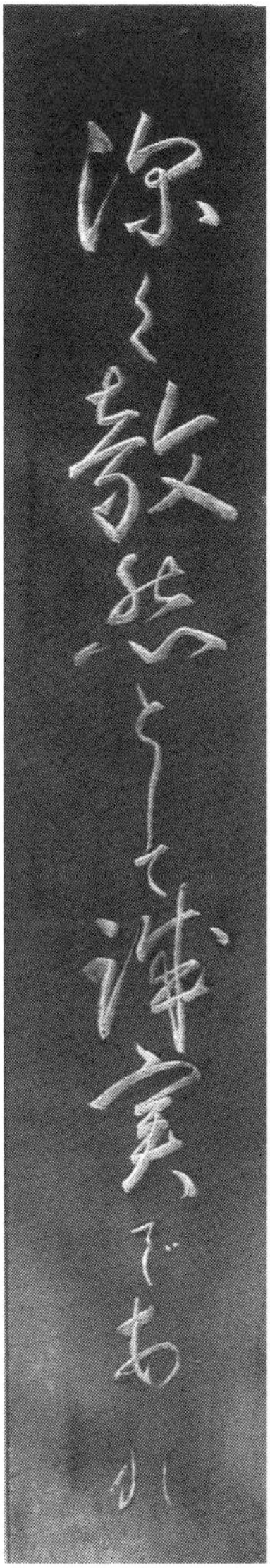

生徒の母親から贈られた「深く、毅然として誠実であれ」と彫られた壁掛け

流氷上の転向

授業を始めて半年、一九四八年二月のことだった。知床半島に近い斜里《しゃり》という町から、中三の少年が舎監室を訪ねてきた。日曜日だった。

私は彼を誘って舎監室を出て、すぐ裏の崖下にある海岸を散歩していた。

網走湾、その右手、はるかに知床の山々を望んで広がるオホーツク海、いずれも流氷が押し寄せて、一面、ごつごつ凹凸のある高い氷山がびっしりと広がっている。私たちは五、六メートル高さの氷山の上を歩いていた。氷の上には固く雪が積っているからすべることなく、平気で歩けるのだ。何をしゃべっていただろうか、ふと一瞬、私は足をふみ外して片方がすっぽりと穴にはまってしまったのだ。

この氷のすき間からすべり落ちたら、もちろん、一巻の終わりだ。氷の壁を這いのぼることなどできない。私は必死の思いで、片手を少年の手にのばしたのだ。

「助けてくれ！」

彼に引っぱられて、沈んでいた片足を抜いて、恐る恐る残された穴をのぞいてみた。はるか下の方にまっ黒い海水がさざめいて、穴の入口からさし込むわずかな光がゆらめいて昇ってくる。ぞっとして、腹まで凍るような怖気《おぞけ》にふるえた。

その夜、舎監室の椅子にすわって、私は身動きもできなかった。強烈な羞恥の思いにつき上げられて、肩を落とし、うなだれるばかりだった。

何てことだ。おれはずっと死を思い、その決断を自分に迫りつづけてきていたのだ。

それなのに、おれは必死になって手をさしのべて助けを求めたではないか。

肉体が、おれの心を、一瞬にして裏切ったのだ。どう考えても、これはそういうことだ。

朝点火して、通気口を閉じたままだったストーブの石炭が燃えつきようとしていた。こそっ、かさっ、小さな小さな音をたてて、かすかに灰が崩れる気配だ。身動きならず、私はそれを胸に聞いていた。

二重窓のガラスが白みかけてくる。

この世界は静寂そのもの。

網走湾の潮騒《しおさい》は、常にとぎれることがなく、ざあっざあっと鳴りひびいているのだけれど、氷が押し寄せると共に、それはぴたりと消えてしまい、網走の町は底知れぬ沈黙に閉じこめられてしまう。そのしじまの中で、ついに私は自分に告げなければならなかった。

この肉体が、私のこれまで久しく抱いてきた思いを、無残に裏切ったのだ。片足をふみ外したあの一瞬に。

私は、もはやこの裏切りに身をゆだねるしかないではないか。それが、自分自身に対する正直というものではないか。

仕方がない、とにもかくにも、おれは生きてみようと、白々明けに、心に深く決めなければならなかったのだ。

そして私は、同時に深く自覚しなければならなかった。

おれは、暗い暗い、底深い穴を跳び越えるのだな。重いふたをかぶせて、それに目をそむけて、おれは一足跳びにそれを越えてしまう。

仕方がない。この穴は、一生かけても自らの手で埋めなければならない。私は強く自分に言い聞かせたのだ。

網走に赴いたのは敗戦三年目、明治大学政経学部一年生の四八年八月。四九年三月、三学期の終了と共に、辞表を書いて網走中・高等学校を退職、わずか八か月で東京に舞い戻った私だった。

自分の生き死にを自分の手に

友との語り

この年、明治大学は、新たに文学部を設立、退学届を出していなかった私は政経学部から文学部フランス文学科二年に転部、ABC《アーベーセー》から学び始めることになった。仏文を選んだのは、フランスのロダン、そして私と同じくロダンに深く傾倒した詩人リルケの詩を愛していたからだった。

一方、内面の葛藤はなおも収まることなく、渡辺一夫教授のルネッサンスの講義だけは深い興味をもって受講したものの、ほかの授業にはほとんど出ることなく、家で本を読み、かたわら小さな詩を書き始めていた。

宇宙、雑音、滅法、混沌。

その中に、ただ一点、凝結の場を作ること――生きること。


詩を書く時間だけに、生きている、という実感を抱くことができて、深く心を傾けたけれど、確かなものを何ひとつ持つことのできぬ内面をかかえたまま、空しく苦しい日々を重ねるしかなかった。ただその中で、中学の同級生であり、いっしょに殉皇菊水党をつくって私と共にその中心となっていた龍野忠久とのつき合いが深まっていった。ほとんど毎日毎夜、いっしょになって語り合った。彼は早稲田大学に通っていた。

龍野も私が抜けた後、しばらくして殉皇菊水党を抜け、党そのものも自然消滅していったのだった。戦争ロボットたちは、時と共に、おのずと内部から崩れ去っていったのだ。

龍野と私は、共に同じ本を交換して読み合い、映画を見、音楽を聞き、展覧会に行き、夜ともなれば新宿の飲み屋街に出向いて私は酒を飲み、飲めぬ彼は焼鳥をかじって、見て、聞いて、思い、読んで考えたことのすべてを語り合った。今日は彼の家、翌日は私の家、枕を並べて夜を徹して語り合った。何とも貴重な時間、貴重なお互いの存在だった。

そんな時間を経る中で、だんだんと私の中ではっきりと固まってきたものは、至って単純なものだった。死ぬにしろ、生きるにしろ、それを決めるのは私だ。

「おれの生き死には、このおれの手にしっかりと握るぞ。もう断じて、何ものにも委ねることなどしないぞ」

私が大学を終えて実際の世の中に出ていく時に、私の中にあって私を支えたのは、ただこのことばだけ、ようやく自分の中に築くことのできたこの思いひとつだけだった。

出版社に就職

大学を出れば、当然自分で稼ぎ、自分で食っていかなければならない。だが私に、就きたいと思えるどんな職業もなかった。大体、私は私自身をもて余して生きあぐねているばかりだったから、外の世界、社会などというものに何の関心もなく、そこに参加していくというような心がまえはいっさいなく、何をしたいという気持も全くなかった。でもただひとつ、本ばかりを読んできた私だから、活字を相手の仕事ならばまあいいかな、という程度の思いで就職先に選んだのが、新聞社と出版社だった。仏文科の卒業生は私ともうひとりの男、ふたりだけだったから、教授たち三、四人が、そろって私を彼らの親しい出版社の社長に推せんしてくれた。新聞社は二つ受験したがどちらもだめだったから、私はそれを択ぶしかなかった。そして入社したのが、筑摩書房という出版社だった。

筑摩書房に入社したのが、一九五二年三月、私は編集部で、中学生全集、小学生全集という二つのシリーズをひとりで担当していた先輩の下に配属されて、ふたりでその仕事をすることになった。その五、六歳年長の先輩は吉倉といって、東大の倫理を出た人だった。

彼は実に人のいい男で、右も左も分からない私を、手とり足とりというほどに、仕事に導いてくれたのだ。

実は初めて出社した三月九日、仕事を終えて帰ろうとした私は、彼に引き留められて、これから始まる社員総会に出ることになった。三十人ほどの総人数で始まった社員総会は、黙って聞いているうちに、労働組合を作ろうという相談会だということがわかってきた。積極的な発言、時期尚早だという意見、それぞれにあって、最後に、その日初めて出社したばかりの私が指名されて意見を求められたのだった。

社会的関心絶無だった私だから、労働組合がいかなるものかということもまるで知ることも考えることもなかった。突然の指名で、面くらったけれど、仕方なしに答えたのだった。

「私たちは労働者なんですね。だったら労働組合を作るのは当然のことじゃないんですか」

最後に賛否の挙手が求められて、賛成が多数となって終わった。その場で、社員総会は、筑摩書房労働組合の総会になったのだ。

数日後、組合の執行委員の選挙が行なわれて、なんと、六、七名の委員のひとりに、私が選ばれてしまったのだ。何で？　もちろん私のあの発言以外に、何の理由もなかったはずだ。

血のメーデー事件

労働組合ができて、しかもその組合の役員にさせられた私は、その一か月少々後、五月一日、図らずも、一大事件に遭遇することになってしまった。一九五二年、血のメーデー事件。皇居二重橋前で開かれたメーデーの集会が、警官隊の弾圧を受けて流血の大乱闘になった事件だった。たしかふたりだったか、死者までも出たのではなかったか。

筑摩書房に入社して、編集部に所属はしたものの、私にはまだ定まった机もなく、出かけてあいている社員の席を借りて転々としていた。あの日私はひとりの編集者から用事を言いつかって、日ソ翻訳懇話会という所に出かけたのだった。その事務所は、芝公園の中にある。筑摩は東大赤門前にあったから、私は都電に乗って、日比谷を通って芝公園で下車、そこに出向いた。事務所の入口に貼紙があった。「本日メーデーにつき、休業」。

なるほど、ソ連関係の事務所なのだからお休みなんだなと納得して、私は帰路につくしかなかった。都電が日比谷交差点にさしかかった時、車掌から突然、「全員下車してください」と指示がなされた。わけもわからず、私も下車して前方、電車の進行方向を見た瞬間、大通りいっぱいになって、まっ黒い警官隊が私たちに向かって棍棒を振り上げて突進してくるのが見えた。猛烈な勢いだった。

停留場に降り立った私たち乗客は本能的に彼らに背を向けて走るしかなかったのだ。だが黒いかたまりは猛烈な靴のひびきと共にたちまち私たちに追いついて、棍棒をふり降ろすのだ。

「暴力団だ！　暴力団だぞ！」。私のわきを走る青い背広服の男が叫んだ。必死に走って、私は大通りから映画館のあるわき道に入った。

だが、そこもすでに修羅の場だった。人びとと警官たちがあふれ、警官たちは棍棒をふるっている。瞬時に目に入った場面がある。止まっていたタクシーに、頭に血を流す男が乗り込もうとして、女がその体を押していた。たちまち警官隊がそのふたりをタクシーからひきずり降ろしてつかまえる。恐ろしさにふるえながら私は走りに走って、ようやくその場を離れることができたのだ。

私はその夜、家に帰って、恐怖と興奮が収まらぬままに、見てきたことをそのままに書き始め、一気に書き上げた。翌日、私はそれを投函した。宛先は岩波書店『世界』の編集部。私がつい先ごろ、ただ一つ求めて読んで知った雑誌だった。世の中のことをまったく知らぬ私だったから、就職試験のために、少しは知っておかなければと思って、にわか勉強で求めたのが、『世界』の「講和特集」という号だった。これまで、雑誌などは、一冊も手にしたことはなかったのだ。

その投稿は、『世界』の次号に、作家の梅崎春生のメーデーについての寄稿と並んで掲載されていた。「黙ってはいられない」。『世界』編集部のつけたタイトルだった。

私がここで見たものは何だったのか。逃げまどう道のあちこちに、たくさんのプラカードが、人びとに踏まれ、破られながら散らばっていた。「青年よ、ふたたび銃をとるな！」。「教え子を戦場に送るな！」。そんな文字が、走る私の目に飛び込んで焼きついた。

なるほど、警官隊は、こういうことばを叩きつぶすために棍棒をふるうのか。それを命じる政府というものの姿が、この一方的、理不尽な暴力なのか。私はどちらの側に立つのか、理屈抜きに、余りにもそれは明らかだった。

偶然ぶつかった血のメーデーは、この日本の中で、自分の立ち位置を、はっきりと決めさせる、私にとっての一大事件となったのだった。

労働組合、そして共産党

編集部で仕事を共にするかの吉倉氏は、組合結成派の中心人物だった。その彼が組合書記長になっていた。私は仕事の上でも、組合活動の中でも、常に彼といっしょだった。親しむにつれ、私は彼のことを、何と好ましい人だろうかと、感心せずにはいられなくなってくる。とにかく人がよくて、どんなことでもよく話す、あけっぴろげに明るい人なのだ。

その彼から、ある日私は、「ぼくは実は共産党員なのだ」と告げられたのだ。

「えっ！　こんな人が共産党なの？」

共産党というのは、何とも暗い存在、という、戦争中から染みついていたイメージしか私にはなかった。おどろきだった。これが共産党なの？

そしてその彼から、しきりに誘われることになったのだ。共産党への入党を。

たしかに共産党は、ずっと戦争に反対してたたかってきた人たちだ。しかも文字通り、そのたたかいは、いのちをかけたたたかいだった。いまになって思えば、彼らは、真に尊敬すべき人たちだったのかも知れないな。あの「ふきのとう」を書いた山代巴さんも、もしかしたら党員だったのではないか。戦争に反対して、旭ガラスという会社の女子工員たちと親しんでいたと「ふきのとう」には書かれていた。こんな人たちが共産党だというのなら、おれのいままでの印象はまちがっていたのかも知れない。数か月たって、私は彼のさそいを受け入れて、共産党に入ることにした。私にとっては、何よりも戦争に反対するために。平和のためには、あの警官隊や、その背後にいる勢力に反対してたたかわなければという強い思い、ただひたすらにその思いのために。

吉倉氏は、もうひとりの編集部員、石井氏を誘って共産党への入党を決意させていた。石井氏も東大卒の、きわめて企画力旺盛な点で、私が尊敬する編集者だった。筑摩の男の編集者はすべて東大、京大卒で、私ひとりだけが私大卒であった。

三人いれば、共産党の細胞――最小の基本的な組織単位――を作ることができる。私たち三人は、日本共産党筑摩書房細胞を結成したのだった。

労働者、農民、つまり直接生産にたずさわる大多数の人びとが団結して資本主義を倒し、人権と民主主義、平和な社会主義社会を作る。それが、マルクス、エンゲルスの唱導した共産党立党の目標であるという。そのために党員は学習しなければならない。私たちの党活動は、まずその共産党理論の学習から始まる。マルクス、エンゲルスに始まり、ロシア革命を成功させたレーニン、スターリンの書いた本も私たちは熱心に学ばなければならない。

私もそれらの学習に取り組んだのだが、文芸書ばかりを読んできた私にとって、それら社会科学の文献になじむことはとてもむずかしい。砂を噛むような思いに耐えながら、私はそれらの本を読むのだが、ちっとも頭に入らず、心にじかにふれることもない。中国革命を導いた毛沢東だけは、ちょっと違ったのだが。彼の書いた「実践論」「矛盾論」などには、労働者、農民たち庶民の日常感覚にとどくことばで語られて、彼らごく普通の人びとの抱く思いや疑問、つまりこの私にもとどく中身が豊かなのだ。毛沢東には、人間についての深い洞察、つまり血の通った人間論があるのだなと私は感じて、素直に興味、共感をもって読むことができた。大方の他の本で、「剰余価値」「利潤」「搾取」など、抽象的な理屈をいくら並べられても、「へえ、そういうことか」程度にしか、私の中にはとどいてこなかったのだが。

そんな毛沢東を通して私は中国革命に関心を深めながら、筑摩書房内で、組合活動、党活動に精力を傾けていく。七時、八時に仕事を終えると、椅子を寄せて社内のだれかれと酒を飲む。仕事のこと、政治状況のことなど、何でも語りかけ、話を聞く。職場を出て、飲み屋に寄って改めて乾盃。酒を汲み交わすことが、そのまま組合活動であり、党活動であるような具合であった。

そんなわけで、帰宅はほとんど午前様になって、若いだけに、へこたれることは少しもなかった。

恋愛から結婚へ

そんな中で、私に、思いもかけぬことが始まってしまった。

私はこれまで、生身の女性たちと接することはまるでなかった。大学、網走での生活、まわりはすべて男性ばかり。筑摩に入って、編集部には私より四、五年先輩の女子大卒の編集者がひとりいたが、製作部、経理部には、四、五名の若い女性社員がいて、みな高卒の人たちだから私より若い人たちだった。昼休み、私たち若手の社員たちはそろって近所の空地でバレーボールを楽しんだが、その時に接する女子社員の中にひとり、私にはとても新鮮に輝いて見える人がいて、私は次第に彼女に惹かれていくようになる。私たちは自然に近づいて、ついに入社わずか一年後にして、結婚しようということにまでなってしまったのだ。

当時筑摩では、恋愛はお家の御法度《ごはっと》、つまり社内結婚は許されないことだったから、彼女は筑摩を退社、同じ出版社の大月書店に経理の口をみつけて移った上で、私たちは結婚をしてしまったのだ。敗戦後八年、私二十五歳の三月だった。

しかも結婚後一年、私たちは早々に子どもを生んでしまった。長女、純。しかもその翌年には年子の次女、玲。純粋な人間になってほしいと願ってつけた長女の名、しかしたちまちに次の子には、純粋よりはまろやかに、と願って名をつけている。短時間の間の私の中の極端なぶれの証しを、ふたりの娘の名に私は残してしまったのだ。


だが、四人家族となって、私は幸せも喜びも抱きしめていた。何よりも子どもたちの、何ともあどけない身のこなし、おぼつかなくしゃべり始めることばのいとおしさ。

都心からは遠い多摩丘陵の一角に、わずか七坪、一部屋だけの小さな家を建てて本郷にある職場に一時間以上かけて通っていたから、ウイークデーには子どもと接する時間は絶無だった。その代わり休日には、家族そろって、丘陵のみどりの中を、陽のあるかぎり、ほとんど一日中歩きまわるようになって、私の喜び、充実感は格別だった。ごみごみした大都会では息のつまる思いで、みどりの中に身を浸すことが、最高の解放感、喜びをおくってくれるのだ。春の山菜取り、四季の花摘み、秋のきのこ狩り、私は自分をきのこ採りの名人だと思うほどに、さまざまなきのこになじむようになっていった。ならたけ、大黒しめじ、たまごたけ……さまざまなきのこを調理して食卓に供した。とにかく細い山道を上ったり、降ったりする多摩丘陵を一日中歩きまわることが、私にとって無上の喜びになっていた。

だが、上の子の純が三、四歳になると、次第にこの山歩きに抵抗を見せ始めるようになってきた。「もういや、歩けない」。道ばたにしゃがみこむことがしばしばになってきた。

私は声をはげまして彼女を歩かせようとするのだが、彼女の抵抗は次第に強いものになっていき、ついには地べたにすわって泣きだしてしまう。

後になって思えば、なんとも私のひとりよがり、身勝手をみなに押しつけていたのだ。私の身勝手は、この散歩にかぎったことではなかったのだ。わが家の生活のすべては私、夫、男親である私の時間と意志に従ってまわっていた。仕事のある日の帰宅はほとんど翌日午前様。毎日の家事、子育ては、すべて妻まかせ。休日、家族全員は、夫、父である私の意のままにすごさなければならない。すべては私中心の暮らしだった。

なぜ、そんなぐあいになってしまったのだろう。

私には、一足とびに、暗い大きな穴を跳んでしまったという自覚、重く大きな負い目が、心の底にはいつもわだかまっていたのだ。それを日常に感じまい、意識しまいという、本能的な逃げ、回避の姿勢があったのだと、いまになれば、顧みることができる。職場において組合活動、党活動に心身を傾けて積極的に励んだのにも、同じ動機がひそんでいたのではなかったろうか。家庭生活も、ただただ私自身の内面の欠落感を補い、ふさぎ、満たすためだけのもの。

私には、私自身のゆがみ、その重みを背負うことで精いっぱい。私の中に、他者を他者として受け入れる余地はとてもなかったのだ。そんな私に、妻や子、家族をかかえるなどという資格も力も、まるでなかったのは明らかだ。

にもかかわらず、私は結婚をし、早々に子どもまでも作ってしまった。いまになって私は、妻になった人と、彼女との間に生まれた子どもたちに、深く詫びなければならない。私にはあのころ、あなたたちを支え、守るような力も資格もまるでなかったのだ。

結婚しようと思った動機の一つに、そろそろ炊事、洗濯をしてくれる人がほしいなという、ひそかな願望が、私の中にあったのはたしかだった。当時、結婚する夫婦の関係は、当然のこととして、そういうものだったのだ。網走に渡って以来、私は久しく自炊生活をしていた。いい加減に、だれかにやってもらいたいものだな、という気持がつのってきていたのだ。本質的な問題の根っこは、ここにこそあったと言わなければならないのではないだろうか。他者によりかかる。利用する。

よりかかられる側、利用される側の人間はどうなんだという思いが、ここにはまったくない。対等、平等、互いに互いをいとおしみ、大事に思うという、愛本来であるべき無垢の美しい本質が、ひとりよがり、はっきり言えば強弱、上下優劣、支配と被支配の相互関係、まさに古くから日本社会の根幹をなしてきた家父長制によってゆがめられ、曇らされている。人間と人間をつなぐ、互いをいつくしみ合う、人権を重んじ合うという根っこの感覚が、最初からなく、全く欠けている。私は私の結婚を、まして子どもを作った事実を、はっきりと裁かねばならぬのではないか。

読者との出会い

いずれにしろ当時の私は、妻と幼な児をかかえながら、朝早くから夜遅く、しばしば午前様の帰宅。家の外にあっては、私は編集の仕事、組合、党の活動、そして酒。まったくふとどきな夫、父親であるしかなかった。

そんな私だったのだが、私の前に、これまで全くなかったと言っていい人びとの姿が、次第に生き生きと立ち現れてくるようになる。それは他でもない、私たちの作った本の読者という存在だった。あてがわれた小・中学生向けのシリーズの仕事だけでなく、私は自分の作りたい一般書の企画をどんどんと編集会議に提案するようになっていった。ある日の編集会議に、私は五、六十冊ものテーマを並べたシリーズ案を提出した。すべては、この私自身が切実に知りたい、学びたいこと、そんなテーマをずらずらと並べたものだった。なぜ人は戦争をやるのか？　なぜこれはそうなのだ？　これはいったいどういうことなのだ？　といった、だれでもが普通に抱く問い、疑問を、思いつくままに並べたものだ。すべては私自身が読みたいテーマ。

「なぜなぜ双書だな」。企画書を見た編集部長が言ったが、その通りだった。かけ出しの編集者に、そんなシリーズを作り上げる力は無論なかったけれど、単行本として私はそういった風の本の何冊かを編集して、自分の企画として刊行していった。

刊行する本には、すべて読者カードが入っていて、刊行と共に読者から次々に反応が返ってくる。

これが、私にはたまらない贈りものだった。私たちの作った本を読んだ読者が、深い共感、感動、さまざまに触発された思いを、わずか数行、あるいは細々とびっしり、白いハガキに記したことばから、それを書いたひとの息づかいが、びんびんと私に伝わってくるのだ。

これまで味わったことのない格別の経験だった。私を取り巻く、つかみどころのない〝世の中〟というものなどではなくて、ひとりひとり、真剣に自分を生きているこのひと、手書きの文字を通して目に見え、耳に聞こえ、はっきりとその息づかいさえ感じることのできるこのひと。それぞれの文字が、直接に私の胸にひびいて共感を誘われずにはいない。そうなのだ。このひとは私とまったく同じように、迷い、悩み、考え、求めて、この世の中で、たしかに自分を生きている！

私は、この読者、この人びとと共にこそ生きることができる。強く、深く、そう感じる。そう感じることによって、私の前に、新たな世界が開かれていったのだ。このひとがいまを生きている。私と同じだ。ならば、私もこのように生きることができる。初めてと言っていいほどに、私は自分が生きていることを、この人たちが生きているのと同じ地平で、しっかりと、肯定的にとらえることができるようになっていったのだ。

考えてみれば、私が何とも愚かしい戦争ロボット、テロリストとしての自分から抜け出すことのできた過程で接してきた、先人たちの遺した多様な遺産、主として本を通して接することのできた思想、宗教、文学、芸術などの本質と、この読者たちの生き生きした息づかいは、実は同じ質のものなのではないだろうか。

人間とは何か、私はいかに生きたらよいのか。人間が人間を知り、迷い、悩み、考え、さらに求める。その歩みの中で、数かぎりない先人、同時代を生きる人間たちに学び、教えられ、支えられてこの自分という存在を生きていく。生き継いでいく。これこそが、なくてはならない、私たちの生きる道筋のたよりというものなのにちがいない。

書物、本とは何とありがたいものだろう。私は、その本を生み出す職業を得たことに深い喜びを感じないではいられなかった。

釈迦やイエス・キリストなどの聖典を残してくれたのは、その師の言行を記録し、伝承してきた弟子たちだ。彼らこそ最初の編集者、私の大先達だったのだ。私も、よき人のよきことばや行為、生きた証しを人びとに伝える仕事に、ありがたく深い意味を覚えるようになる。

私たちの生きる場所

日米安全保障条約

第二次世界大戦が終わった後のこの世界と日本の動きは、さまざまに激しいものだった。

戦勝国の間では、終戦と同時に、東西まっ二つに割れて激しい対立と抗争が始まっていた。いわゆる冷戦である。東に社会主義ソ連とその周辺の国々。西は、米英フランスなどの資本主義諸国。私が筑摩書房に入社したのは戦後七年たった一九五二年、それまで日本を軍事占領していたアメリカ軍が撤退して占領が解かれることになった、まさにその年であった。

独立するこの国は、自分たちの選択によって、自分たちの歩み行く道を決めることができる。決めなければならない。言うまでもなく、それが独立というものだ。

その選択の最初の別れ道が、講和条約を、対立する二つのいずれの側と結ぶのかという争点だった。東西両陣営と同時に結ぶと主張するのが全面講和派、東と対立する西側、資本主義、自由主義陣営とだけ結ぶというのが単独講和派。それぞれの主張が対立して火花を散らしたのだ。

私が就職の試験に備えて、生まれて初めて買った雑誌『世界』のその号は「講和特集」号となっていて、全面講和を主張する人びとの結集した場だったのだ。後になって気づいたことだったけれど。

結果は、当時被占領国日本で、占領軍の許可、指示に従って政権をにぎっていた、いまの自民党につながる人びとの主張する西側の自由主義陣営との単独講和となって決着する。いま思えば、アメリカ、つまり西側の中心国家、軍隊の被占領国としては、それ以外の選択はあり得ないことは明らかなことだった。以後、現在に至るおよそ七十年、この国の戦後は、この選択によって決定的に方向づけられることになったのだ。

否応なしにこの選択をなさしめたのは、もちろん東西対決の先頭に立つ占領軍アメリカ合州国の断乎たる計画、政策によるものであった。

この単独講和でなければ、日本の独立は認めない、となれば、敗者の側には、どうしたって道はひとつしかない。しかも、その講和条約――サンフランシスコ条約の締結にあたっては、絶対的な条件が付されていたのである。条約の締結をするにあたっては、日米安全保障条約を同時に結ぶのでなければならないという、断乎たる交換条件なのだ。

その日米安全保障条約とは、いかなるものか。米軍の占領が解かれても、その占領の中身、実態は、動かぬものとしてそのまま保たれる。つまり米軍は日本国土に居すわって駐留しつづける。その米軍の配置も行動も、占領下と同じに、日本によっていっさい制約されることもなく自由。「日米地位協定」という両国の一片の申し合わせ文書が、それを認めているのだ。何のことはない、独立とは名ばかり、占領という実態はそのまま。そんな安全保障条約と引き換えでなければ、講和条約は結ばれない、というものなのだ。

全面的な無条件降伏をした日本。名目上の独立はなしとげるとしても、たしかに戦後日本の出発は、この道以外にはあり得なかったと認めざるを得ない。不愉快なことばだけれど、これはまさに和姦を装った強姦。全くそうとしか言いようがない事実であった。

朝鮮戦争の勃発

この日米安保条約というものが、どんなに日本国の首根っこを押さえているか、七十年たった今にあってもその恐るべき効力は、この国の戦後史をたどれば、いやと言うほどに明らかではないか。

東西の対立、冷戦が、第二次大戦終戦わずか五年後、日本がまだ完全な占領下におかれていた一九五〇年、南北朝鮮国境で始まった衝突で、文字通り熱戦の火ぶたが切って落とされた。南、大韓民国軍は、アメリカを主体とする西側の連合軍に組み込まれ、一方、北、朝鮮民主主義人民共和国に対しては、この前年、国民党政権を倒して共産党がうち建てた社会主義、中華人民共和国が全面支援、当事者として戦争に参加、東西陣営が全面的に対決する朝鮮戦争が始まったのだ。

日本を占領していた米軍は朝鮮戦線に総動員され、日本の米軍基地は、米軍爆撃機、艦船の出撃、戦略物資補給のためにフル活用されていく。さらに日本には米軍のために、戦場で破壊された艦船などの修理、武器弾薬など小火器の生産が求められ、敗戦によって息の根を止められていた日本の兵器生産企業は急速な復活への道を獲得することになる。

当初、北側に押されて半島南端にまで追いつめられ、劣勢におちいった米軍司令官マッカーサーは、原爆の使用を主張したものの、それはさすがに米大統領の認めるところとはならずにすんだことは、後になって私たちの知ったことだった。

マッカーサーは、恐るべき原爆に代わる武器としてだろう、日本に対して早急な再武装を命じる。もちろん在日米軍の指揮下に組込んで、その補強を図るためだ。マッカーサー、アメリカにとっては、そんな命令を日本に対して下すくらいのことは、原爆を振り回すよりは、比べようもないほどに気軽なことであったろう。日本政府はその命令によって警察予備隊を創設し、それはすぐに保安隊となり、ついには自衛隊、次第に立派な軍隊に育て上げられて今日に至っているのだ。アメリカにとっては、このような日本を完全に支配下に置いたことは、原爆を用いる作戦に数等勝る現実的な効力をもたらすものだった。

日本の再武装と憲法

占領下に始まった日本の再武装は、いわば勝者の絶対命令下、いやでも従うほかはなかったことだった。しかし、一九四七年、日本国憲法が制定され、五二年米軍の占領が解かれてからも、日本国政府は一貫して自衛隊を増強しつづけてきた。「戦争の放棄」をうたい、「陸海軍その他の戦力はこれを保持しない。国の交戦権は、これを認めない」と、憲法は、子どもにもわかることばでしっかりと定めているにもかかわらず。そしてすでに今日、その装備を含めた戦力は世界有数のものにまで育ってしまっている。

これはいったいどういうことか?

憲法という、国のあり方、国民の生き方の根本を定める最高のおきて、そこに書かれたことばと、実際に行なわれることが、全く逆になってしまっている。

これで国というものが、まともに成り立つものであろうか。そんなことはあるはずがない。国の土台がゆがめられているのに、その土台の上にどんなものを打ち建て、築こうとも、それがまともなものになることなど決してあり得ないことは明々白々ではないか。

さすがに自民党の政治家だって、そのことを認めないわけにはいくまい。だからこそ、安倍首相は、憲法の文面を、彼らなりにちゃんと筋の通ったものに改めようと言うのだ。どのように筋を通すのか。軍隊を持つこと、つまり戦争をやることをはっきり明記して認める。非武装、不戦の文字を葬り去る。

それが、「結党以来」の党是だという安倍も、さすがにそれを正面に押しだしたのでは、戦争の悲惨を散々に経験した国民の抵抗が大きくすんなりとはいくまいと考える。考えて、その文言は仕方がない、残す。残すけれど、自衛隊を「国軍」としてはっきりと憲法文面に書き入れる。軍隊と正式に名のるならば、国際的な戦争法規でも認められて、正々堂々と戦争をすることができる。

だがいったい、なぜ彼らはこんなにも戦争がしたいのだろう。

いいや、戦争がしたいのではない、と彼らは言い張って、「積極的平和」を看板にかかげる。軍備を強大なものにすることで、つまり、いついかなる時も、戦争をやればこちらが勝つ体制をがっちり築くことで平和を守る。だが、これこそが、核を、戦争の抑止力だと主張する核大国につながる正真正銘の軍国主義そのものに他ならない。

なぜ彼ら自民党はこのように考え、それを実現しようとするのか。まず何よりも彼らには根っからの固定観念がこびりついている。国家というものは、当然に武器を持ち、軍隊が守らねばならぬもの。軍隊はもちろん戦争をするもの。そしてさらに彼らの軍隊は、アメリカと一体となってその意に添う、従うという、ただこの一点につきる。

アメリカの日本に対する基本姿勢、それはあくまでも日本と日本軍をアメリカの意のままに動かし、利用するということにつきる。そのアメリカの意図に従う以外に、日本国で権力を保持することは全く不可能なのだということを、彼ら自民党は骨身に沁みて承知しているのだ。

自民党の連中は、骨の髄から、この日米の力関係、決定的構造の上に自分たちは立たなければならないと思っている。国内で権力が欲しければ、アメリカの意に忠実に、そむかずに従うこと。それが彼らが肝に銘じる自分たち自身への至上命令なのだ。

世界の覇者アメリカに寄り添っていさえすれば、どうころんでも損することはない。国軍を作り、武器弾薬をどしどし作れば、日本経済はいやでも活性化する。財界はもちろん勇躍歓喜、自民党への献金に糸目はつけない。マスコミの大勢もこの権勢に従って、表立って異を唱えることがない。

私たち日本国民は、いま、このような情況の中で生きている。

私たちは、一体どうすればよいのか。私たちが戦争への道を拒んで平和のうちに生きていくためには、何を考え、何をどうしたらいいのか。私は、私自身のこれまで歩んできた道をきびしく振り返りながら、必死になって、私なりに答えを見つけたいのだ。もちろんあなたと共に。

III 戦争と昭和天皇

一九八八年、昭和六十三年九月、昭和天皇は重い病におちいって、以後彼は連日大量の輸血によって辛うじていのちをつないでいた。日本国中、大きな声、歌舞音曲、派手な衣服の着用などが退けられ、「自粛」と称する異様な静寂がおおいかぶさっているさ中、根っからの天皇少年だった私は、刻々と死の迫りつつある天皇を目の前にすえて、きびしく問いかけずにはいられなかった。

「お聞きください、陛下」は、彼の病い刻々と進む中で書きつづけて、死去直後、一九八九年、昭和六十四年一月二十日発行の『径通信』に発表した。

お聞きください、陛下

陛下よ、あなたは「神様」だったのです

人間はお互い同士、けんかをすることもあれば、笑って肩を叩き、抱き合うこともあります。時には憎しみをぶつけ合うこともあれば、お互いの素晴らしさに惚れ合うこともあります。いずれにしてもまあ似た者同士、お互いバカに付ける薬はないと、共にカラカラと笑って許し合うこともできます。

でも、あなたは違ったのですね。

「天皇ハ神聖ニシテ侵スベカラズ」

これが、つい四十年前までの、大日本帝国憲法第三条に定められたあなたの、唯一あなただけの特別な立場、性格だったのです。

あなたは神聖な存在です。おろかな、間違い多い人間のひとりではなかったのです。まともにまなざしを向けることもできぬ、格別に尊いお方であったのです。

そんなあなたの役割は、この日本という国の国土と人民のすべてを、とにかく隅から隅まで、ひと

りも残さずに支配なさることだったのです。

「大日本帝国ハ万世一系ノ天皇之ヲ統治ス」（大日本帝国憲法第一条）

大日本帝国天皇であるあなたのなさるべきことは、一日も早く、この日本列島だけでなく、「八紘《はっこう》を一宇《いちう》となす」こと、いまの言葉で言えば、世界中の国々、人びとを統一して、一つの家のように支配することだったのですね。

あなたは、この国に生まれた私たちを、「汝、忠良なる臣民」、わが家来たちよといつくしまれ、「朕が赤子《せきし》」つまり赤ん坊と言ってかわいがってくださいました。

何という光栄、恩沢《おんたく》でしたろう。私たちはあなたの聖なる大業、神の正義を実現することをひたすらお助けするためだけに生きることができるのです。だからこそ私たちは、「一旦緩急アレバ義勇公ニ奉ジ」（「教育勅語」）、「死は鴻毛《こうもう》より軽しと覚悟」（「軍人勅諭」）して、「虜囚ノハズカシメヲ受ケズ」（「戦陣訓」）、喜び勇んで戦場に死んで行くことができたのです。「天皇陛下万歳！」あなたは永遠の存在です。「君が代は千代に八千代にさざれ石のいわおとなりて苔のむすまで」、小さな石がだんだん育って巨大な岩になるまでも永遠、崇高な存在に、この身を捧げてきたのです。

陛下よ。あなたと私たちとの関係というのは、まぎれもなくそういうものでありましたよね。

それが、「不磨の大典」と称された「大日本帝国憲法」、いわゆる明治憲法、「軍人勅諭」、「教育勅語」等々をふまえて、あなたが私たちにたまわったすべての道徳・規範・命令を貫く根本の教義であったのです。

そして、ヒロヒト天皇。ある日、あなたは私たちに、聖なる戦さに行け、殺せ、そして死ねと、おごそかにお命じになった。「一銭五厘」のハガキ、そう、「赤紙」というものを、町の、村の役所を通して、町々、村々の家々、男たちの上にばら撒かれた。「勝って来るぞと勇ましく」私たちは進軍ラッパに歩調を合わせて、勇み立って戦場に赴いたのです。

何のために？　何をしに？

私たちは、いまほんのちょっと、そのことを振り返ってみようと思います。

幸いなことに、あなたがおごそかに下したまわった「詔勅」のたぐいだけでなく、あなたのなさったことや、かしこくも臣下にかけたもうたおことばも、あなたの八十余年の、そして雲の上にかくされた生涯からすれば、ほんのわずかなものではありますが、われわれ下々の者たちのところにまで伝えられております。もちろんあなたのおそば近くに侍《はべ》った重臣たち、大臣、軍人、官僚たちが語り、あるいは書いたものです。戦後になれば、恐れ多くも記者会見などという、かつてはゆめあるまじきこともございます。そしてそれらを広く読み、核心ともいうべきものを選び集め、私たちに精緻に伝えてくれたすばらしい本があります。田中伸尚さんの『ドキュメント昭和天皇』（全八巻、緑風出版、一九八四〜九三年）がそれです。

戦後世代のひとりである田中さん（一九四一年のお生まれです）のきわめて貴重な労作、全八巻のうち、いま第五巻までしか刊行されていませんが、これを座右に置いて全面的に頼りにさせていただきながら、あなたとこうしてお話し申し上げるつもりです。

あなたにこれから申し上げ、おききしたいと思うことは、別に深遠な哲理でもなく、高尚な学術上のことでもないのです。いまこの国の片隅に暮らす、ごくごくあたりまえの人間が、ごくごく素朴に思うところを申し上げるだけのことなのです。田中さんのご本は、そんな私どもにとっては、まことにありがたい手がかりになるのです。

お聞き苦しいことも多々ございましょうが、どうぞお耳をお貸しくださいませ。

では、陛下よ。

あなたの「ご意志」は「絶対」のものでした

一九二八(昭和三)年六月四日、「満州某重大事件」が起きたことをあなたはお忘れではないでしょう。当時、中国の内戦で、蒋介石の率いる国民革命軍が北の軍閥を討とうとして北上してきていました。すでに中国東北部——いわゆる満州に、関東軍を進駐させ、徐々に侵略の手を伸ばしていた日本にとっては、中国人民の広い支持を受ける革命軍が北上してくることは、当然おもしろくなかったのです。もともと日本軍の支援を受けていた軍閥の張作霖は、日本の要求によって、北京から満州に帰ることになります。ところが彼の乗った列車が満州の奉天市に入る直前に爆破され、殺されてしまいます。

これが実は日本軍の高級将校らの企んだ謀略だったことは、当時国民は知らされませんでしたけれど、あなたはもちろんちゃんと報告を受けていたのです。

皇軍、天皇の軍隊が動くには、ただひとり、あなただけが持っている統帥権《とうすいけん》――軍隊を動かす権力――に依らなければならないのですよね。この統帥権には、あなた以外のどんな人も、たとえ内閣総理大臣といえども、一指だに触れることはできない。大元帥、陸海軍大将であるあなたを頂点とした軍の指揮系統が厳然としてあり、だからこそ、「上官の命令は朕の命令」(「軍人勅諭」)として、絶対的な権威をもつものとされていたのです。

張作霖爆殺は、帝国陸軍の指揮系統、つまりあなたの命令によって行なわれたことではなかったのですから、明らかに統帥権を無視した行動です。

しかしすでに中国侵略そのものが国の政策として――もちろんあなたの統治行為として、ずっと進められてきていたわけですから、謀殺を計画し、実行した軍人たちは、これこそ国策をいっそう有効に押しすすめるものだという自負も功名心もあったのでしょうね。また軍の上層部、政界の中にも、そういう青年将校たちのやり方を支持し、裏で援助する強い勢力があったことは、あなたもよーくご存知だったはずです。だからこそ、いったんはこの軍人たちを、重大な軍紀違反――何しろあなたの統帥権が犯されたわけですからね――として処罰することをあなたに約束していた時の総理大臣田中義一も、軍法会議さえも開くことができぬままに、単なる行政処分でお茶をにごしてしまったのです。

陛下、あなたは顔色を変えてお怒りになったのでしたよね。

「この前の言葉と矛盾するではないか!」

いいえ、「そのことについては、いろいろ御説明申し上げます」と言い訳をしようとした田中に対して、あなたは、

「説明は聞く必要がない」

と、きっぱりと不信を表明されたはずです。（『岡田啓介回顧録』岡田貞寛編、毎日新聞社、一九七七年）

あなたの御不興を受けて、内閣は総辞職、です。

あなたは、戦争が終わってから、戦争を始めたのは私の意志ではないと、機会をとらえては言っておられますね。まずは最初に、昨日までの敵将、マッカーサーに向かって。

「私が反対したら新しい天皇が擁立されたにちがいない。あのとき、どんな天皇であっても国民の意に叛いて開戦に反対できなかっただろう」（『ＬＩＦＥ』一九四六年九月四日号）

とさえ。

ご冗談でしょう、陛下、あなたの御意志は絶対なのです。御不興、つまりちょっとしたお怒りの顔色をお見せになるだけで、内閣がふっとぶだけのお力をお持ちなのです。「国民」に責任を押しつけようなんて、それはないでしょうと申し上げるしかありません。

なんなら、もうひとつの事件を思い起こしていただきましょうか。

これも青年将校たちが、ファシズムの気流に舞い上がって引き起こした二・二六事件です。

軍人たちは、中国への侵略を進めようとする意図において、政治家たちよりもいっそう露骨かつ急進的でした。そして自分たちの企図を実現するために、力ずくで政治を動かそうと、常に状況をうかがっていたのです。そのためには、天皇、あなたを直接の親玉としていただくことが、決定的な力になります。内閣とか議会とか、めんどくさいことはやめてしまえ、そんなものはどうせ役立たずのお飾りにすぎないのだから。これこそ天皇制ファシズムの心情と論理です。彼らは「天皇親政」を叫んでいたのですよね。

一九三六（昭和十一）年二月二十六日、彼らは部下の軍隊を引き連れて大臣たちを襲い、内大臣、大蔵大臣らを殺し、あなたのご信任きわめて厚かった侍従長鈴木貫太郎――日本敗戦の時の総理大臣です――らに重傷を負わせます。首相の岡田啓介は、危いところを助かりました。天皇陛下、あなたを取り巻く悪者ども、「君側《くんそく》の奸《かん》」を除き、自分たちの政治的主張を通そうというのが、彼らのもくろみです。

あなたはこの時、どうなさいましたか？

そう、あなたは激怒されたのです。軍の上層部にもこれら将校と気脈を通じる者たちがいて、彼らをかばおうとしたのでしたが、あなたはそれを断じて許さなかった！

「速かに暴徒を鎮圧せよ」

「今回のことは精神の如何を問わず甚だ不本意だ。国体の精華を傷つくる」

「朕の軍隊が命令なく自由行動を起したことは叛乱軍と認める、叛乱軍である以上速かに討伐すべき」

鎮圧がもたついていると、あなたはどうしようとなさいましたか？

「朕自ら近衛師団――あなたの側近の精鋭軍ですよね――**を率いこれが鎮圧に当らん」**

「これから鎮撫に出かけるから直ちに乗馬の用意せよ」

（以上、『木戸幸一日記』上巻、木戸幸一・木戸日記研究会校訂〈東京大学出版会、一九六六年〉、『われら

の象徴民主天皇」藤樫準二《東光協会出版部、一九四九年》、『本庄日記』本庄繁《原書房、一九六七年》
なんと凜々しい大元帥陛下ぶりでありましょう。あなたのお好きなあの白い馬上のお姿が、目に浮かぶではありませんか。

　あなたのご意志はもちろん貫かれ、自分たちこそは陛下の忠臣であると思い込んでいた将校たちは、天皇に弓を引く逆賊と決めつけられ、自殺、刑死にまで追い込まれました。

　陛下よ、あなたのご意志は絶対なのです。

　たしか、あなたを怨んで刑死していった将校もいたはずですよね。ご記憶でしょうか？


　ああ、私は愚かにも、いまにして思うのです。

　ずんずんずんずんと、中国への侵略を続け、三二（昭和七）年には満州帝国というかいらい国家までを作り上げ、ついには時の首相近衛文麿の「不拡大方針」をも反故《ほご》にして進めていった「支那事変」――日中戦争への歩みの中で、あなたは何をなさっただろうと。

　平和へのご意志をまっこと真実に持っておられたとおっしゃるならば、「戦争は許さぬ、平和を！」と、なぜ断乎として表明してはくださらなかったのか、と。少なくともあなたはすべてを知っておられた。だが私たちは当時、何ひとつ事実を知ることがなかった。

　もしもあなたがそうおっしゃってくださったのであったなら、中国数千万の人びとの死も流亡も、それにうちつづくアジア諸国をはじめとする世界各地での、またあなたの最もいとおしまれたあなたの無数の「赤子」の死も、残された家族の悲嘆もなかったものを！

……すべては返らぬくりごとです。

戦後もずっと時を経た一九六九（昭和四十四）年の記者会見で、「陛下、この戦争はやめなければならないと、決断されたのはいつ頃ですか」と聞かれて、あなたはこうお答えになっています。

「若い頃、ヨーロッパを見て、戦争はするもんじゃないと考えていたので、開戦の時からいつやめるか、いつやめるかと、やめる時期をいつも考えていました」

（『陛下、お尋ね申し上げます―記者会見全記録と人間天皇の軌跡』高橋紘、文春文庫、一九八八年）

戦争を始めておいて、さていつやめるかと考えたということが、平和愛好者の証明、戦争責任免罪のアリバイになるとでも、陛下、あなたはお考えなのでしょうか。

それとも、日本の中国侵略の事実を、あれは戦争ではなかったとでもお考えなのでしょうか。そう言えば、あなたの言われる「開戦」とは、アメリカ、イギリスなどに対して攻撃を開始したあの十二月八日をさしておられるのかも知れませんね。そうです、あなたは、中国に対しては、米英等に対したのとは違って、「宣戦の詔勅」を発しておられませんものね。国際法も何も、あなたの御稜威《みいつ》――ご威光の前には屁でもなかったのです。

あなたにとって、イギリスをはじめとする西欧先進国は一種のあこがれの対象であったようですけれど、近隣のアジアの国々人びとのことは、ほとんど眼中になかったのですね。彼らは私たちよりは劣り、遅れた人びとだったのです。だからこそそこは、利権や資源の収奪対象以外のものではなかったのです。

それは、当時の日本人にとっては、ほとんど上下を貫く見方であり、態度だったのではないでしょうか。いまもなお同じなのではないかと私は思いますが。

あなたは「中国侵略」を鼓舞激励されました

一九三一（昭和六）年九月十八日、またしても陛下の軍隊は中国で鉄道を爆破しました。柳条湖での関東軍の高級将校、板垣征四郎、石原莞爾らの謀略ですが、これをきっかけとして、軍は大々的な軍事行動を起こします。中国東北部をわがものとしようという日本の野望を、またしても軍が先導して実現しようとしたのです。満州事変です。

陛下よ、あなたはご自身の統帥権がこれほど大っぴらに犯されたにもかかわらず、いっときは少々お怒りになられたようではありますが、軍事行動がうまい結果をもたらしそうだとなると、手のひらを返してこの関東軍の行為をお褒め上げになったのです。そしてこのようなあなたの態度はみごとに一貫しています。

「曩《さき》ニ満州ニ於テ事変ノ勃発スルヤ自衛ノ必要上関東軍ノ将兵ハ果断神速寡《か》克《よ》ク衆ヲ制シ速ニ之ヲ芟討《さんとう》セリ爾来《じらい》艱苦《かんく》ヲ凌《しの》キ祁寒《きかん》ニ堪《た》ヘ各地ニ蜂起セル匪賊《ひぞく》ヲ掃蕩《そうとう》シ克ク警備ノ任ヲ完《まっと》ウシ或ハ嫩江《ノンコウ》齊々哈爾《チチハル》地方ニ或ハ遼西錦州地方ニ氷雪ヲ衝キ勇戦力闘以《もっ》テ其禍根ヲ抜キテ皇軍ノ威武ヲ中外ニ宣揚セリ朕深ク其忠烈ヲ嘉《よみ》ス汝将兵益々堅忍自重《けんにんじちょう》以テ東洋平和ノ基礎ヲ確立シ朕カ信倚《がしんき》ニ対《こた》ヘンコトヲ期セヨ」

（一九三二〈昭和七〉年一月八日、関東軍への勅語）

関東軍よ、よくやった、即刻の判断にもとづいてためらうこともなく敵をやっつけて、わが皇軍の強さを世界中に見せつけたのも喜ばしいことだ、と、陛下よ、あなたはおごそかにおっしゃったのです。

「事変の勃発するや」とおっしゃいますが、起こしたのはあなたの命によらない皇軍だったことを、あなたはとくとご承知だったはずなのです。しかも、また何ということでしょう、ここでもあなたはしっかりと、

「自衛の必要上」


と、立派な理由をまず頭に置くことを忘れてはおられません。

日本国「自衛」隊の名称も、また、「自衛」のためと言って次々と拡大されてきている現在の日本の軍事費が、いま西欧世界五位、いや、実は三位、四百四十四億五千ドル、円にすれば五兆五千二百億円（一ドル＝一二四・四円）と、何とも巨大なものとなっている（八八年十月十九日、朝日新聞）ことも、みんなこの周到なご用意に、ずうーっとつながっているわけなのですね。

大したものです、陛下、あなたはほんとうに英明な君主でいらっしゃった！

この勅語をお出しになったすぐあと、同じ年の三月に、日本帝国はみごとおのがかいらい「満州国」を、中国東北部に作り上げたのです。

そしてこれ以降、あなたは、日中戦争、太平洋戦争の中で、皇軍の戦果をたたえ、鼓舞激励の勅語をどしどし次々お出しになるのです。そしてあなたの赤子たちは、日の丸の旗のもと、殺すために、殺されるために、父母に、妻子に、恋人に別れを告げて戦場におもむいていったのです。

「母の背中に小さい手で、振ったあの日の日の丸を……」（日の丸行進曲？）当時少国民であった私も思い出さぬわけにはいきません。幼時に味わったことの根の深さって何とも言えず強いのですよね、陛下。

あなたの「作戦指導」はお見事です

日本の中国侵略はとどまるところを知りません。三七（昭和十二）年七月七日、盧溝橋に始まった戦争で、その年の十二月十三日、日本軍は、南京占領を果たし、兵士たちによる大虐殺が行なわれます。（あなたの軍隊――つまりは私たちです、なにしろ「国民皆兵」が帝国のおきてなのですから――のなした凄惨な行為を、よもやあなたは知らぬとはおっしゃられますまいね、陛下。）

戦争体制は次々と強化され、翌三八（昭和十三）年四月には、「国家総動員法」が公布され、国民すべてが戦争のために動員されていきます。十月には、大陸の奥深い都市、武漢三鎮を占領します。南京陥落の時と同じように、私たちは歓声をあげて提灯行列をしたのです。しかしあの広大な大陸を、日本の軍隊がおおいつくすことはできません。いずれ占領は、点と線だけのものになっていかざるを得ないことは、ちょっと考えれば明らかだったはずです。戦争が長引くに従って、軍はあせり始めます。中国東北部と国境を接するソヴィエトは、日本軍にとって目の上のたんこぶです。いずれソヴィエトとの衝突は必然と、日本は考えていたのですよね。すでに前年、三六（昭和十一）年十一月には、日独防共協定を結んでソヴィエトへの敵視をいよいよはっきりさせていました。そして三九（昭和一四）年五月、中国との国境ノモンハンでソ連軍と紛争を引き起こし、予想に反して日本軍は壊滅的な敗北を喫するのです。

この三九年九月一日、ドイツのヒトラーはポーランドに侵攻を開始し、第二次世界大戦の幕が切って落とされたのでした。ドイツは、翌年四月にはノルウェー、デンマーク、五月にはベルギー、オランダ、ルクセンブルクへと戦線を広げ、イタリアも参戦、六月にはパリがドイツ軍によって占領されます。

フランス、オランダがドイツ軍にふみにじられて、両国のアジアにおける植民地は主人公を失ったような状態になりました。さあ、日本は色めき立ちます。いまこそ、というわけです。

すでに日本の中国侵略に腹をすえかねていたアメリカは、日米通商航海条約を破棄（三九年七月）しました。日中戦争のための戦略物資、鉄や石油などの資源を持たぬ日本にとって、こうなってみると、これら東南アジアの石油その他の資源は、よだれの出るほどにほしいものです。日本の南方侵略への意欲——南進論が燃えあがります。軍は四十年七月、「蘭領印度に対しては政治的施策を以って軍需資源の獲得に努むるも、情況により武力を行使し、その目的を達することあり」と方針を立て、それがそのまま、政府、統帥部——つまり日本全体の一致した基本方針、「基本国策要綱」「世界情勢の推移に伴う時局処理要綱」として、あなたの出席された御前会議で決定されます。「情況により武力を行使」とは、まさに強盗宣言にも等しいものではないでしょうか。

さて、陛下よ、あなたはこのような事態の推移の中で、何を考え、何をなさっておられたのでしょうか。

三八（昭和十三）年一月十六日、近衛首相は、「蔣介石を相手とせず」の声明を発して、和平への道をぴっしゃりと閉ざしてしまいましたね。その方針、「支那事変処理根本方針」は、あなたの臨まれた御前会議（一月十一日）で決定されたのです。よくご記憶のことと思います。

「場所は宮中の広間……一同玉座の両側のテーブルに威儀をただす。玉座は臣席より二、三間ほど離れて、六曲の金屛風を後に、テーブルを前にしつらわれている。定刻、一同最敬礼裡に陸軍装にて出御《しゅつぎょ》着座、近衛首相が司会係、広田外相から議案を御説明申し上げた。……原案賛成の平凡な意見が、修辞美わしくもっともらしく述べられたのに過ぎない。それで原案可決となり、陛下は終始御言葉なく、全員の最敬礼を背にして入御《にゅうぎょ》、会議は二時間とはかからなかった。国家の最高意思を決定する御前会議とは、いつもこんなものか、実にぎこちない形式的なものであった」

と、広田弘毅外相にしたがって出席した石射猪太郎は後に書いています（『外交官の一生』石射猪太郎、太平出版、一九七二年）。

常に平和を望まれたとおっしゃるあなたは、無言のまま、引き返しのできぬ戦争の泥沼に陥っていく決定を承認されたのです。

あなたは日中戦争について、後日のことですが、こう木戸幸一内大臣に語っておられますね。

「どうも支那とは結局戦わなければならぬ様に思われたのだが、しかし一面ソヴィエットに備えなければならぬ、そうすれば支那とは一度妥協する外なかろうと思ひ……総長宮と陸相を招き其の点はどうかと尋ねたところ、陸軍としては対ソの準備は心配はない、支那は万一戦争となっても二、三カ月で片付くという様な意味の答申であったので、そのままとなってしまった……」

（前掲『木戸日記』一九四〇年七月十一日の記述）

要するに陛下、あなたは中国への侵略戦争を当然のこととされていたのです。そんな簡単に「片付く」なら、いいじゃないかと。それよりもあなたには、共産主義国ソヴィエトの方が、中国などより何層倍も気に入らぬ相手だったのです。革命の波及こそは、天皇制を根本から崩すものです。あなたは何よりもそれを恐れていたのです。

さて、先にあなたの「無言のまま」と、御前会議の様子を申し上げましたが、「情勢の推移に伴う帝国国策要綱」で南方進出の方針を決定した四十一年七月二日の御前会議の前、六月二十五日、近衛首相と杉山陸軍参謀総長、永野海軍軍令部総長はあなたの前に立って、「国策要綱」について報告し、了解を求めていますね。「内奏」と呼ばれる、いわば根回しというやつなのでしょうか。こういうことを事前にきちんとやっているからこそ、御意志に逆らうような議案も発言もあるわけがない、あなたは御前会議など厳粛な場ではことさらな発言をなさる必要はないわけです。沈黙にこそ万金の重みがありますものね。

さて、その御前会議に先立つ根回しの場面でのあなたの発言を見てみましょう。

日本国は、フランス領インドシナ（仏印）に軍隊を駐屯させようと図っています。そのことにつき、あなたは杉山参謀総長に質しましたね。

天皇　**最近の交渉に於て仏国側は我に対し好意を寄せて居ると思うが此の様な事**——日本軍を駐屯させることです——**をおしつけてどうか。**

総長（杉山）　帝国は方針として大東亜共栄圏は飽迄《あくまで》建設しなければなりません。今迄に既にやらなければならなかった事でありまして、最近に於て、英米蘭支等が南方に於て相提携して日を追うて我を圧迫して参って居りますので、一日でも早くやる必要があります。万已《や》むを得ざる場合、例えば対日全面禁輸或は米英が戦略態勢を強化して参りましたる場合、之《これ》をおさえる為に早くやる必要があります。

天皇　仏だけで宜《よろ》しいか。

なかなかのものではないですか。仏印だけでなく、もっと別の所へも兵を進める必要があるのではないかと、軍に督促しておられるのですね、あなたは。

総長　泰（タイ）に対しては後に続いてやるのが宜しいと存じます。泰は馬来（マレー）と接続して居りまする関係上大きいのを引きおこすかも知れませぬから、先ず最初は仏印にやるのが宜しいと存じます。

（中略）

天皇　軍隊を如何に配置するか。

（中略）

天皇　飛行場はどの辺か。

総長　大体海岸の近くであります。

などなど、ずい分と細い所の作戦についてまで、突っこんでいます。そしてあなたは、何とおっしゃいましたか。

天皇　国際信義上どうかと思うがまあ宜《よ》い。　（以上、『杉山メモ』上巻、参謀本部編、原書房、一九六七年）

「どうかと思うが、まあよい！」――「国際信義」もへったくれもないわけですよね、陛下！　あなたはかくして、南方侵略を、すでに御前会議以前に承認されていたのです。

いずれにしても、「十五年戦争」の間じゅう、あなたは実にお見事な作戦指導、政策指導をなさっておられます。その例は随所に見ることができるのですが、いま、細かに申し上げる時間の余裕がありません。いくつかの例証をつけ足しておきましょう。あなたご自身のおことばによって。

一九四二（昭和十七）年一月、緒戦の戦果に、国は上下をあげて戦勝気分に酔っています。しかしあなたはなかなかに冷静でいらっしゃる。一月八日、あなたは南方の情況について、杉山参謀総長におっしゃっています。

「南方作戦は既定計画より相当進度が早いようだが、計画を修正する必要はないか」
「第一期作戦後はどうなるのか」

第一期作戦とは、開戦後四、五か月で広大な太平洋諸地域を占領しつくすという日本軍の戦略です。それ以降は、兵力を北に回して対ソ戦に備えるというのが、大雑把な見通しです。

杉山は答えます。

「北方ソ連に対しては独伊の作戦より安固を図り、機会があれば外交的に独ソ和平に導き、作戦、外交、謀略面から総合的に具体的な検討を加え、その基本方略を確立致したいと考えております」

あなたはお命じになります。

「よろしい。それはすみやかにやれ」

「バタアン半島の攻略のため現兵力で十分なのか、兵力増強を必要としないか」

（以上、『戦史叢書　大本営陸軍部〈3〉』防衛庁防衛研修所戦史室、朝雲新聞社、一九七〇年）

「コレヒドル要塞の砲はバタン半島陸上も射撃出来るや」

（『近代日本史料選書4　侍従武官　城英一郎日記』野村実編、山川出版社、一九八二年）

「今度の第十独立守備隊は何処へやるのか。あれは直ぐ比島にやるのか」

（『杉山メモ』下巻、参謀本部編、原書房、一九六七年）

こんなことを挙げていったら、きりがありません。参謀総長も音をあげるほどなのです。

「陛下は直ぐ先を見透うして細かい問題までも御下問になることがある故、派生的問題についても口答を以て奉答申し上げるよう各種の問題につき準備したきものなり」

（前掲『杉山メモ』下巻）

二月十五日、シンガポールを日本軍は占領します。十六日、お祝いを述べた木戸幸一に、あなたは多分喜色を満面にたたえて、こうおっしゃいました。

「木戸には度々云う様だけれど、全く最初に慎重に充分研究したからだとつくづく思う」

（『木戸幸一日記』下巻、木戸幸一・木戸日記研究会校訂〈東京大学出版会、一九六六年〉）

陛下、まったくおっしゃる通りです。あなたの「最初」からの「充分」など「研究」は、まことに周到なものでありました。そして、ご「指導」をもつけ加えておかなければなりません。ご謙遜なさることはないのです。

もうこれくらいにして別の問題に移らせていただきましょうか。陛下よ、お互いにあまり時間はないのです。

あなたは「日米開戦」の「ご聖断」を下されました

アメリカにとって、日本軍の仏印進出がどのように受けとられるか、「まあよい」というあなたの無責任な許可で日本軍が一九四一（昭和十六）年七月二十八日、仏印南部に上陸を開始する直前、アメリカは在米日本資産の凍結を発表しました。イギリス、オランダもこれにつづきます。そして上陸直後の八月一日、アメリカは対日石油全面禁輸を発動します。屑鉄、石油など、重大な戦略物資もみなストップです。

事態は、急坂をころげ落ちるように、ぐんぐんと進んでいきます。

日米会談という、外交交渉も行なわれましたけれど、それも要するに戦争準備を一挙に押しすすめるための、カモフラージュにしかすぎません。

そこで、さあ、いよいよ対米英、オランダとの開戦の方針を決定する、四一年九月六日の御前会議にとことは運ばれていきます。

その前日の九月五日午後、近衛首相は閣議で最終決定した「帝国国策遂行要領」を持ってあなたに報告に行きます。例の事前の根回しですが、その「要領」は、「十月下旬をめどに戦争準備を完了する」というものでした。

陛下、あなたは、

「之を見ると、一に戦争準備を記し、二に外交交渉を掲げている。何だか戦争が主で外交が従であるかの如き感じを受ける。此点に就て明日の会議で統帥部の両総長に質問したい……」

とおっしゃっています。おや、たしかにあなたは、何はともあれ戦争第一の軍部狂信者たちとは別の発想を持たれているようですね。もしかしたら……、そう、あなたの英明で平和を愛される精神が、ここまでとってきた日本の進路を変えることになるかも知れないという淡い期待を抱きたくなるようなご指摘です。

近衛は答えます。

「政府としてはあくまでも外交を主にして、交渉がどうしてもまとまらないようでしたら戦争の準備にとりかかるという意味でございます。この点について統帥部（つまり軍ですよね）の考えをお尋ねになりたいようでしたら、今直ちに両総長をお召しになってはいかがでしょうか」

あなたはお命じになります。

「直ちに呼べ。尚、総理大臣も陪席せよ」

さすが威厳がおありです。政治、軍事の全権を統《す》べられる「聖上」のご面目が躍如としています。

夕方六時、三人を前に、あなたはおっしゃいます。

「なるべく外交でやれ」

そう、「なるべく」。なるべく、ということは、それができないとならば、もちろん「戦争でやれ」、という意を含んでいるはずです。だからこそあなたは、陸軍参謀総長にお尋ねになります。よろしいですか、あなたはこう杉山総長にのたもうておいでです。

「もし日米に事あれば（つまり戦争がおっ始まれば、ということです）、**陸軍としては幾許《いくばく》の期間で片付けられると考えておるのか」**

杉山は答えます。

「南方作戦は三カ月ぐらいで片づけるつもりでおります」

あなたは杉山の痛いところを突きます。

「支那事変のときには一カ月ぐらいと申したのにまだ片付かんではないか」

杉山が陸軍大臣だった時に引き起こした「支那事変」の際に、杉山はあなたにそう答えていたのですよね。あなたのご記憶は冴えていらっしゃる。もうこの時、日中の戦争は四年目、満州事変から数えれば九年もたっていたのです。

杉山は多分脂汗たらたらだったろうと、いささかの同情を寄せたくなります。辛うじて杉山は答えます。

「支那は奥地が広うございますので……」

「支那が広いというなら、太平洋はもっと広いではないか」

（以上、『失はれし政治―近衛文麿公の手記』近衛文麿、朝日新聞社、一九四六年）

あなたは声を励ましてこう言い放たれます。

わあーっ！　いまの子どもたちならさしずめこんな風にあなたのご態度を評するでしょうね。「カッコイイッ！」。

まずこうして相手に一本きびしく打撃を与えておいた上で、あなたは杉山の作戦計画を聞かれます。杉山の説明が終わると、あなたは一段と声を張り上げて、

「絶対に勝てるか」

と、ズバリおっしゃいます。

杉山の答えは、ズバリとはとてもいきません。

「絶対とは申し兼ねます。而《しこう》して勝てる算のあることだけは申し上げられます。必ず勝つとは申し上げ兼ねます」

陸軍参謀総長杉山元はもうシドロモドロだったのでしょう。あなたは、その杉山に向かって、最後に何と言われましたか。

「ああ分った」

（以上、前掲『杉山メモ』上巻）

英明なあなたが、ほんのもう少し真のご英明であったなら、「ああ分った」と、この御前会議前の重大な意志疎通の場を打ち切ったりはなさらなかったのではないかと、つくづくうらまれます。あなたのこの一言は、甘たれ坊主のふてくされのように私にはきこえます。

何と恐ろしいことでしょう、こんなことばで、事態はぐんぐんと悪化していくのです。

あなたのお見事な作戦指導も、つまるところは作戦指導、平和への道ではもともとなかったのです。

九月六日の御前会議の最後に、あなたは明治天皇の歌を読み上げられましたね。**「四方《よも》の海皆同胞《うみみなはらから》と思う世になど波風の立ち騒ぐらむ」**そして、こうつけ加えられたそうです。

「余は常にこの御製《ぎょせい》を拝誦《はいしょう》して、明治天皇の平和愛好のご精神を紹述《しょうじゅつ》せんと努めておるものである」
（前掲『われらの象徴民主天皇』）

ああ、何と「文学的な」ご精神をお持ちであることか！　戦争によって、これから何千万の人びとが死んでいくことになる重大かつ緊迫した空気の会議で、いにしえの大宮人《おおみやびと》よろしく、和歌を朗誦《ろうしょう》して締めくくられる。

いずれ後年、

「そういう言葉のアヤについては、私はそういう文学方面はあまり研究もしていないので、よくわかりませんから、そういう問題についてはお答えができかねます」
（一九七五年十月三十一日、日本記者クラブとの会見。前掲『陛下、お尋ね申し上げます』）

とおっしゃられて、「戦争責任についてどのようにお考えになっておられますか」の問いを、まさにことばのアヤをもってはぐらかしたあのご発言を思い合わせて、まこと文学的なご対応に感嘆するばかりです、陛下。

もう少し、陛下、開戦に至るまでの経過をごいっしょに見てまいりましょう。

十二月八日の開戦までもう幾日もありません。帝国海軍機動部隊は十一月二十六日に、ハワイに向けて千島の択捉島《エトロフ》を発進しました。この日、あなたは内大臣木戸幸一と話されましたね。この時、首相はすでに東条英機でありました。あなたは木戸に申された。

「いよいよ最後の決意を下すに当たっては、ぜひ重臣を集めて広く意見を聞いてみたいと思う。こ

のことを東条に話してみたいと思うがどうであろうか」

（前掲『木戸日記』下巻）

「決意を下す」というのは、どう読んでみても、陛下、あなたご自身の、戦争へのご決断のことです。

木戸は答えます。

「今後の御決意は本当に後には引けない最後の決定となります。少しでも御不審の点があるようでしたら、御遠慮なく仰《おお》せいただき、後に悔いの残らぬような御処置がよろしいかと思います。その意味から、首相に御申しつけになってよろしいと存じます」

（前掲『木戸日記』下巻）

そこであなたは東条が来た時にこうおっしゃった。

「開戦すれば、どこまでも挙国一致でやりたい。重臣はよく納得しているか、政府はどう考えているか。重臣を御前会議に出席せしめてはどうか」

（前掲『杉山メモ』上巻）

もうあなたには何の迷いもないようです。十二月一日に予定されている御前会議の前日、十一月三十日、日曜日の朝、あなたは弟君の高松宮をお呼びになり、いろいろとお話合いをなさったようですね。高松宮は海軍中佐で、横須賀海軍航空隊にいらした。当然、海軍内の事情をお聞きになったわけです。

そして午後、木戸を呼びます。

「どうも海軍は手一杯で、出来るなれば日米の戦争は避けたいような気持だが、一体どうなのだろうかね」

弟君のお話で、やっぱりご不安が少々頭をもたげたのでしょうか。

木戸は、

「今度の御決意は一度聖断あそばさるれば、後へは引けぬ重大なものでありますゆえ、少しでも御不安があれば充分、念には念を入れて御納得の行くようにあそばさねばいけないと存じます。ついては直接に海軍大臣、軍令部総長を御召になり、海軍の直の腹を御確かめ相成りたく……」

（以上、前掲『木戸日記』下巻）

と答えます。

開戦は、あくまで陛下、あなたの「御決意」「聖断」を待たねばならぬことを、木戸はその日記に、確実に書きとめています。宣戦の布告も、講和の条約も、天皇大権のうちに定められているのですから、これは当然至極のことです。

午後六時すぎ、嶋田海軍大臣、永野軍令部総長は御前に来ました。

「いよいよ、時機切迫し、矢は弓を離れんとす。一旦矢が離るれば長期の戦争となるのだが、予定の通りやるかね」

「大命御降下あらば予定の通り進撃致べく、いずれ明日（御前会議のことです）委細奏上仕るべきも、航空艦隊は明日はハワイの西一八〇〇哩《マイル》に達し申べし」

「陛下の御命令さえ下れば」

と、海軍の最高戦争指揮官は答えているのです。あなたはさらに、大臣に問いかけます。

「大臣としてもすべての準備は宜いかね」

大臣も答えます。

「人も物も充分の準備を整え、大命御降下を御待致しております」

（傍点引用者、以上、「嶋田日記」『文藝春秋』一九七六年一二月号所収）

「ご聖断」をお待ちして、準備は着々と進められていると、軍、政の責任者がたのもしく胸を張っているわけですよね、陛下。

二人が退出すると、あなたは木戸を召してお命じになります。

「海軍大臣、総長に先ほどの件を尋ねたるに、いずれも相当の確信をもって奉答せるゆえ、予定の通り進むるよう首相に伝えよ」

（前掲『木戸日記』下巻）

あす十二月一日、この決定的な御前会議で、あなたはもう何もおっしゃることはありますまい。この日の議題は、

「帝国国策遂行要領に基く対米交渉は、遂に成立するに至らず　帝国は米英蘭に対し開戦す」

というものです。会議は型通りに進行し、最後に東条が発言して終わります。

「御質問又は御意見は以上をもって終了したるものと存じます。（中略）本日の議題につきましては、御異議なきものと認めます。

つきましては最後に私より一言申述べたいと存じます。今や皇国は隆替《りゅうたい》の関頭《かんとう》に立っておるのであります。聖慮を拝察し奉り、ただ恐懼の極みでありまして、臣等の責任の今日より大なるはなきことを、痛感致す次第でございます。一度開戦と御決意相成りますれば、私共一同は今後一層報効（原文ママ）の誠を致し、いよいよ政戦一致施策を周密にし、ますます挙国一体必勝の確信を持し、あくまでも全力を傾倒して速に戦争目的を完遂し、誓って聖慮を安んじ奉らんことを期する次第であります。

これをもって本日の会議を終了致します」

（傍点引用者、前掲『杉山メモ』上巻）

東条以下政府閣僚、統帥部首脳、それに枢密院議長たちも、陛下、あなたの「開戦の御決意」「聖慮」――聖なるお気持、お考えに従ってがんばります、と言上しているのです。

翌十二月二日、陸海軍総長はあなたの御前に出て、十二月八日、ハワイ攻撃を初めとする開戦の勅許を受けました。

陛下、この事実に誤りはございませんね。

一挙にここで戦後に飛んでみましょうか。

ここに、近衛文麿が、開戦の翌四十二（昭和十七）年に書いた文章があります。

近衛や重臣たちは、軍ほどには対米英開戦に最初からはやり立ってはいなかった面があります。だからこそ軍人たちは、「天皇親政」などと叫んで、いきり立つことにもなったのですが。で、陛下よ、あなたの信任厚かりし近衛の言うことを、改めてお聞きください。

「……以上日米交渉諸般の歴史を回想して、痛感せらるることは統帥と国務の不一致ということである。」

政府が軍を抑えることができないという嘆きですよね、陛下。

「抑《そもそ》も統帥が国務から独立して居ることは歴代の内閣の悩む所であった。今度の日米交渉に当っても、政府が一生懸命交渉をやっている一方、軍は交渉破裂の場合の準備をどしどしやっているのである。しかもその準備なるものが、どうなって居るかは、吾々に少しも判らぬのだから、それと外交と歩調を合せる訳に行かぬ。船を動かしたり、動員したりどしどしやるので、それが米国にも判り、米国は我が外交の誠意を疑うことになるという次第で、外交と軍事の関係が巧く行かないのは困ったものであった。

日米戦うや否や、という逼迫した昨年九月以降の空気の中で、自重論者の一人であらせられた東久邇宮殿下は、この局面を打開するには、陛下が屹然《きつぜん》として御裁断遊ばさるる以外に方法はなしと御言明になった事があるが、陛下には、自分にも仰せられたことではあるが、軍にも困ったものだということを、東久邇宮にも何遍か仰せられたと拝聞する。その時、殿下は、陛下が批評家のようなことを仰せられるのはいかがでありましょう。不可と思召されたら、不可と仰せられるべきものではありますまいかと申上げたと承っている。」

「……殊に統帥権の問題は、政府には全然発言権はなく、政府と統帥部との両方を抑え得るものは、陛下ただ御一人である」（以上、前掲『失はれし政治』）

もちろん優柔不断なことで名高い近衛のことですから、陛下、あなたを同様な性格者に仕立てあげることで、自分の尻ぬぐいをやらせようという魂胆もないわけではないのでしょう。

あなたのご慧眼には脱帽です。

「近衛は自分にだけ都合のよいことを言っているね」（『侍従長の回想』藤田尚徳、中公文庫、一九八七年）

敗戦、近衛の自殺直後に朝日新聞に発表されたこの手記を読まれて、あなたは側近の者にこうおっしゃっていますね。

そうですとも、陛下、あなたはすでに見てきたように、いざという時には、惜しまずに神々しい威令を行なってこられたのです。近衛などと同日に論ぜられるのは心外の至りというほかはありません。

あなたのおっしゃり方は、遥かに巧みでいらっしゃる。たとえばこんな具合です。記者会見でのご発言です。

「私は軍事作戦に関する情報を事前に受けていたことは事実です。しかし、私はそれらの報告を、軍司令部首脳たちが細部まで決定したあとに受けていただけなのです。政治的性格の問題や軍司令部に関する問題については、私は憲法の規定に従って行動したと信じています」

（一九七五年九月二十二日、外国特派員団との記者会見。前掲『陛下、お尋ね申し上げます』）

すべては政府や軍の決めたこと、私は知らないよ、と、お口をぬぐわれるわけです。

あなたはしかし、いち早く「破綻」を予感されました

戦いが日本軍に有利に展開し、あなたが有頂天になられたのは、しかし陛下よ、残念ながら最初のうち数か月にすぎなかったのですよね。

四十二（昭和十七）年六月には、ミッドウェー作戦が大敗北を喫します。空母四、重巡洋艦一が沈没したほか、飛行機二八五機を失います。もちろん大本営はそんな事実は決して発表しません。「大戦果、わが方損害軽微」が、これ以降変わらぬ発表となり、新聞やラジオがそれを大々的に報じます。国民は、いっさい事実を知らされることがなく、勝った勝ったの戦勝気分のあずかり知らぬところで、事態は進んでいきます。

四十三（昭和十八）年一月、スターリングラードを大包囲していたドイツ軍は力尽きて敗退します。二月一日、ガダルカナル島を占領していた皇軍は、戦死、飢死者二万五千人を出して敗退します。大本営発表はこれを、たしか「新たなる任務のために転進」という風に発表しました。「転進」できたのは、一万一千人にすぎません。

四月には、連合艦隊司令長官山本五十六が乗機を落とされて死亡。五月、アッツ島の日本軍二千五百人が玉砕します。これ以降敗戦の日まで、日本軍は敗北に敗北を重ねて、その戦力はつるべ落としの速さで失われていきます。

ミッドウェーの敗北の時、あなたは「神色自若《しんしょくじじゃく》として」慌てず騒がず軍令部総長にこうおごそかにお命じになります。

「これにより士気の沮喪《そそう》を来さざる様に……尚、今後の作戦消極退嬰《たいえい》とならざる様にせよ」

（前掲『木戸日記』下巻）

しかしガダルカナル島の隣り島、フロリダ島のツラギにアメリカ海兵隊が上陸したという報を聞いた時、あなたはすぐにきびしい反応をなさいましたね。

「それは米英の反攻の開始ではないか」

日光に七月半ばから滞在して、その日は八月の七日でした。

「いま、日光なぞで避暑の日を送っている時ではない。……帰還方《かた》用意せよ」

（以上、『帝国陸軍の最後2』伊藤正徳、角川文庫、一九七三年）

たしかにアメリカ軍は南太平洋の、いったんは日本軍に占領された島々を飛石づたいに奪回していく反攻作戦に打って出たのでした。あなたの直観は正しかったのです、陛下よ。

あなたの胸に不安がきざします。杉山に対してあなたは兵力の増強を促しています。八月、九月、そしてつい先日、十一月五日。そして今日十一月十五日。

「ガ島に敵側大船団が入泊している。ガ島は保持できるか。陸軍航空隊を早く増派する必要があるのではないか」（『戦史叢書　大本営陸軍部〈5〉』防衛庁防衛研修所戦史室、朝雲新聞社、一九七三年）

焦燥の高まりが見えるようではありませんか。

あなたにせっつかれて、すでに残り少なくなっている飛行機がやりくりされますが、行けばたちまちやられてしまいます。

「南太平洋方面よりする敵の反抗は、国家の興廃に甚大の関係を有する。速に苦戦中の軍を救援し、戦勢を挽回せよ」（前掲『戦史叢書　大本営陸軍部〈5〉』）

と、ニューギニア、ガダルカナル島作戦のために新たに任命した今村司令官にあなたはしっかりと命じています。

ガ島は後に「餓島」と言われるようになります。三万六千の将兵のうち、餓えた島から脱出できたのは一万一千。もちろんその一万一千の人びとも、いずれは大方死んで行ったはずです。

艦船は次々と沈んでしまいました。農村からも働き手は次々と赤紙で引っぱられて行きます。「銃後」の食糧はどんどんなくなっていって当然です。米はもちろん、魚や野菜、調味料なども配給制になって、四三、四（昭和十八、九）年ごろになると、皆空腹をかかえることになります。「欲しがりません、勝つまでは」。こんなスローガンが至る所に目につくようになりますけれど、欲しがったところで、食糧でも衣類でも闇で手に入るのは軍部や上層階級の人だけ、飢えて目をギョロつかせている民衆には関係のないことなのです。動物園のゾウ、ライオンなども、どんどんと殺されて行きました。

赤子たちは目も耳もふさがれて、ひたすら皇軍の必勝を信じ、いざとなれば「神風」が吹いて敵軍を一挙に追いはらうと信じつづけていたのです。悲惨というも愚かです。

そういう状況の中で、日本の最上層部でどんな動きがあるのか、私たちはつゆ知るはずもなかったのです。

ガダルカナル島の撤退が始まっていた四三（昭和十八）年二月、近衛文麿はすでに前途に大きな不安を抱き、軍、そして東条首相に強く批判的な目を向けるようになっていました。もちろん近衛だけではありません。

三月三十日、あなたは木戸と長時間お話し合いになります。

「次ぎ次ぎに起った戦況から見て今度の戦争の前途は決して明るいものとは思われない。統帥部は陸海軍いずれも必勝の信念を持って戦い抜くとは申して居るけれど、ミッドウェイで失った航空勢力を恢復することは果して出来得るや否や、頗《すこぶ》る難しいと思われる。若《も》し制空権を敵方にとられる様になった暁には、彼の広大な地域に展開して居る戦線を維持すると云うことも難しくなり、随所に破綻を生ずることになるのではないかと思われるが、木戸はどう思うか」

（『木戸幸一関係文書』木戸日記研究会編、東京大学出版会、一九六六年）

四月十一日、近衛はあなたの叔父君の東久邇宮とお会いになります。

東久邇宮の日記には、「東条内閣はもうやめるべきだと意見一致す」とあるそうですが、近衛の女婿であり、かつて秘書官であった細川護貞はもう少し違ったニュアンスでこの時の近衛の話をくわしく書き残しています。

「自分としては（つまり近衛は、です）このまゝ東条にやらせる方がよいと思うと申し上げた。それはもし替えて戦争がうまく行くようならば当然替えるがよいが、もし万一替えても悪いということならば、せっかく東条がヒットラーと共に世界の憎まれ者になっているのだから、彼に全責任を負わしめる方がよいと思う」

「米国は、個人の責任、つまり陛下の責任をいろいろ言うかもしれないが、皇室といった観念は彼らには少ないし、東条に全責任を押しつければいくらかでも皇室への影響を緩和できるのではないか。ところが、途中で二、三人交替すれば誰が責任者であるかがはっきりしなくなってしまう」

（以上、『細川日記』細川護貞、中央公論社、一九七八年）

近衛文麿は、開戦が東条内閣によって行なわれるまで、三たび首相をつとめて、中国侵略、そして対米英戦へと日本を引きずってきた張本人です。彼は華族の筆頭で、天皇家に最も近い家柄です。近衛が何よりも恐れたのは、米英でもなく、まして中国ではありません。共産国ソヴィエトであり、その「手先」と目する日本の共産主義的な勢力です。「戦争を内戦へ」「敗戦を革命へ」、そして階級打破、天皇制打倒を唱える者は、近衛やその属する華族、まして陛下、あなたを始めとする皇族方にとっては、まさに天敵のごときものでありましょう。

天敵を忌む洞察力が、近衛をして、敗戦、そして敗戦そのものよりも何よりも、その混乱に乗じての「赤化」「革命」を恐怖せしめたのです。そしてその恐怖は、戦局の悪化と共に、重臣層にいっそう広く伝播していきます。いかに国内の混乱なく敗戦を受け入れていくかが、日本の支配層の課題として、だんだん明らかになっていきます。戦争を始めた責任を、自分たちではなく、たとえば東条一人に押しつけてしまう。そうすれば、「いくらかでも皇室への影響を緩和できる」という近衛の描いた図式に沿って、これからの日本の動きは展開していくことになります。陛下、とくとそれを見てまいりましょう。

あなたはそれでも「戦争」に「未練たっぷり」でいらした

あなたは四十三年の春先、いち早く戦局の破綻を予感しておびえ始めたにもかかわらず、一方では「何とか今度こそ」の期待を、あなたの股肱《ここう》(手足)である皇軍の作戦にかけつづけます。そのご態度は、ほんとに一貫しておられるのです。どうせ敗けるにしても、少しでも有利な条件をもって、というのが、あなたや上層部の人間たちのはかない、しかし必死の計算だったのです。もちろんその根底にあったのは常に「国体の護持」、つまりあなたの地位の安泰という、ただその一つのことです。そのために、どれだけの血が流され、悲劇が重ねられたか、もう申し上げるのも憚られるほどに無惨なことになるのです。

ガダルカナル島撤退のあと、四三(昭和十八)年五月には、アッツ島で二千五百人玉砕、十一月、マキン・タラワ両島で五千四百人玉砕、四四（昭和十九）年二月、クエゼリン、ルオット島で六千八百人、そして六月に米軍の上陸したサイパン島では、七月七日守備隊三万人が玉砕、住民一万人が死んでいきます。あなたも当然おきき及びのことと思いますが、あの島の断崖に追いつめられた女性や子どもたちが、次々に「テンノーヘーカ　バンザーイ」と叫んで身を投げていったのです。戦後、その岬は「バンザイ岬」と名づけられました。

猛烈な火器の攻撃に逃げまどって死んでいった人たち、逃れて、しかし飢えに、熱病に倒れていった人たち、想像を絶する凄惨な場面、人びとの思いを、あなたは少しでもお考えになったことがおありでしょうか。

このサイパン戦のさ中、残されていた日本連合艦隊の主力を傾けての、マリアナ沖の決戦が計画されます。あなたは、

「この度の作戦は国家の興隆に関する重大なるものなれば、日本海戦の如き立派なる戦果を挙ぐる様作戦部隊の奮起を望む」

と激励なさいます。そして、

「万一サイパンを失う様なことになれば、東京空襲も屢々《しばしば》あることになるから、是非とも確保しなければならぬ」

（以上、『戦史叢書　大本営海軍部・連合艦隊〈6〉』防衛庁防衛研修所戦史室、朝雲新聞社、一九七一年）

しかし、六月十九日、二十日のこのマリアナ沖決戦も惨敗です。

一方ビルマ戦線のインパールで大作戦を展開中だった陸軍も七月早々に敗退します。作戦に参加し

た十万人のうち、死者は三万、戦傷病者四万五千。しかしこの作戦にまき込まれた現地の人びとの惨害を、だれが数えることができましたろうか。

マリアナ海戦完敗の事実は、これまで強気一方だった東条を一挙にゆさぶります。また元首相岡田啓介など重臣たち宮中グループも、いよいよ戦局のあと始末について考えをめぐらし始めます。東条はいらいらとし、意気消沈し、自殺をさえしかねないほどに周囲には見えるようになります。六月二十三日には、辞意を洩らします。近衛と木戸は、相談の上、一致した方針を立てました。

「なるべくこのまま東条にやらせて最後の機会——相当の本土爆撃と本土上陸を受けたるとき——、方向を一転する内閣を作り、宮殿下に総理になって戴く」

宮殿下とは、東久邇、あるいは弟君の高松宮を彼らは考えていたのです。「方向一転」とは、もちろん戦争を終わらせるために動くということです。しかしこんな敗勢になっていても、戦争を終わらせることは容易でないだろうことも、彼らは考えています。近衛は言います。「どうも今日の情勢では国民は全く事態を知らぬから」、つまり国民私たちは、なお大ウソの大本営発表を頼りに、「必勝の信念」に燃えているわけですから、認識のギャップが天と地なのです。そのことを近衛は言っているのですね。

「今直に方向転換の内閣を作っても、なかなか国民がついて来ないかも知れない。そこで誠に申訳けないが、一二度爆撃を受けるなり、本土上陸をされて、初めて国民もその気運に向くのではあるまいか」

（以上、前掲『細川日記』）

事実を知らない、事実を知ろうと努力することを知らない私たちは、ほんとうに救いようのない場に自分たちを追い込んで行ったのでしたよ、陛下。一、二度の爆撃どころか、本土の大中、小都市に至るまで、おそらくのべ数万機の敵機による空襲を受けて焼きつくされ、さらに広島、長崎に原爆を受けてさえなお、日本人民は〝その気運に向く〟ことを、すすんではなさなかったのですから。

七月一日、岡田啓介は、同じ重臣のひとり平沼騏一郎と会って、宮中重臣グループの動きや考えを伝えます。平沼は答えます。

「こうなったら何ともしようがない。……」「この際、ほんとうの御親裁、御聖断が降ってよい時だ。……それが下るように重臣が上奏したらどうか」

（以上、『近衛日記』共同通信社「近衛日記」編集委員会編、共同通信社開発局、一九六八年）

岡田は平沼案に賛成し、近衛に話して、内府の木戸幸一に進言してもらおうとします。

重臣グループの画策の一方、一度は弱気に陥った東条の巻き返しもあります。東条降ろしと居直りの、実に陰微な駆け引きのことは、いまここでとやかく申しても意味はないように思われます。戦局の危急が、重臣グループの画策を一歩一歩押し上げていきます。陛下、あなたもそれに身をすり寄せていかれます。七月十八日、東条はお上、あなたのあんなにまで厚かった御信任の去ったことを知って、総辞職します。

「今日、このような結果になったことはすべて重臣たちの陰謀によるものである。従って敗戦の責任はすべて彼ら重臣にある」（前掲『細川日記』）と、東条は最後の閣議で捨てぜりふとも言うべき発言をしています。重臣たちが東条一人に責任を負わせようとしていることと、まさに見合っているわけです。
日本の支配層がこのような内輪争いをしているさ中でも、戦場ではバタバタと兵たち、そして占領されていた地域の人びとが死に、被害を受けています。インパールでの惨劇は前にふれました。七月二十一日、グアム島、七月二十四日、テニヤン島に米軍上陸、死闘の後、一万八千、八千の皇軍は相次いで玉砕しています。
陛下よ、あなたは七月二十日、小磯国昭、米内光政両陸海軍大将に、協力して内閣を組織するよう命じ、こうお言葉を添えていらっしゃいます。

「卿等《けいら》協力して内閣を組織すべし、特に大東亜戦争の目的完遂に努むべし。尚ソヴィエットロシアを刺激せざるよう」

（『葛山鴻爪』小磯国昭、小磯国昭自叙伝刊行会編・刊、一九六三年）

小磯が首相に就任すると早々に、「最高戦争指導会議」なるものが設置されます。もちろんあなたの「戦争の目的完遂」の命を受けてのことです。あなたの御臨席のもと、八月十九日、その会議が行なわれ、「方針」「要領」が決定されます。
「一、帝国は、現有戦力及び本年末頃迄《まで》に戦力化し得る国力を徹底的に結集して敵を撃破し、以て其の継戦企図を破摧す。二、帝国は、前項企図の成否及び国際情勢の如何《いかん》に拘《かかわ》らず、一億鉄石の団結の下必勝を確信し皇土を護持して飽《あ》く迄戦争の完遂《かんすい》を期す。……」（「方針」）
「速かに左の施策を断行す。イ、国体護持の精神を徹底せしめ、敵愾心を激成し、闘魂を振起して飽く迄闘う如く国内を指導す。……」（「要領」）

（『日本外交年表竝主要文書（下）』外務省編、原書房、一九六六年）

陛下よ、あなたはご満足なさって、こうおっしゃいました。

「立派な方策ができたが、途中で齟齬《そご》を来さぬよう、この実施徹底に違算なきを期せよ」

そして陛下よ、あなたは地方長官会議――いまなら全国知事会議でしょうか――そして帝国議会で、緊張に満ちたおことばをたまわります。

「戦局危急　皇国ノ興廃繫《かか》ツテ今日ニ在リ　汝《なんじら》等地方長官宜《よろ》シク一層奮激励精《ふんげきれいせい》衆ヲ率ヰ……以テ皇運ヲ扶翼《ふよく》スベシ」（以上、『戦史叢書　大本営陸軍部〈9〉』防衛庁防衛研修所戦史室、朝雲新聞社、一九七五年）

「敵ノ反抗愈々《いよいよ》熾烈《しれつ》ニシテ戦局日ニ危急ヲ加フ　皇国力其ノ総力ヲ挙ケテ勝ヲ決スルノ機方《まさ》ニ今日ニ在リ卿等宜シク衆ニ先ンシテ憤激ヲ新ニシ……以テ皇運ヲ無窮ニ扶翼スヘシ」

（『天皇と勅語と昭和史』千田夏光、汐文社、一九八三年）

ここには、すでに重臣たちの間で常識になっていた敗戦必至のおののきも危懼《きぐ》もあからさまには見えないようですが、さて正直なところ、激越なおことばの背後のご心中はいかばかりでありましたろうか。

政府（もちろん軍部の大臣もいます）も重臣たちも、対ソ工作、対重慶工作を画策し始めます。対米英和平交渉に、ソヴィエト、蔣介石を一役買わせようという、まことに虫のよい方策でした。

しかしこれに対してさえ、あなたはあまりご賛成ではなかったようです。特に対国民政府工作について、あなたはさまざまな疑念を表明されます。曰く、

「この工作は我が帝国の弱味を見せることにはならないか」
「この案で成功の見込みはあるのか」
「軍の士気に影響を与えないか」

等々（『敗戦の記録』参謀本部所蔵、原書房、一九六七年。「大本営機密戦争日誌」『歴史と人物』中央公論社、一九七一年一二月号所収）。

九月以降、中国南部の雲南その他、ペリリュー、モロタイ島等で、皇軍の玉砕はつづきます。そして十月、沖縄への空襲も始まり、フィリピン奪回に北上してきた米軍はレイテ島に上陸、二十四日、帝国海軍の連合艦隊は、世界に誇った巨大戦艦武蔵を含め、その主力を失いました。もはやなす術を失った軍は、特攻戦術を生み出します。飛行機、あるいは小船舶に積めるだけの爆薬を積ませて、操縦者もろとも敵艦、敵機に体当りさせるというものです。

若い兵士たちが、陛下よ、ひたすらにあなたのために、それこそ「国体護持」のために、次々と二度とは帰らぬ出撃をして行ったのです。

「そのようにまでせねばならなかったか。しかしよくやった」

（『神風特別攻撃隊』猪口力平・中島正、河出書房、一九六七年）

「しかし、よくやった！」。陛下よ、これがこの特攻兵士たちについてあなたがのたまわったことばだったのです。「鬼神もために哭《な》く」というのは、こんな時に使うことばなのでしょうか。

あなたは「最後の段階まで立派にやって……」とおっしゃられて

四十四（昭和十九）年、約百機のB29が中国の基地から北九州を空襲します。十一月二十四日、マリアナ基地のB29七十機が東京を初爆撃します。明けて四十五（昭和二十）年、一月九日、米軍はルソン島に上陸し、二月三日にはマニラを占領します。

あなたの不安はいやが上にも昂じます。内大臣の木戸に対し、重臣たちの意見を聴いてみたいとおっしゃるようになります。度重なるあなたの要望にもかかわらず、木戸は「ハイ」とは申し上げませんでした。

あらゆる資料を精査した『ドキュメント昭和天皇』の著者は、その第四巻で、木戸のこの態度を次のように分析しています。

「彼（木戸）は陸軍を恐れていた。木戸の『終戦劇』のプログラムの最終ページには『聖断』が書かれていたことは前に触れた通りである。しかしそこにいたるプログラムには天皇が主人公として登場することはない。すべての準備を完整させてからと考えていた。『終戦劇』を進行させている最中に軍部から横ヤリを入れられ、天皇が一役かっていることが露見すれば、再び二・二六事件のように軍部強硬派の武力的反発を招き、皇室の存続さえ危うくしかねない、と恐れていた……木戸は徹底した敗北によって軍部が自壊をはじめ、その力が弱体化していくことを期待していた。……だからこそ常に軍部からその動きを警戒されていた重臣が天皇と会見することには慎重だった……」

陛下よ、まだ一戦どこかで有利な材料をつかんで……と、あせりながら考えておいでになったあなたより、たしかに木戸の深謀遠慮の方が一枚上であったようでありますね。

さて、ヨーロッパでもドイツ軍は急迫されています。二月四日、ドイツの敗退することを目近かに見越した米英ソ三国首脳は、ヤルタ会談を開き、ルーズベルトの要請に基づいて、スターリンは対独戦処理後に、日本に対して参戦することを約し、チャーチルを含め、三者の署名が交わされます。

そんなことはつゆ知らぬ日本では、依然としてソ連を通じての和平工作に望みをかけ、そのための工夫努力が、ソ連軍の満州進攻のその日までつづけられます。陛下よ、そのためにあなたは、近衛特使のモスクワ派遣をも決定されておられたのですよね。いまになってみれば、何とも愚かしいことではありましたが。

ヤルタ会談が終わってすぐ二月十六日、米機動部隊は、艦載機一千二百をもって関東各地を空襲、二月十九日、硫黄島の皇軍二万三千は玉砕、三月九日、B29の東京大空襲で、二十三万戸、十四日、大阪空襲で十三万戸を焼失、四月一日、米軍は沖縄本島に上陸しました。

四月二十七日、ムッソリーニは、決起した反ファッショの自国民衆に殺され、三十日、ヒトラーはソヴィエト軍がベルリンに突入する中で自殺します。

陛下よ、あなたの結ばれた三国同盟の盟友は、好むと好まざるとにかかわらず、そのような形で、戦争の惨禍を引き起こした自己の行為に、決着をつけ、もしくはつけさせられて行ったのです。あなたにとっても、決して浅からぬご感懐がおありとは存じますが、さて、どのようにお感じになっておられることか……。

ヒトラーを失ったドイツは、五月七日に無条件降伏をします。

少し時間を戻しましょう。

この敗戦の年の一月六日、近衛は女婿の細川護貞にこのような話をしているということです。

「木戸の話から、陛下はどうも最悪のときの御決心をされているように思う。それで僕は恐れ多いことだとは思うが、いざという場合には御退位というばかりでなく、仁和寺か大覚寺にお入り遊ばされ、戦没将兵の英霊を供養遊ばされるのも一つの方法だと思っている」　（前掲『細川日記』要旨）

また近衛内閣の書記官をつとめ、その後も近衛の情報係をしていた富田健治という者も、近衛からこんな話を聞いたということです。

「申すも憚られることだが、連合艦隊の旗艦に召されて、艦と共に戦死して頂くことも、これこそが、ほんとうの我国体の護持ではないかとも思う」　（『敗戦日本の内側』富田健治、古今書院、一九六二年）

すでに敗戦必至をつゆ疑うことのなかった近衛が、あなたの退位、あるいは「戦死」をさえももって、あなたの戦争責任の問題にケリをつけたいと考えていたのでしょう。昭和天皇、つまり陛下よ、あなたは出家するなり、敗軍と運命を共にするなりせよ、戦争に全く責任のない皇太子を後継天皇に立てれば、戦勝国も納得するだろうし、万世一系の皇統も安泰だという計算なのです。たしかにこれは、天皇制存続にとっては、なかなかの名案かも知れませぬ。戦後四十余年を経て、あなたが死の床に呻吟されているいま、多少なりとあなたの戦争責任の問題に思いをはせる「重臣」如きものが存在するとすれば、「代替わり」は、いささか肩の荷を下せるチャンスと考えるかも知れませんね、陛下。天皇を亡きものにして天皇制を救う。権力中枢に集う者どもの、最高の天皇利用戦法とでも申しましょうか。

ところで、国内重臣層の思惑は思惑として、敵米英では、天皇、あなたについてどんな具合に考えられているのでしょう。

一月十八日に、参謀本部が傍受したアメリカの放送があります。その内容は以下の通りです。必ずしも正確なものではないようですが。

「日本は民主主義国として存在を許すこと。日本は天皇を廃すること。……」

（『東久邇日記』東久邇稔彦、徳間書店、一九六八年）

中国国民政府の立法院院長孫科は、天皇制の廃止を強く主張しています。

「天皇崇拝の思想は日本の侵略行動の真髄であるがゆえに、ミカドは去るべきである」

「日本国民に対する……軍国主義者たちの圧倒的で包括的な権力はミカドから発するものである。ミカド自身が膨張主義の真髄そのものである」

「日本の若者たちが狂的な『天皇の手足』になってしまわないで、平和とデモクラシーに役立つよう訓練されるために、日本の教育制度は改革されなくてはならない。ミカドが除去されてしまうまで、こうしたデモクラティックな日本を生み出すことは不可能である」

「中国人民にとっては、ミカドを救おうとする提案はまさにもう一つの戦火を準備するシグナルである」

（傍点引用者、以上、『天皇観の相剋』武田清子、岩波書店、一九七八年）

アメリカ国務省は、日本占領に伴う施策をさまざまに研究した上で陛下、あなた乃至《ないし》は天皇制に関して三つの選択肢をあげています。

すなわち、全面廃止、全面継続、部分的利用。

アメリカは最後の「部分的利用」を選択し、日本占領後、連合軍の中のさまざまな意向を押えて、この方針を貫徹していったことは、あなたもよくご存知の通りなのです。


さてあなたは、近衛や木戸ら重臣たちの思惑、あるいは敵国の世論、政策とはかかわりなく、本土空襲が激しくなるさ中、重臣たちとの会議ではなく、個別の「天機奉伺《てんきほうし》」、つまりご機嫌うかがいという形でお会いになります。もちろん木戸のはからいです。

若槻礼次郎は、

「若槻は如何《いかが》であるか」

というあなたの問いに答えます。

「わが方の大方針としては勝敗なしの状態に於てこの戦争の終結をつけることを目途とし、いやしくも平和回復の機会あらば直に之を捉えざるべからず」

（以上、前掲『木戸文書』）

「何か成案はあるか」

うまい方法があるかと、あなたはお尋ねになります。

「今日の情勢におきましては、戦い抜いて、敵が戦争継続の不利を悟る時のくるのを待つほかございませぬ」

（前掲『侍従長の回想』）

うまい方法がない以上、戦いを続けるほかはない、というわけですね。

若槻は戦後、この時のことを、

「『どうしても休戦する外《ほか》はありません』と申上げねばならない。無論私の肚の中はそうであったが……陛下の御英姿を拝して『降参なさい』という意味のことは、何としても言上できなかった」

（『古風庵回顧録』若槻礼次郎、読売新聞社、一九五〇年）

と言っています。それはそうだろうと思いますね、神聖にして侵すべからざる聖上に対して、聖上からのご示唆かご相談でもないかぎり、そんな大それたことは言えない方が自然でしょうね。

岡田啓介の場合はどうでしたろうか。

「残された全力をあげて戦争遂行に邁進することは勿論でございますが、一面には我に有利な時期を捉えて戦争をやめることも考うべきでございます」

（前掲『侍従長の回想』）

なお「有利な時期」を期待していた点においては、陛下よ、岡田のこの発言はいささかあなたのお気持に近いものであったでしょうか。いずれにしろ、岡田は若槻よりは勇気があったということでしょう。

二月十四日、近衛が天機奉伺に参内します。さすがは近衛、いままで考え、重臣たち、配下たちと秘かに語り合ってきたことをふまえて、用意してきた「上奏文《じょうそうぶん》」を読み上げます。

「敗戦は遺憾ながら最早必至になりと存じ候。以下この前提の下に申し述べ候」

華族筆頭は、ものおじせずにズバリと言います。

「敗戦はわが国体の瑕瑾《かきん》たるべきも、英米の世論は今日までのところ、国体の変更とまでは進み居らず、(勿論一部には過激論あり、又将来いかに変化するやは測知し難し)、したがって敗戦だけならば、国体上はさまで憂うる要なしと存じ候。国体護持の立前より最も憂うべきは、敗戦よりも、敗戦に伴うて起ることあるべき共産革命に候」

日頃恐れていることをまず強調しています。その上で、ソ連軍がドイツ軍を押返して独立を回復させた東欧、北欧諸国の例を挙げて、ソ連の後押しによる共産革命の可能性をるる説き、実は軍部、官僚、右翼の中にも「国体の衣」をつけた共産主義的意図をもった者共がいると決めつけた上で、

「戦局の前途につき、何らか一縷《いちる》でも打開の望ありというならば格別なれど、敗戦必至の前提の下に論ずれば、勝利の見込なき戦争をこれ以上継続するは、全く共産党の手に乗るものと存じ候。したがって国体護持の立場よりすれば、一日もすみやかに戦争終結の方途を講ずべきものなりと確信つかまつり候。戦争終結に対する最大の障害は、満州事変以来今日の事態にまで時局を推進し来りし、軍部内のかの一味の存在なりと存じ候。彼等はすでに戦争遂行の自信を失いおるも、今までの面目上、飽くまで抵抗致すべき者と存ぜられ候。

もしこの一味を一掃せずして、早急に戦争終結の手を打つ時は、右翼左翼の民間有志、この一味と響応して国内に大混乱を惹起し、所期の目的を達成し難き恐れこれ有り候。したがって戦争を終結せんとすれば、まずその前提として、この一味の一掃が肝要に御座候。

(中略)

尚これは少々希望的観測かは知れず候えども、もしこれら一味が一掃せらるる時は、軍部の相貌は

一変し、米英および重慶の空気あるいは緩和するにあらざるか。元来米英および重慶の目標は、日本軍閥の打倒にありと申し居るも、軍部の性格が変り、その政策が改らば、彼等としても戦争の継続につき、考慮するようになりはせずやと思われ候。それはともかくとして、この一味を一掃し、軍部の建て直しを実行することは、共産革命より日本を救う前提先決条件なれば、非常の御勇断をこそ望ましく存じ奉り候。以上」

（以上、前掲『日本外交年表竝主要文書（下）』）

敗戦前後の日本を見てきた私たちにすれば、近衛のこの共産主義恐怖はむしろ異常に誇張されたものだと言わざるを得ません。

残念ながら、日本の私たちは、敗戦を早める反戦運動の盛り上りも、敗戦をきっかけに、これまでの支配権力に対して蜂起した民衆運動の事実も、決して持つことはなかったのですから。

ところで上奏が終わると、あなたは椅子をすすめて近衛を坐らせ、お話になりますね。田中伸尚さんが諸資料を駆使して再構成されたその時の対話から、さらに要点を引かせていただきましょう。

「梅津（参謀総長）は、この前の上奏（二月九日）のときにいま日本が和を乞うがごときことをすれば、米国は天皇制の廃止を要求し、我国体の変革を迫ってくる、といっておった。戦っていけば、万一の活路も見出せる、ともいっておった。がこれはわたしも疑問である。ただ、梅津だけでなく海軍も敵を台湾まで誘導してくれれば、今度は叩くことができるともいっているので、その上で外交手段を取ってもいいと思う。近衛の考え方は違うが、この点どう思うか」

降伏すれば国体護持はできないという軍部の説に立って、もう一度敵を「叩く」ことに未練を残しつつ、あなたはこうおききになられたのですね。近衛は答えます。

「御心配はいりません。私はこの際、やはりアメリカと講和するしかないと思います。軍部は国民の戦意を昂揚させようとして、米国は国体の変革まで考えている、と強く言っているのでしょう。しかし、グルー（当時国務次官）や米国の首脳の本心はそこまで考えていないと私は思います。（中略）ただ、米国は世論の国でございますので今後の戦局によっては将来、変化することも考えられます。徹底抗戦によって情勢が悪化致しますれば、天皇制に触れてくることもあり得ます」

和を乞えば、陸軍が動揺すると、あなたはご心配になります。近衛は、陸軍内で対立する統制派（東条がその筆頭でしたね）、皇道派などの派閥をうまく操ることや、派閥外の人間を起用することなどの方策で、軍部を抑えることができると述べます。

あなたはこう答えられます。

「しかしそういう粛軍も、もう一度戦果を挙げてからでないと、話はなかなか難しいと思う」

ああ、「**もう一度戦果を挙げて**」と陛下よ、あなたはこの期に及んでもなおおっしゃる。戦果の挙がるのを空しく待って、地上で、海上で、なおこれからどれだけ阿鼻叫喚の地獄を、内外の人びとが味わわなければならぬとおっしゃるのですか。

近衛は、陛下よ、あなたに言葉を返します。これはなかなか見事です。

「そういう戦果が挙がれば誠に結構ですが、そういう時期がございましょうか。しかも、その戦果が近い将来ならいいのですが、半年先、一年先では役に立ちません」

（以上、前掲『細川日記』『木戸文書』など）

陛下よ、あなたはまだ決して直ちに平和を来たそうなどとは考えておられないのです。

しかし敗戦の必至は、あなただってひしひしとお感じにならずにはいられないのです。この状況の中で、「国体護持」は、いよいよのっぴきならぬ課題として迫ります。

四月五日、小磯内閣は総辞職、鈴木貫太郎があなたの命を受けて組閣します。もちろんこれが終戦内閣となるわけですよね。そしてこの内閣も、五月七日のドイツの無条件降伏にもかかわらず、五月九日に、「戦争遂行決意は不変」と声明を発表します。沖縄ではどんな悲劇が重なり、そして皇軍による住民虐殺などの犯罪がどんな具合に行なわれていたか、私たちは何一つ知ることはなかったのです。

そして大本営が、去る二月二十六日に決定した「本土決戦完遂基本要綱」に従って、国内の決戦体制が押し進められ、六月六日には、「今後採るべき戦争指導の基本大綱」が採択されます。

「方針　七生尽忠の信念を源力とし、地の利、人の和を以て飽くまで戦争を完遂し、以て国体を護持し、皇土を保衛し、征戦目的の達成を期す。

要領　一、速かに皇土戦場態勢を強化し、皇軍の主戦力をこれに集中す。爾他の彊域（つまり占領地及び満州を指すのでしょう）における戦力の配置は、わが実力を勘案し、主敵米に対する戦争の遂行を主眼とし、兼ねて北辺の情勢急変を考慮するものとす。二、略、三、国内に於ては挙国一致、皇土決戦に即応し……就中《なかんづく》国民義勇隊の組織を中軸とし……」（前掲『敗戦の記録』）

外務大臣東郷茂徳は対米和平派でありました。彼はもはや敵が本土に近づけば、そして本土決戦になれば有利だというような軍の主張をうのみにはしていません。

「空軍がない、軍需生産を維持することは不可能、外交による和平工作も八方ふさがり、そこでこんな決定を今ごろするのは無意味ではないか」（『東郷茂徳外交手記―時代の一面』東郷茂徳、原書房、一九六七年、要旨）と。

しかし八日、あなたの御前で、同じ議題で会議がもたれます。陛下よ、あなたは無言のまま入御なさいました。つまり、本土決戦を容認なさり、みずからもご決意なさったのでしょう。少なくとも、この時点で、国民の塗炭の苦しみを見るには忍びない、**「余の一身はどうなろうと」**（一六八頁参照）平和を開くべしと、あなたは断じておっしゃりはしなかった。そうでありましょう、沖縄戦は終局に近づいていました。五月十六日、現地の軍から、

「軍は状況を判断し、総力を挙げて……首里東西の線に最後の予備を投入しつつ敢闘中なるも、現兵力の保持逐次困難となり、将《まさ》に組織的戦略的持久は終焉《しゅうえん》せんとす……」

と、悲痛な電信を大本営に打電しています。十九日、梅津参謀総長は、あなたの沖縄の皇軍に対する激励のおことばを伝えます。

「第三十二軍（沖縄戦の主力部隊）が来攻する優勢なる敵を邀《むか》え、軍司令官を核心とし挙軍力戦連日克《よ》く陣地を確保し敵に多大の出血を強要しあるは洵《まこと》に満足に思う」

六月十八日、第三十二軍牛島満司令官は打電します。

「大命を奉じ挙軍醜敵撃滅の一念に徹し勇戦敢闘ここに三箇月、全軍将兵鬼神の奮励努力にも拘わらず陸海軍を圧する敵の物量制し難く、戦局まさに最後の関頭に直面せり、麾下《きか》部隊本島進駐以来、現地同胞の献身的協力の下に鋭意作戦準備に邁進し来り、敵を邀《むか》うるに方《あた》っては帝国陸海軍航空部隊

と相応し、将兵等しく皇土沖縄防衛の完璧を期せしも、満《みつる》不敏不徳の致すところ事志と違い、今や沖縄本島を敵手に委せんとし、負荷の重任を継続する能わず。上　陛下に対し奉り、下　国民に対し真に申訳なし。ここに残存手兵を率い、最後の一戦を展開し一死をもって御詫び申し上ぐる次第なるも、ただただ重任を果し得ざりしを思い長恨千載に尽くるなし。

最後の決闘に当たり既に散華せる麾下数万の英霊と共に皇室の弥栄《いやさか》と皇国の必勝とを衷心より祈念しつつ、全員或は護国の鬼と化して敵の我が本土来冦を破摧し、或は神風となりて天翔けり必勝戦に馳せ参ずるの所存なり。戦雲碧々《へきへき》たる洋上尚小官統率下の離島各隊あり、何卒宜《よろ》しく御指導賜りたく切に御願い申上ぐ。

ここに平素の御懇情、御指導並びに絶大なる作戦協力に任せられし各上司並びに各兵団に対し深甚なる謝意を表し遥に微衷を披瀝しもって訣別の辞とす」

（以上、『戦史叢書　沖縄方面陸軍作戦』防衛庁防衛研修所戦史室、朝雲新聞社、一九六八年）

参謀総長からこの牛島司令官からの訣別の電報を披露されると、陛下よ、あなたはこう言われたのです。

「第三十二軍は長い間、非常に優勢なる敵に対し孤軍奮闘し敵に大なる損害を与え大層よく奮闘す。しかし最後の段階まで立派にやって国軍のためになるように」

（『戦史叢書　大本営陸軍部〈10〉』防衛庁防衛研修所戦史室、朝雲新聞社、一九七五年）

「しかし最後の段階まで」と、あなたは冷然とおっしゃられたのですね。沖縄戦で殺されていった無数の沖縄びと、多数の少年や少女たちのことを思えば、陛下よ、**「五内《ごだい》ために裂く」**（終戦の詔勅）と、私はいまなお思わぬわけにはいかないのです。

一九八〇年、地元沖縄では長年の調査にもとづいて、戦死者について次のように公表しています（大城将保「沖縄戦における戦死者数について」『沖縄史料編集所紀要第八号』〈沖縄県沖縄史料編集所、一九八三年三月〉所収）。

総　数	二〇万〇六六六人
(1)本土兵士	六万五九〇八人
沖縄県出身軍人軍属	二万八二三八人
戦闘参加者	五万五二四六人
一般住民（推定）	三万八七五四人
小　計	一八万八一四六人
(2)米軍側	一万二五二〇人

田中伸尚さんは、この数字を挙げた上で、「沖縄戦はたんに戦闘による戦死だけでは全体的な被害を捉えられない。また軍夫や慰安婦として連行され、沖縄戦に巻き込まれた朝鮮人の被害者については、その数字も実態もほとんど分かっていない」とつけ加えています。

一方本土に対しては、マリアナ基地のB29、沖縄にいち早く築かれた基地からはB24、硫黄島基地からはP51などの来襲がいっそう繁くなり、中小都市がどしどしと焼き尽くされていきます。

七月二十六日、日本との戦争を終結させるにあたっての条件を示した「ポツダム宣言」が、アメリカ、イギリス、中国の名によって発せられます。鈴木首相はこれに対して「黙殺」「戦争完遂に邁進」と記者団に語り、当然それは相手側に伝わります。

陛下よ、この日本の対応が招いたものを、よもやあなたはお忘れではないでありましょう。アメリカは、原爆を投下する〝人道上〟の口実を得たのです。つまりこれ以上日本に戦争をつづけさせぬためにという、ヒューマニスティックな口実を。

ソヴィエットは、ヤルタ協定における対米英との密約、対日参戦にふみ切ります。これまた「各国民をこれ以上の犠牲と苦難より救い、日本人をして、ドイツがその無条件降伏拒否後なめたる危険と破壊を回避せしめ得る唯一の手段として」（対日宣戦布告文）。

広島、長崎のことは、どんなにことばをつくしてもつくしきれるものではありません。一方、ソ連の参戦によって、陛下よ、満州の関東軍はいち早く遁走し、開拓団の婦人子どもたちが置き去りにされます。彼らの味わわなければならなかった悲惨な流亡と死、そしてソ連軍の抑留による痛苦と死。

そして辛うじて生き残った人びとを、陛下よ、私たちは四十年も棄民として顧ることなく生きてきたのです。重ねて申します。「五内ために裂く」――、あまりの辛さに、私の五臓六腑がひきちぎれると。

だがしかし、あなたは決して「裂」いてはおられませんね。アメリカの原爆投下のことを記者に質問されて、あなたはきわめて平静にこうお答えになっておられます。

「原子爆弾が投下されたことに対しては遺憾には思ってますが、こういう戦争中であることですから、どうも、広島市民に対しては気の毒であるが、やむを得ないことと私は思ってます」

（一九七五年十月三十一日、日本記者クラブとの会見。前掲『陛下、お尋ね申し上げます』）

それればかりではありません。本土空襲、さらに原爆投下を指揮した当時のアメリカ空軍の総司令官ルメー大将に、あなたは戦後、最高位の勲章を授与なさっておられるのです。もはや何と申したらよいのでしょう！

あなたの「終戦」の「ご聖断」の裏と表を拝見します

ここまで申し上げてきた私が、あの十五年戦争の経過について、陛下よ、あなたにさらに申し上げなければならぬことが残されているならば、それは何であるか、賢明なるあなたはすでにおわかりのことでございましょう。

そう、あなたが、あなたの御決断によって下されたとする、終戦の「ご聖断」なる作り話のことにほかなりません。

否応なく敗戦に終わるしかないと、戦争の前途を見通した重臣たち、特に、あなたと終始共にあって、いや、おそばに控えて、あなたの手足となり、ご相談相手となり、そういう立場にあることによって、あなたを巧みに操縦したと言える内大臣木戸幸一が、周囲の空気をうまくつかんでひそかに用意し、設計し、見事に仕上げたあの作り話のことです。

残された時間はもう殆どありません。少し足早にその筋道を辿り直してみましょう。

ポツダム宣言が日本に示した戦争終結の条件を要約すると次のようになりましょうか。

一、日本国民をだまして、世界征服の野望を抱かしめた権力、勢力は排除する
一、その目標が達成されるまで日本を占領する
一、日本の領土は本州、北海道、九州、四国及びその他の小さな島々に限定される
一、日本軍の武装は解除
一、戦争犯罪者は処罰
一、民主主義の復活強化、言論、宗教、思想の自由、人権の尊重
一、再軍備に可能性をひらく産業は別として、経済、貿易活動は認める
一、以上の目的が達成され、かつ「日本国国民の自由に表明せる意志に従い平和的傾向を有しかつ責任ある政府が樹立」されれば占領は解かれる

陛下よ、あなたが何よりも恐れていた「天皇」「国体」のことについて、ポツダム宣言は何ひとつ触れてはいませんでした。政治権力に関しては、「国民の自由に表明される意志に従って」「樹立」することが可能だと記されているにすぎません。

陛下、あなたはポツダム宣言を「黙殺する」と鈴木首相が発表しても、何もなさったり命じたりはなさいませんでした。天皇に関する態度の表明がなかったことが、あなたにとっては最大の不安だったのではないでしょうか。ソ連の仲介で、そのあたりについて、宣言三国の意志を打診したい、はっきりとした保証をとりつけたいというひそかな計算も当然におありになったのではないでしょうか。

木戸はあなたが何も言い出されなかった理由を次のように述べています。

「陛下も私も愚図々々しては終戦の時機を失することになると焦慮の念に駆られて居たのであるが、

無理に断行しても継戦派が叛乱でも起して却って終戦が出来ないことになる」

（『木戸幸一日記—東京裁判期』木戸日記研究会編・校訂、東京大学出版会、一九八〇年）

あなた方にとって何よりも先決条件は和平、愚かで悲惨な戦争を終わらせることではなくて、あくまでもあなた御自身の安泰、「国体護持」であったということですよね。

さて、広島に原爆が落とされ、その被害のすさまじさのおおよそをあなたがお知りになったのは、当日八月六日の午後でしたね。七日午後、あなたは木戸と原爆のことを話し合われます。そして木戸はその日の日記にこう書きます。

「時局収拾につき御宸念《ごしんねん》あり——つまりあれこれご心配になったというわけで——種々御下問ありたり」

（前掲『木戸日記』下巻）

戦後、戦犯として囚えられた木戸は、ＧＨＱの尋問に対してこの時のことを答えています。

天皇は、

「犠牲となりたる無辜の国民のため深き悲しみに沈まれ、余がその直後拝謁したる時」

「かくなる上は止むを得ぬ、余の一身はどうなろうとも一日も速かに戦争を終結してこの悲劇を繰返さない様にしなければならぬ」

（以上、前掲『木戸日記—東京裁判期』）

とおっしゃったと。まあ戦後になってのこの木戸のことばを、一応は信用してみましょう。

しかし、広島に原爆が落とされて初めてあなたは、「かくなる上は止むを得ぬ」と口にされたようですね。それでもなお、あなたはただ口にされただけでした。何ひとつ、ご自身で戦争終結のために積極的に動かれたのではないのです。

　翌八日の午後、東郷外相が参内し、「もはやポツダム宣言を受諾するよりほかなし」と言上したのに対し、あなたは答えられます。

「その通りである。この種武器が使用せらるる以上、戦争継続はいよいよ不可能になったから、有利な条件を得ようとして戦争終結の時機を逸することはよくないと思う。また条件を相談してもまとまらないではないかと思うからなるべく早く戦争の終結を見るように取運ぶことを希望す……総理にもその旨を伝えよ」（前掲『東郷手記』）

「有利な条件」が作り出されるのを、あなたご自身こそが一番いらいらとして待っていらした。だが、もうその見込みもないようです。それならば仕方がない、この辺で手を打とう。それも「なるべく早く」であって、即刻ではないのですね、陛下。ああ、もしあなたのおことばが「即刻」であったならば、あるいは翌九日の長崎への原爆投下もなく、ソ連の参戦も未然に防ぎ得たのではなかったでしょうか。

九日午前四時、ソ連参戦を告げるモスクワ放送を日本は傍受します。

「ソ連参戦のニュースは日本の支配層にとっては原爆を上回る衝撃だった。ソ連を通じて少しでも有利な条件で戦争を『終結』させるという姑息な企図は完膚なきまでに粉砕されてしまったのだ」と田中伸尚さんは書いています。

　東郷外相は鈴木首相に「こうなったからには直ちに終戦を決し、ポツダム宣言を受諾しましょう」と言い、鈴木も同意し、事の次第を言上するために宮中に参内します。

　陛下よ、あなたはもちろんすでにソ連参戦の報を受けておられます。「陛下も、すでに万事休すと御決心なさったに違いない」と、当時のあなたの藤田侍従長は書いています（前掲『侍従長の回想』）。

九日午前十時半、鈴木首相、東郷外相、阿南陸相、米内海相と、梅津、豊田の陸海両統帥部総長の構成員会議が行なわれます。ポツダム宣言の受諾をなすべきか否かが主題です。

ここで「国体護持」にしぼった留保条件を付けて受諾すべしという意見と、それ以外に三つ、こちらの条件を付けよという意見に分かれます。米内海相を除いた軍人たち三人は、四条件派です。すでに拒否をまっ向から言い立てる自信を、軍は失っていたということでしょう。彼らの主張する「国体護持」以外の三条件は、軍隊の自主的武装解除、戦争犯罪人の自主的処罰、占領の制限（東京を除く、軍隊は少数、短期間）です。

東郷が、もはやそんな条件を米英が受け入れる可能性はないというのに対して、軍側は、それなら最後の一戦をと頑張ります。この論議の最中、長崎に原爆投下の報が入ります。昼前です。しかし議論は決着を見ず、一旦中断されます。

四条件のことを木戸から聞いた近衛は、それでは降伏の受け入れられる見込みはないと考え、前外相の重光葵に、あなたからも木戸に対して、

「国体護持の一本に絞ってもらうよりほかないと思う。……陛下の御勅裁――つまりご聖断です――を仰ぐように取り運んでもらいたい」（要旨、『重光葵手記』重光葵、伊藤隆・渡辺行男編、中央公論社、一九八六年）

と頼みます。高松宮からも、すでに同じ申し入れを受けていた木戸は、いよいよ潮時と読んだのでしょう、「解った、すぐ拝謁を願うことにしよう」とようやく腰を上げたのです。重い腰に見せたのも、もちろん木戸の「ご聖断」設計図のうちのことでしょう。

一時間後、あなたにお会いして戻った木戸は重光に言います。

「陛下は万事能《よ》く御了解で非常な御決心で居られる。君等は心配ない。それで今夜直《ただち》に御前会議を開いて、御前で意見を吐き、勅裁を仰いで決定する様に内閣側で手続きを取る様にし様ではないか」

（以上、前掲『重光葵手記』）

みごともれなく、御前会議のご聖断の用意がととのいます。九日の深夜十一時五十分、御前会議に入るまでには、なお閣議での、軍部の側の抵抗がえんえんとつづいたのでしたが。

さて御前会議です。陛下よ、あなたにとっても、断じて忘れ得ぬはずの場面がここで展開されました。出席者は前記六名の構成員と特別参加の平沼騏一郎、そして幹事役の迫水久常以下の四名です。

議長役の鈴木首相が朝から続いた構成員会議、閣議の経過を報告、閣議で多数派だった外務省案が議題として提出されました。

「七月二十六日付三国共同宣言に挙げられたる条件中には日本天皇の国法上の地位を変更するの要求を包含し居らざるとの了解の下に日本政府は之を受諾す」

――これが議案です。

東郷外相が議案について説明します。

「過般提案の場合は受諾出来ぬということなりしも本日の事態に於ては受諾已むを得ずという閣議の結論なり。その中に絶対受諾出来ぬものだけを挙げること必要なり。……即ち要望はこの事に集中するの要あり」

米内海相は申します。

「全然同意なり」

阿南陸相は言います。

「全然反対なり。……受諾するにしても四条件を具備するを要す。……一億枕を並べて斃れても大義に生く可きなり。飽くまで戦争を継続させざる可からず。充分戦いをなし得る自信あり」

（以上、『大東亜戦争秘史』保科善四郎、原書房、一九七五年）

梅津参謀総長も、陸相の意見に賛成。

平沼枢機相の質問、どちらともない意見は出ますが、結局ここでも合意はなく、議事は終わります。

鈴木首相が、あなたに向かって言います。

「本日は、長時間にわたりまして列席者一同、熱心に審議いたしましたが、ここに至るも意見の一致を見ることができません。しかし事態は重大でかつ緊迫しております。そこで誠に恐れ多いことではございますが、天皇陛下の思召をうかがいまして、それによりまして私どもの意見を、決したいと思います」（要約、『大日本帝国最後の四か月』迫水久常、オリエント書房、一九七三年。前掲『大東亜戦争秘史』）

鈴木は陛下、あなたの前に進み出て、一礼します。

「ただいまおききのとおりでございます。なにとぞおぼしめしをおきかせください」

（前掲『大日本帝国最後の四か月』）

――思召しをおきかせください。すべては、あなたの仰せのままです――。奴隷のことばというのは、こういうものなのでしょうか。かくて陛下よ、私たち一同かたずをのむ中、儀式はフィナーレへと進みます。

あなたは甲高い声でおことばを口にのせます。

「本土決戦ト云ウケレド、一番大事ナ九十九里浜ノ防備モ出来テオラズ、又決戦師団ノ武装スラ不十分ニテ、之ガ充実ハ九月中旬以降トナルトイウ。飛行機ノ増産モ思ウ様ニハ行ッテオラナイ。イツモ計画ニ実行ガ伴ワナイ。之デドウシテ戦争ニ勝ツコトガ出来ルカ。勿論忠勇ナル軍隊ノ武装解除ヤ、戦争責任者ノ処罰等、其等ノ者ハ忠誠ヲ尽シタ人々デ、ソレヲ思フト実ニ忍ビ難キモノガアル。而シ今日ハ忍ビ難キヲ忍バネバナラヌ時ト思ウ。明治天皇ノ三国干渉ノ際ノ御心持ヲ偲ビ奉リ自分ハ涙ヲノンデ、ポツダム宣言受諾ニ賛成スル」

（前掲『木戸日記』下巻）

陛下よ、これで終わりです。

あなたは、あなたおひとりが大向うを前にして力闘された千秋楽の結びの一番を、いまビデオテープで見終えられたところなのです。ご感想は、はて、いかがなものでございましょう。

あなたをお送りするにあたって

「国体」を、「天皇制」を守るためのさまざまなあがきは、この「ご聖断」の後もずっとつづきます。いいえ、それは四十三年後の今日ただいまも、実にみごとなまでの執拗さをもって持続しています。

敗戦直後から、あなたはまことに精力的に「国内巡幸」なるものをなさいました。もちろんあなたご自身の発案だと、あなたは誇らしげに語っておられます（七五年四月、記者会見）。まともに仰げば目がつぶれると信じつづけてきたあなたのお姿が街頭に立たれるというだけで、それは熱狂的な人気を呼びます。あなたは、神聖侵すことのできぬ神様から、庶民のアイドルに転身します。「アッソー」「アッソー」というあなたのおことばが、テレビタレントの他愛もないことばが一世を風靡するように、巷間にもてはやされたのはまさに象徴的です。

象徴と申せば、陛下よ、話題は一挙に変わりますが、何と申しても私たちがこの国に生きる以上、否応なくそれを拠り所としなければならないのが憲法です。「日本国憲法」の第一章は、またしても陛下よ、「天皇」なのです。それこそ、何というあなたと私たちとの深い因縁なのでしょう。

「天皇は、日本国の象徴であり日本国民統合の象徴であって、この地位は、主権の存する日本国民の総意に基く」

憲法制定論議にまで立ち入るいとまはいまありません。しかし陛下よ、あなたも、そして私たちも、断じて肝に銘じておかなければならないことがあります。それだけは、どうしてもお互いにふまえておかなければ、この第一条の位置づけができず、戦後日本社会の動きの底にあるものを理解することもできないことになるでしょう。

よろしいですか、陛下。

話は、米軍を中心とする連合国の日本占領、さかのぼればポツダム宣言にまで至りますが、連合国の対日政策の実施の上で、アメリカ占領軍と、日本の支配層との、思惑のみごとなまでの重なりということです。

米占領軍、その総指揮官マッカーサーは、日本占領を、それほど生やさしいことだとは考えていませんでした。あの捨て身の天皇の軍隊が、何の抵抗もなく武器を引き渡し、白旗を掲げてくるとは、彼らの常識では考えられなかったのです。兵隊もまた自分自身の意志を持つ、というのが、彼らの普通に考えることなのですから。抵抗なく上陸し、抵抗なく武装解除するためには、天皇を利用するにしくはなしと、彼らは計算します。天皇の存在は二十個師団の戦力に相当すると、マッカーサーは言っています。いま、陸上自衛隊の全戦力は十三個師団ですから、陛下、あなたの身におのずとそなわった軍事力は何とまあ巨大なものでありましょう。これを利用しないという手はないと、力を好む者はだれだって考えるはずです。もちろん、昔も今も。

さて、その上に、占領行政そのものについてのマッカーサーの計算があります。

「天皇の命を救ったのは自分である。当時世界の世論は、天皇は日本の侵略戦争の最高責任者であるから、当然国際裁判にかけて絞首刑に処すべし、という世論が圧倒的であったけれども、自分は、天皇を絞首刑にすると、日本の労働者や学生や日本人民大衆が勢いをえて、人民主権の民主主義の徹底的実現を要求し、とても占領軍がこれをおさえることができないであろう、と考え、むしろ自分が天皇の生命を救うことによって、天皇をして占領軍に協力させることが、占領政策上もっともよろしい、と判断した」（『天皇と昭和史』ねずまさし〈三一書房、一九七四年〉より再引、『スターズ・アンド・ストライプス』一九四六年二月一五日付）

おわかりでございましょう、陛下。

マッカーサーはあなたを最大限に利用するために、あなたを絞首台から引き離し、天皇の位置にとどめたのです。

日本の支配層が、明治において、それまでくすんでいた天皇家を引っぱり出して「玉《ぎょく》」として飾り立て、玉座に押し上げて「神聖」なるものに仕立て上げたのも、つまりは自分たちの権力の後光とせねばならなかったからにすぎないのです。権力がその後光としてあなたを利用したことが、近代日本の社会、精神、日本人の生き方のすべてのゆがみを生み出したと、陛下よ、私は考えます。あなたを背後にして立てば、すべての無理難題も思いのままに人民に押しつけることができるのです。大部分の人民は萎縮して、奴隷の心、奴隷のふるまいを進んで選ぶしかなかったのです。まさにマッカーサーのいう二十個師団以上の力をもつあなたの名が、私たち人民を、みごとに縛りつけてきたのです。だからこそ、あなたの名による号令一下、私たちは進んで死地に赴き、敵に対していかなる残虐悪虐のことをも、ためらわずになすことができたのです。自分の生き方をみずから選び取り、それについて責任をとる精神は育つことなく、陛下よ、あなたは神、あなたは正義、その力が私たちに乗り移って、忠勇無双の殺人者、戦地での強姦ロボットとなり得たのです。

で、その「象徴」です。あの敗戦に至るまでの間、明治以来いすわる日本の支配層が、いかにあなたを守り、「国体護持」のために奮闘努力したか、すでに私たちは見てきました。彼らの執念は、マッカーサーの計算とピタリと暗合して、あのようなまことにあいまいもことした、まことに巧妙なことばを生み出したのです。

あなたはいささかのためらい、はじらいすらなく、そのことばの上に、改めて鎮座ましますことになったのですよ、陛下。まさしく無責任の象徴が、あなたであり、それを黙って受け入れてきた私たちは、その無責任の「象徴」によって「統合」されているのです。

この無責任の象徴を象徴とした効能のほどは、まさにおどろくべきものです。水俣病を初めとするさまざまな戦後の公害事件、ロッキード、現在のリクルート事件その他その他、権力を持つ者、金ある者たちの重ねる無責任なありようすべての背後に、あなたがしっかりと控えているのです。いま、原発をすすめる人びとの背景にももちろんそれはあって、「ナニ、何かことが起きても大したことはないよ、二千万、三千万の血を流したって、どうということはないのだものね」という免罪符が、ちゃんとそれらの人びとの手にはにぎられているのです。

だからこそ、

「（日本人の）戦前と戦後の（価値観の）**変化があるとは思っていません」**

（一九七五年九月二十二日、外国人特派員団との会見、前掲『陛下、お尋ね申し上げます』）

とあなたはずばりとおっしゃっています。そして、日本国憲法、まさにその第一条についてあなたはこのように記者団に説いておられます。

「第一条ですね。あの条文は日本の国体の精神にあった（合った？）**ことでありますから、そう法律的にやかましいことをいうよりも、私はいいと思っています」**

さらにあなたは言われます。

「今話したように、国体というものが、日本の皇室は昔から国民の信頼によって万世一系を保っていたのであります。（中略）

その原因というものは、皇室もまた国民をわが子――陛下よ、あなたはここで、あの戦争中のことばそのままに、**『赤子』**とおっしゃったのですよね。宮内庁のあとからの申し入れで、会見記の発表時に「わが子」と改められたのでした――**と考えられて、非常に国民を大事にされた。その代々の天皇の伝統的な思召しというものが、今日をなしたと私は信じています」**

同じこの日の会見で、あなたは何ともおそろしいことをおっしゃっています。詔勅、「人間宣言」についてです。

「実はあの時の詔勅の一番の目的なんです。神格とかそういうことは二の問題であった」

「一番の目的」というのは、冒頭に明治天皇の「五箇条の御誓文」を引用したことで、自分が神か人間かなどということは、二の次のことだったのだ、とあなたは言われます。

「民主主義を採用したのは、明治大帝の思召しである。しかも神に誓われた。そうして『五箇条御誓文』を発して、それがもととなって明治憲法ができたんで、民主主義というものは決して輸入のものではないということを示す必要が大いにあったと思います」

（一九七七年八月二十三日、前掲『陛下、お尋ね申し上げます』）

え、えっ！「明治憲法」が民主主義ですって!? 陛下よ、私はあまりのことにのけぞってしまいます。たとえば大逆事件ひとつとってもいいのです。でっちあげで幸徳秋水以下多数の人間が死刑になります。それ以来、民主主義を求め、平和を望む無数の人間たちが投獄され、拷問され、虐殺されてきました。

いや、もっと恐ろしいことがあります。その民主主義の精神で、日本はアイヌの人びとを追い立ててその暮らしを奪い、台湾を中国から奪い、朝鮮を呑みつくし、やがては中国の国土を侵略し、「満州国」

を作り出し、そして幾千万の人びとを殺し、殺すことを、あなたの度重なるご詔勅で賞揚しつづけてきたとおっしゃるのですか？　中国人、朝鮮人を人さらい同様に強制連行してきてタコ部屋で働かせ、ぶち殺し、朝鮮人女性をあなたの軍隊の慰安婦とさせて辱しめ、それが民主主義なのですって？

この破天荒な発言で目つぶしをくらわせておいた上で、あなたはみずからの「神格」を、スラリと旧に戻すフリーパスを得ようとたくらんでおられる。

あなたは別の場所でも、いともお気楽に、『ニューズ・ウィーク』のアメリカ人記者の「陛下の戦前と戦後の役割を比較していただけませんか」という質問に答えておられます。

「精神的には何らの変化もなかったと思っています」

（一九七五年九月二十日、前掲『陛下、お尋ね申し上げます』）

何と深い自信と言うべきでございましょう。あなたはなおも、あなたのために死んでいく、殺しにいく「忠良なる臣民」を育てるために、日の丸がひるがえり、「君が代」が奏でられることをいち早く予期されているのですね。政府が、文部省が、教育委員会が、学校の一部教師が、そして官、財界が、そのためにいまもずうっと励んできております。さぞお心強いことでございましょう、陛下。

あなたに申し上げたいことは、おききしたいことは、まだまだ山ほどあります。しかしもう、あなたにも私にも時間がないのです。

すべてのことは断念せねばなりません。

あなたはいま（昭和六十三〈一九八八〉年十一月十四日です）ご病床にあって、すでに二〇、〇〇〇C

Cを超える輸血を受け、点滴で辛うじて栄養をとりつつ、くり返し「下血」を続けておられます。あなたが何と言われようと、あなたはやはり人間でしかないのです。もしかしたら、あなたはいまご病気の肉体の言い知れぬ不快感と苦痛の中で、そのことをしみじみとお感じになっておられるかも知れませんね。

ああ、もしそうなら、あなたにも救いがあるかも知れません。

陛下よ、死に瀕して初めて一生一度の鳴き声をあげるというあの白鳥のように、あなたに人間として
のお声をあげていただけるならば……と、私は文字通り祈るような気持でいるのです。

「天皇陛下万歳！」と叫んで、あなたの「赤子」は死んで行きました。その死んでいった「赤子」の向い側には、それに何層倍、何十層倍する、朝鮮の人びと、中国の人びと、ビルマの人びと、ベトナム、インドネシアの人びと、フィリピンの人びと、マレーシア、シンガポールの人びとがいるのです。彼らの怨霊が私たち日本人すべての上に垂れこめていてあたりまえです。

陛下よ。この人間世界に別れなければならぬいまわのきわにあって、発すべきただひとつのことばを、あなたよ、せめてうわごとでなりとおっしゃってはくださらぬだろうか。

……。

いいえ、いいのです。

このような期待は多分もう報われることはないのでしょう。

ならば、私たちはあなたを静かにお見送りした上で、ひとりひとり、いっそう深く自分の道を歩ま

なければなりません。

陛下よ、あなたがお作りになったつぐないきれない負債《おいめ》を、私たちひとりひとりが負ってまいりましょう、両肩にずしりと引き受けてまいりましょう。

私たちは、あなたの「忠良なる臣民」であったのです。あなたの聖なる大業のために、なくてはならぬ手足だったのです。私たちの犯してきた罪は、あなたの「赤子」であることによって、決してあなたと別のものではないのです。ましてその事実の上に立ちながら、戦後四十余年、あなたを私たちの「象徴」と仰ぎつづけてきたのです。その責任は、まぎれもなく私たち自身のものです。

だからこそあなたは、戦後二十五年も経た上で、私たちをなお「赤子」だとおっしゃる。

そう、いまあなたのご病状を憂えて、数百万の人びとがお見舞いの記帳にかけつけ、町々、会社、役所、学校にまで「自粛」の波が押しかぶさっております。

私たちはもう一度、あなた、陛下よ、「天皇」を押しいただいて、アジアの国々に、南に、北に、あるいは西に、東に、銃をとって出で立って行くのでしょうか。いえ、銃ではないかも知れません。いまならばさしずめ、いっそう威力のある円札であるかも知れません。

いずれにしても、万世一系、比類のない神のみ末を「象徴」として仰ぎつづけるかぎり、私たちはいずれいかなる罪業からも免罪されるという、あなたみずからが範を垂れたもうた無責任そのものを、あなたから「世襲」――皇太子のようにです――して行くことになるでしょう。

ですから陛下、私たちは、あなたのつぐないきれぬ負債のみをあなたからすすんで引き継いで、歩みつづけていくのです。その歩みを始めた時、私たちはあなたの「赤子」という呪縛から辛うじて解き放たれるでしょう。

陛下よ、それは、あなたが重臣たちから、軍人たちから、そして旧敵国の将軍、政治家たちからさえ「利用」されてこられた、あのような生き方を拒むということです。そして、自分のいのちを、自分自身の手に、しっかりと握りしめるということです。自分のいのちをしっかりと自分の手に握る時、他者のいのちはかぎりなく近く、親しく、おのがいのちと同じ重さをもって迫ってくるのです。

そしてそういう私たちは、どなたからも、もちろん「次代」の天皇からも、決して「統合」されることはありません。

私たちは、もつれたりからんだり、時にはけんかなどもしながら、しかしお互いにかけがえのない存在の尊厳を認めあって、ごくごくあたりまえの人間らしさを大事にして、つつましく、ひとりひとり対等の立場で、いっしょに生きていきたいと思います。アジアの人びと、世界のすべての人びとと、人間であることの喜びや悲しみを共にして生きていきたいと思います。

陛下よ。あなたは「万世一系」の血を誇り、それだけを頼りに、世界に君臨されようという野望を抱いてこられた。一面、それはたしかに大きな重荷でもあったかも知れません。

でも、私たちこの地上に生きる者は、みなひとり残らず万世一系を生きているのです。親たちの、そのまた親の親たちの、それこそ「天壌無窮」のいのちにつながっていて、「一系」なのですよね。あたりまえすぎるあたりまえのこと、なにひとつ特別のちがいは、あなたと私たちとの間にはないのです。

いま、無数の人びとの貴重な血で、あなたの体内の血もすべて入れ替わり、無数の無名の人びとの血はまじりあって、あなたの肉体を支えています。そこには、貴も賤も、血筋の良し悪しもないのです。この地球上のすべての生命、すべての存在につながる人間の血が、あなたの体内を流れています。あなたはもう決して「一系」の血を、重荷となさることはないのです。

白鳥の歌をと、この期に及んでなおも未練深く願うのは、戦中、そして戦後を通して、私があなたと共にしてきた罪業の深さに、なおもおののきつづけるからなのです。

おわかりいただけますでしょうか、陛下。

（一九八八年十一月十四日）

【参考文献について】

本文は、文中にも書きましたように、田中伸尚さんの御著書『ドキュメント昭和天皇』（緑風出版刊。全八巻、第五巻まで既刊。五巻ですでに二三七〇ページに達する大著です）に全面的に依らしていただいて書かれたものです。田中さんの御労作なしには、決してあり得ないものです。ご本を、このように使わせていただいた田中さんに、心からの御礼を申し上げます。

他には、ねずまさし『天皇と昭和史』（三一書房、一九七四年）、藤田尚徳『侍従長の回想』（中公文庫、一九八七年）、高橋紘『陛下、お尋ね申し上げます――記者会見全記録と人間天皇の軌跡』（文春文庫、一九八八年）、千田夏光『天皇と勅語と昭和史』（汐文社、一九八三年）などを参照しております。

天皇の戦争責任――『長崎市長への七三〇〇通の手紙』

「戦争責任はあると思います」

一九八八年、昭和六十三年九月、政府から天皇の病が篤いことが発表された。

この日を境に、日本中の風景が一変する。テレビ、ラジオはこぞってはなやかな音曲をひかえ、国をあげて「自粛」のかけ声に人びとはすっかり鳴りをひそめ、毎日宮内庁から病状の進行状況が発表されて、どこもかしこも静まりかえったようになった。

天皇は連日連夜「下血」をくり返し、人びとから採血された大量の血がその体内に注ぎ込まれる日々がつづいた。明日をも知れぬというそんな状況の中で、十二月七日、長崎市議会において、議員の一般質問に、長崎、本島等市長が答えた。

「天皇に戦争責任はあると思います」

たったこのひと言が、途端に静まりかえっていた日本列島に激震を引き起こした。

その日の午後十一時十二分、フクシマ局から、長崎市長宛に一通の電報が発信された。

「てんのうへいかをせんそうはんざいのせきにんしゃとはなにごとか。このぼうげん（暴言）をてっかいし、へいか、こくみんにたいしふかくちんしゃ（陳謝）せよ。さもなくばわれわれは、いちめい（一命）をかけててんちゅう（天誅）をくだすであろう」（つまりおまえを殺すぞ）

以後次々と電報、ハガキ、手紙が本島市長宛に殺到する。

「本島の国賊、良くも天皇を戦争責任者と言ったな」と大きな字で書いた便箋に、かみそりの刃を貼りつけた封書もとどいた。かみそり入りの封書は一通だけではなかった。

十二月九日、ガソリンを持った男が市役所に押しかけた。

最初はこのような市長に対する憤激、抗議から始まったけれど、マスコミでこのような事実が伝えられるようになると、抗議ばかりでなく、発言に共感し、それを支持する、感謝するという趣旨の文書も続々と市長のもとにとどくようになる。

十六日、十九日、右翼団体が街宣車二十数台で市役所に押しかけ、市中で抗議活動。

テレビ、新聞がそんな情況を伝えると、日本中がこの問題で連日湧き立つという騒ぎになってしまう。

発言をまとめて刊行へ

そんな暮れも押し迫っていたころ、径《こみち》書房に一本の電話がかかってきた。長崎からだった。相手は径の読者だと言う。長崎放送の記者と名乗ったその女性は早速に話し始めた。

「実は長崎市長の手もとに続々と手紙がとどきつつあるんです。本島市長はそれらすべてに目を通し、これを私ひとりが読んで終えたのでは余りにもったいない。これを本にして、広く国民に読んでもらうことはできないだろうか。そう考えて、市長室に出入りしていた朝日の記者に相談したところ、『とんでもない、そんな物騒な本はとても出せません』とけんもほろろだったそうです。それで市長さんから私が相談されたんです。どこか出してくれる所はないか、と。私が『そんな本を出す所は、ここしかありませんよ』と、径書房の名をあげたのです。そしたら市長さんが、『ぜひ当たってみてくれ』ということで、それでお電話したのです」

私は、その長崎放送局の槌田禎子さんに、即座に答えました。「喜んでうちで出させていただきます」。すぐに本島市長さんから電話があり、私は正式に出版をお引き受けいたします、と答えたのだった。

径書房の忘年会

そんな長崎との電話のやりとりがあって間もなく、前から予定していた径恒例の忘年会の日がやってきた。すでに親しく径に出入りしてくださっている読者の方々数十名と乾盃の後、私は、この間の事情をお話しし、長崎市長への手紙を径で刊行することになったと報告した。

たちどころに大きな拍手と歓声でみなさんが応えてくれた。さらに私は訴えたのだった。現在の径書房は、私原田と娘の純、その夫の三人だけ。三人で、こんな途方もない大仕事を短時日のうちにこなすことはとてもできることではない。「ぜひみなさんのお力添えをいただきたいのだが……」。

「やろう、やろう!」。すべてのみなさんが、声をあげてくださった。

「手紙はまだとどかないか、まだなのか」。翌日からみなさんからの問い合わせがつづき、みなさんは手ぐすね引いて、具体的な仕事が始まるのを待ってくださっている。

待ちに待った手紙の山が最初にとどいたのは、年が明けて二月の十五日だった。まず大きな段ボール函に三つ。数日おいてまた二函、以降、何日かずつ間を置いて書留小包がとどく。二月末までに手にした手紙、ハガキ、電報の数は実に七三〇〇通を越えるものだった。

私たちは集まってくださった読者のみなさんと共に、封書やハガキのすべてをコピーすることから作業を始めた。コピーを終えたものにはすべて通し番号と、発信人の住所氏名を書いた紙片を貼り込んだ上で、さあ、読者三十数名のみなさんと、全員の廻し読みが始まった。本に掲載するものを決めるためだ。

採否の基準はただひとつ。

市長発言への賛否に関係なく、その文面から書き手の人生、生き方が見えるものを採る。

可は○、否は×、最低三人が読んで印をつけ、二つ以上○のついたものを最後に私原田が読んで決定する。そして原稿を作成、印刷工場に入れる。すぐに校正刷りが出て、その出揃ったのが十日後の三月十一日。猛烈なスピードだ。

連日連夜、絶大な力を出しつづけてくださった読者のみなさん。男性、女性、その年齢、職業はさまざまだったが、小学館におつとめの神納正春、智子さん御夫妻が、みなさんの夕食のために、毎日リュックサックに詰めて運んでくださるおにぎりをみなでパクついた。そんな時、「たった三人の社で、よくもこんな大仕事にくらいつく気になったね」とだれかがふとつぶやいて、思わずみんなの大笑いになってしまった。楽しいひとときだった。ほんとうにこれら読者のみなさんのお力なしに、この本を作ることはまったく不可能なことだった。

そんな作業にてんやわんやのある日、径で出した本の著者でもあるＮＨＫの名プロデューサー、川《かわ》良《ら》浩和《ひろかず》さんが事務所にぶらりと訪ねて来られた。

私たちはこの仕事を、外部に対しては極秘のこととして、きびしくみなで示し合わせていた。万一、すべての手紙がここにあると右翼に知られたら、彼らはきっと押しかけて、これを奪いにくるに相違ないと、深く恐れたのだ。径の小さな事務所に、手伝ってくださるみなさんがあふれている。私は川良さんに事情を説明しないわけにはいかなかった。その日彼は何も言わずに帰っていった。

翌日、その彼から電話があった。「ＮＨＫで取材させてくれませんか。まだ正式な承認は得ていないのだけれど……」。私は読者のみなさんと相談した上で、「どうぞ取材なさってください」と答えたのだった。

その翌日、早速ＮＨＫのクルーが径書房に入ってくることになったのだった。ほとんど一か月、ＮＨＫ特報番組、ＮＨＫスペシャルの取材がつづき、私は取材者の求めに応じて動き、語った。これは本の刊行直後に「拝啓長崎市長殿」のタイトルで、短時日のうちに何回も再放映されることになる。

本島市長、出版延期の申し出

作業が最終段階に進み、私は編集後記を書き上げ、市長にお目通し願うためにファクスを送った。

その上で電話をしたのだった。開口一番、市長の口から出たことばに、私はぶったまげてしまった。

「出版を延期してくれませんか」というのだ。「ええっ！」。

実はこの本の出版を、市長を支える後援会の人びとが、強く反対していることを、私は最初から重々承知していた。これ以上右翼を刺激したらどうなるかわからない、そんな危険を犯すべきではない、それが後援会の人びとの心配するところだった。私は市長さんからの最初の電話のすぐ後、長崎に飛んだ時、さらに数日おいてふたたび飛んで、市長もまじえて彼らと何度も話し合ってきていたのだ。最後に彼らは折れてくれて三者の合意が成り立ち、ようやく段ボール函がとどいたという次第だったのだ。市長の最初の電話から二か月近くも経っていた。

長崎での右翼の威嚇はいよいよ激しくなっていた。十二月二十一日、二十都道府県六十二団体、八十五台の街宣車。二十三日、右翼三人、市役所の秘書室に押しかけて、「発言を撤回しないなら、一人一殺の精神で阻止する覚悟だ」と脅迫。

一方、市長を支持する動きも次第に表面化し、市長支持の声明、署名運動などの動きも報じられるようになってくる。

そんな空気の中で、市長後援会の人たちはいよいよ恐れを深めて、市長に強く出版中止を迫ったという次第だったのだ。

私はまた長崎に飛んだ。市長の言うところはこうだった。

「実弾が二度にわたって送られてきて、警察の警備もいっそう強化された。トイレに行くにも三人の警官に守られなければならず、こんなことが長くつづいたのでは市政にも重大な支障をきたす。家人ももはやノイローゼ気味、どうぞ警備が解かれ、事態が鎮まるまで、刊行を延期してほしい。時機は、その後で、状況を見て考えたい……」

同席する後援会の人びとは、口々に「生命の危険」をもって私に迫ってくる。生命の危険を顧みずに何かをなさいなどとは、だれも言えないはず。私は涙を飲むしかなかったのだ。

ついに私はその場で電話をお借りして、恐らくは息をのんで東京で待機している人たちに告げなければならなかった。作業の中断を。

作業の中断

作業を中断して、時間はどんどん経っていった。あわただしく、しかも密な仕事を共にしてきてくださった読者のみなさんはがっくりと落ち込み、暴力に対するやりようのない怒りをじっとかみしめている。

どうしたらいいのか。私たちは何をなすべきなのか。ひとりひとりが考え、また互いに話し合いをつづけていた。

長崎の状況も、少しは鎮静化しているのではないかといささか楽観的な推測をし始めていた折も折、三月三十一日、今度は市庁舎の一室に、実際に銃弾が撃ち込まれた事実が報道された。ここに至って、私たちはいっそう強く問題がつきつけられずにはいなかった。

本の刊行を中断し、その事実を伏せてこのままさらに「事態の沈静化」をあてもなく待つことが、果たして最上の道なのだろうか？

この本を一日も早く国民の前に提出すること。それこそが何よりも理不尽な暴力行為を退けることにつながるのではないか。すでに掲載を決定していた手紙などの筆者にはすべて直接手紙を送って、掲載の同意を得ていた。市長発言を批判し、強く抗議する人びとも、掲載したいという私たちの要請に、快く応じてくれている。「光栄です」と喜んでおられる人たちも少なくはなかった。

四月一日午後、朝日新聞長崎支局から電話が入った。この本の刊行をめぐる事情について、中断中の事実も含めて本島市長さんから取材を終えているという。それならばということで、いろいろな質問に答え、しかし記事にするのはもう二、三日待ってほしいと念を押したのだ。まだ私たちは、この事態をどのように切り開いていくべきか、明確な結論に達していなかったからだ。

中二日置いて、再び確認の電話取材があった。この時私たちは、これ以上事実を伏せたまま刊行をずるずると引きのばしておくことは、出版社の立場として許されることではないとの結論に達していた。私は、もう記事にしてくださって結構だと答えたのだった。

五日、東京では朝日新聞夕刊に、それは大きく記事となって掲載された。同じ五日、新聞の配布される以前に、市長が長崎市役所の記者団に対し、刊行計画の中断を径書房に申し入れている旨発表したことを、長崎の新聞、テレビなどからの引きもきらぬ私たちへの取材を通して知った。毎日、読売の東京版も、同じ五日付夕刊で、刊行中断のことを報じた。

暴力への恐れから、本の刊行作業が中断されている事実が明らかになったことは、不幸な状況の中で、そのことが隠されたままであるよりは、どれだけましなことかと、私は思う。あの戦争へと事態が進んで行く時、重大な事実を何一つ知らぬままに、私たち国民は大きな抵抗をすることもなく、確実に一歩一歩、戦争への道にみずからを追い込んでいったことを、いま私たちははっきりと知っているからだ。

市長の側からこの事実を進んで公表されたという点に、私はいっそうの重みを感じたと言っていい。直接にいのちをおびやかされ、それを恐れる周囲がある。市政の停滞こそは、市長の最も耐えがたいところであろう。市長の立場として、この状況下、中断、刊行延期という対応を余儀なくされることを、辛い思いをもって理解、納得することができるのではないか。

だが、市長との合意に立ってここまで仕事を進めてきた私たち出版社としてはどう考え、どう判断するべきなのか。

市長、政治家と、出版社、編集者の立場は同一のものではありえない。市長の立場や決断に共感し理解することと、出版社が出版社として独自な判断をすることとは、別のことなのは言うまでもない。暴力によって言論がおびやかされているいまだからこそ、私たちはこの本の刊行を、市長さんとは全く異なった立場から、ぜひとも実現しなければならぬのではないか。それこそが、私たちの担うべき任務なのではないか。そして、その可能性をひらく唯一のカギは、ここに掲載しようとしている手紙の書き手その人にほかならぬはず。著作権は、書き手ひとりひとりに属するもの。著作権者の同意があれば、本の刊行に何の支障もない。

私たちはただちに、これまで本島市長、径書房連名で掲載のお願いをし、その許しを得ていた二六〇名の人びとに、改めて左のようなお願いの手紙を発送したのだ。

……さて、先般は、あなたが長崎市長に宛ててお書きになられた書信を、一冊の本に収録させていただくことについてお許しをいただき、まことにありがとうございました。

鋭意編集作業を進め、三月末には刊行の予定でおりましたところ、突然市長さんの側から、刊行延期の申入れがございました。その間の事情の一端は、同封各新聞（四月五日付夕刊）の報じるところで、大体はご推察いただけるかと存じます。

私どもが延期をやむなしと考えたのは、市長、ご家族の方々に生命の危険さえあるという状況を配慮してのことでした。生命にかかわる危険を越える原理や原則を他者に強いることはできないというのが第一の理由です。また、市長というお立場は、何よりも市民に対して責任を負うということでありましょう。市政の執行が暴力によって妨げられるということは、市長さんにとって、一身の安危を越えて重い問題でもありましょう。そのことを思えば、市長のご判断は、まことにやむを得ぬものです。言論、出版の自由の行使をあえて抑えて涙を飲んだゆえんを、どうぞご理解ください。

ところで本島市長は朝日新聞のインタビューで、「私の出番は終わったと思う」と言っておられます。これは意味深いことばだと私どもは思います。十二月七日の市長発言は、全国民に、歴史や、自分たち自身のあり方に、深い省察を促す強いきっかけとなりました。その何よりも明らかな表れが、あなたもお書きになって市長に宛てた七三〇〇通を越す手紙そのものなのではないでしょうか。あの時にあなたが、たくさんの方々が、ご自分の深い思いを書いたという行為自体が、市長発言への賛否を問わず、出番はあなたに、また国民ひとりひとりにバトンタッチされたことなのだと私たちは思います。もちろん、出版を仕事とする私ども自身もその受け手の一員です。

そこでいま、私どもはあなたに折り入ってご相談し、またお願いを申し上げたいと存じます。

この本の出版を、あなたご自身と、私ども径書房との共同の意志として実現することにご同意いただけませんでしょうか。先般の収録許可のお願いは、本島市長と出版社径書房両者の名によるものでしたが、この際、本島市長には、出版の当事者という立場から退いていただく。つまりあなたが改めて径書房に掲載の承諾をくださることによって、刊行は本島市長とは全く無関係に、径書房単独の責任となります（法的に何ら問題のないことを確認いたしております）。そうなれば、本島市長への暴力的な威嚇の口実は、この本の出版に関するかぎりすべて消失いたします。

いま、言論出版の自由を大切にすると同時に、市長さんを身の危険から守り、事態を鎮静化させる道は、これ以外にはないのではないかと考えるのです。いかがでございましょうか。

ぜひともご同意くださり、同封のハガキで、改めて径書房に対して、掲載のお許しをいただけますよう、心からお願い申し上げます。なにとぞあなたのお力によって、この本の刊行をぜひぜひ実現させてくださいますように。……

八九年四月六日
返事は次々と返ってきた。ほとんどの人びと、抗議する人、支持する人が、私たちの手紙に対して、掲載を同意してくださった。これならば、この本の本質を損なうことはいささかもない。私は自信を持って作業再開を決定したのだ。

✻『長崎市長への七三〇〇通の手紙』——刊行にあたって——からの抜粋

「天皇の戦争責任はあると思います」

八八年十二月七日、長崎市議会における本島等長崎市長の発言が報じられた途端に、それは思いも及ばぬ大きな波紋を呼び起こしました。

「暴言を撤回せよ、さもなくば一命をかけて天誅を下す」という憤激の電報が、すでにその夜半、市長にあてて発信されました。明けて八日には、電話、電報による抗議が次々にとどき始めます。またこの八日、市議会運営委員会で、自民、民社などが発言の取り消しを求める決議案、次いで要請文を市長に提出します。

九日には、長崎市選出の自民党県議団が、発言の撤回を求めた。市長はこれに対して、「撤回は私の（政治的生命の）死を意味する」旨を答えて拒否。市役所に、ガソリンを持った男が押しかけます。

長崎市民有志の、市長の発言を支持する声明、右翼の街頭宣伝車の市内集結と抗議などがマスコミを通して伝えられるにつれて、波紋はいよいよ全国に広がり、市長のもとに、ハガキ、封書が殺到します。海外の紙誌もこの問題をとり上げ、国際的反響を呼び始めます。

年を越え、天皇の逝去後にもそれはつづき、市長に寄せられた書信は、中国、アメリカ、イギリス、オランダその他からのものも含めて二月末現在、その数は実に七、三〇〇通を越えています。

かつてこれだけの短時日のうちに、これだけの数の書簡が、ひとりの人物に宛てて寄せられたことがあったでしょうか。

私ども径書房は、そのすべてに目を通させていただきました。

ごく一部の勇壮活発な抗議状、また脅迫を除いて、すべてのお便りはきわめて真摯なものです。市長発言に対して批判、抗議するものも、その多くは深い礼節謙譲のことばをもって書かれ、支持、激励するものも、書き手ひとりひとりのこれまで歩んでこられた道、いわば人生そのものをふまえて、あふれるばかりの真情をたたえています。

天皇、そして四十余年前に終わった戦争。二つのことがら、二つのことばが、どれほど深くそして永く、国民の胸の奥底にわだかまり、しこっているかを、文面の一文字一文字が、痛いほどにあらわにしています。

だれもがそのことを考えつづけた。だが表立ってことばにする機会もないし、ことばにすることを怖れてもいた。いや、口にし、文字にするには、余りにも深いことがらであったと言うべきなのでしょうか。

それが、はからずも本島市長の発言をきっかけとして、さまざまな年齢、あらゆる立場の人びとの心の奥底から、いっきょに噴き上げてきた。

だれも決して予期することのなかったこの事実は、本島発言をどう評価するか、またそれへの賛否は別として、私たち同時代に生きる日本人について、また対して、実に重大なことを示唆していると思わぬわけにはいきません。

天皇、そして戦争責任。この二語を結ぶところに、昭和史の究極の焦点がある。そして天皇乃至戦争責任を問うことは、とりも直さず私たち自身を問うことなのだ……。

手紙の山を前にして、私たちはさらに思い続けます。

これは歴史家が、まして後世の歴史家が掘り起こし、評価し、記述した歴史ではない。まさに〝昭和〟という時代を生き、時代を作り、時代によって作られてきた、時代の担い手自身が、誰に頼まれたのでもなく、みずからすすんでなした「証言昭和史」そのものなのだと。

ここには、いまにしてなお、幾多の血がしたたり、涙がにじみ、別離と悔恨の痛みがうずいています。死者たち――ひとりひとり固有の名があり、顔がある、身近な子、親、きょうだい、夫、妻、恋人、仲間たち、戦友たちを初め、二千万、三千万という無惨な数字をもってしか言い表せぬ、あの戦争によって亡くなったすべての人びとが、立ち現れます。いまを生きる人びとのしためた文字の背後から。

彼らは顔蒼ざめ、五体は血ぬられ、飢えと渇きにあがきもだえ、あるいは波にあらがいつつ、大海にのみ込まれていきます。各地に空襲を受けて逃げまどい、中国「満州」の野をさまよう子どもたち、そして沖縄の子どもたちの同じような姿が重なります。対馬丸の船上に、摩文仁の丘に。もちろん一方で、痛切な過去を背負って今日を、さらに明日を開こうとする決意や希望の輝きを見ることもできます。人間について、いのちについて、あるいは神について考え、祈るそれぞれの姿もあります。

これを市長おひとりの手もとに置いていたずらに眠らせるには、余りにも貴重なものだとおもわずにはいられません。本島市長もまた私どもと深く思いを同じくしておられました。

私たちはすべてのお便りに何人もが目を通し、繰り返し読ませていただき、七、三〇〇余通の中から三〇〇通ほどのものをとり上げました。住所氏名の明記された発信者には趣旨を申し上げて公表のお許しをいただき、ここに一冊の本として刊行できる運びになりました。

私たち日本人自身の過去をかみしめ、私たちの時代を、よりよい未来を望んで次代に引き継ぐ証しとして——多分、あの戦争を担ってきた世代にとっては、思いのすべてを傾けた後代への「遺言書」ともいうべき本書を、広く同時代のすべての人びとの前に捧げることができることを、何ものにも替えがたい深い喜びとするものです。

【付記】

※本島市長の手もとに、一九八八年十二月八日から八九年三月六日までにとどいた書信数は左の通り。

封　書　一五五九通
ハガキ　四四九五通
電　報　一〇五二通
電子郵便　二一七通
計　七三二三通

※右の内容による内訳は、

支持、激励するもの六九四二通（うち、最終的に本書に収録したもの一九〇通。ただし在日外国人、海外からのもの、及び図版は除く）

批判、抗議するもの三八一通（うち、同じく本書収録二五通。ただし図版を除く）

本書に掲載したものは、一九八九年二月十九日に、市長の手もとから編集部に届いたものまで、それ以降のものは、時間的制約から、収録の対象から外した。また原則として、発信者が団体の場合は、収録の対象外とした。

※『長崎市長への七三〇〇通の手紙』「あとがき」からの抜粋

私ども径書房は、私たちの意志と責任において、そして何よりも執筆をなさり、ここに改めて掲載の御許可を私どもに対してくださった方々への感謝と責任の思いを深くかみしめつつ、本日ここに刊行のための作業の再開をいたします。

この後も、五月中旬の刊行実現まで、どのような状況が展開するか、予測は全く立ちません。しかし、本書の公刊について、すべての責任を負うものは径書房、その代表、私であることをここに明記して、ペンを置かせていただきます。

一九八九年四月十一日　　径書房代表　原田奈翁雄

初版を絶版、『増補版』を刊行

この本を刊行したことで、実は新たに大変深刻な事態が発生した。これについて詳細を語れば厖大な紙数が必要になるのは必然のことなので、いまはごくかいつまんでそのあらましを報告するにとどめなければならない。

この本に収録した一通の手紙が、部落解放同盟の憤激を呼び、この手紙を掲載した私たち径書房が彼らから強烈な抗議と、その手紙の削除を要求されたのだ。

その手紙は、解放同盟が行なっている差別する者に対する激しい抗議活動、糾弾を、右翼がやっている長崎市長への抗議、脅迫と同じものだと主張して非難するものだった。たしかに解放同盟としては我慢ならぬものであったろう。私はこの手紙を掲載するか否かについては、当然自分なりにさまざまに考えた上で、掲載を決定したのであるから、解放同盟の反応は十分予期していたことであった。

私たちは彼らと会って、さまざまに話しあった上で、重大な決定を行なった。

＊初版の増刷を中止するにあたっての社告

八九年五月十五日発行『長崎市長への七三〇〇通の手紙』を、八九年六月二十六日付初版第六刷を最終版として、以降、絶版といたします。

去る六月二十三日、径書房は、部落解放同盟から、本書に掲載した手紙、「議論を封じる行為は人間否定」について、「この内容は、解放同盟とその運動に誤解を与え、被差別部落に対する差別と偏見を助長、拡大するものだ。これ以降増刷するものについては、本書より削除することを要求する」旨、口頭での抗議と申入れを受けました。

右申入れにもとづいて、私どもはさまざまに考えた上、初版の増刷を中止することを決めました。

そして新たに、部落解放同盟の見解と、それに対する私どもの見解を申し述べ、この間のいきさつを明らかにするページを付け加えた、増補版を早急に刊行いたします。

　天皇ないしその戦争責任を問うことは、言論、表現、出版の自由の拡大と分かちがたく一体の問題です。そのことを改めて確認すると同時に、天皇、天皇制の存在、その本質と表裏をなす被差別部落の問題に私たちの視野を広げ、差別をなくし、のり越える道を、いっそう多数の読者の皆さんと共に、真摯に探る手がかりとするために、この増補版『長崎市長への七三〇〇通の手紙』が役立つことを、切に願うものです。

一九八九年六月二十六日

径書房

『増補版　長崎市長への七三〇〇通の手紙』の表紙

　径書房は同時に、部落解放同盟中央本部による抗議文、「重大なる『事実曲解』の手紙、掲載した出版社の側にも問題」を全文掲載すると共に、問題の手紙を一文字も変えることはなく、そのまま掲載することによって、初版を絶版として、初版とは全く異なる「増補版」を刊行したのであった。

　この増補版を作ったことについて、読者からお手紙をいただいた。

その一つをご紹介することによって、この事件の結びとしたい。

「お送りいただきました『長崎市長への七三〇〇通の手紙』……部落の問題が起きる前とあとこのご本の価値には大きな差ができたと感じております。

市長さんが出版をこばまれた段階で大きな山がおありだったと存じますが、そのご更にこの問題がおき、このご本の重みは、その都度幾十倍にもなったのではないでしょうか。

市長さんの拒否を克服された時の径書房のお考えは、何としても出版の自由、自主性をつらぬくということだったと存じます。そのためのすべての責任をになう勇気を示された力量は、新聞社などを含むあまた大出版社の、はるか及ばないものであったと思いますし、部落の問題を乗り越えられた時には、解放同盟と径書房の、差別の歴史と出版の自由の、どちらもけずることのできない重み、その重みの平等を、同盟の方たちに理解おさせになって径の信念を世にお示しになったという、これはまた前代未聞の偉業ではなかったでしょうか。

おそらく出版を業とする多くの方たちは、身ぶるいする程の思いに打たれたことでしょう。また将来、出版の仕事を考えている若い人たちは、深くご自分の道を考えるきっかけになったことと思います。読者もまた、出版の自由とはどういうことかということと同時に、人と人とが対する時のきびしさ、それを乗り越える思想について深く学ばせていただきました。多くの読者を、その高みまで、その底知れぬ深みにまで引っぱっていって下さる径書房のお力に只々感服致しております。何の努力もせず、たゞこうしてご本をよませていたゞく私のようなものは、果たしてこのご本の読者たる資格があるのかしらと、恥しく思っております。

同居しております八十六歳の老母が、原田様の「編集を終えて」以降のすべてのご文章を拝読し、「何というていねいな、行きとどいた文章だろうね。ほんとにもうこれほどまでにかみくだいて胸の奥の方に話しかけるような文章に出会ったことはない」と感激しておりました。「この調子で説得されたら、これはもう、どんな人でも参ってしまうだろうね」とも。体の自由がきかなくなって本だけが友達の老母ですが、径書房のご本は必ず目を通しており、こういう出版社が現存することをいつも不思議がっております。心からの感謝をこめ御礼申し上げます。皆様のますく〱のご健闘をお祈り申上げます。」

（岐阜県　川渕蕙子）

後日談――市長銃撃と右翼

『長崎市長への七三〇〇〇通の手紙』を刊行して半年後、一九九〇年、平成二年一月十八日、本島長崎市長は市役所玄関前で右翼に銃撃されて重傷を負わされた。幸い一命はとりとめることができたのだが、その事件から半年ほども経ったろうか、当のその右翼、長崎の正気塾が、社長に会いたい、これから行くと電話があった。「どうぞ」とは答えたものの、さすがにあわてないわけにはいかなかった。警察に電話してその旨伝えたところ、見えぬように警戒してくれると言う。

高級車に乗った二人の男がやってきた。若い方が副塾頭を名のって、私は専らその彼と話すことになった。

私は彼に最初に尋ねた。「あなた方はどこで活動資金を稼いでいるんですか」と。彼はひとことで答えた。「恐喝一本よ」。「おれは小学校しか出てねえんだ。他にどうやって稼ぐ?」。

なるほどねえ、私はうなずくしかなかった。

市長を撃った本人は五島列島で養魚場を営んでいた。本土資本からの攻勢でそれがつぶれ、逃げるように彼は長崎に移ってきたのだと言う。これもなるほど。右翼の人たちにも、それぞれに彼らなりののっ引きならぬ物語りがあるのだ。

「奴はこれではないのか?」と、最後に、副塾頭は私に問いかけてきた。「奴」とはもちろん本島市長のこと、親指を折った右掌を開いて私に向けながら。

「それって何ですか?」。私にはそのしぐさが被差別民を指すものだとはわかってはいたけれど、知らぬふりをして聞いたのだった。

「何だ、知らねえのか」。それっきりで対話は終わってしまった。

彼らは『長崎市長への七三〇〇通の手紙』二冊を買って、事もなく引き揚げていったのだった。

Ⅳ

時代は変わったけれど

二〇一九年五月一日、天皇の代替わりという行事が、国を挙げてまことに仰々しく行なわれた。政府主導の下、マスコミを先頭に、日本全国が、この天皇の代替わりをめぐって、ありとあらゆる切口、手口をもって無数の話題、映像、音声を提供し、社会をあげて興奮しまくった事態に、私たちは圧倒されつくし、巻き込まれっ放しだった。それらのすべては、天皇や皇族、つまり天皇制の美化、讃美、傾倒、に尽きていた。

戦前戦中がよみがえった

天皇の代替わり

ここまで深くしぶとく生きのびていたのか！　あの維新政府の仕掛けた天皇による人びとの精神の呪縛が。

敗戦によって、絶対的神権天皇制を否定し、国民主権に立つ全く新たな国に生まれ変わって、すでに七十余年の歳月を経ていながら。

戦後ずっと、その底流はたしかにこの国に息づいてはいた。

白馬にまたがった軍服を背広に着替えた昭和天皇は、まだ焼跡だらけの国中を巡回して、民衆の歓声に帽子を振って応え、「アッソウ」「アッソウ」と、精一杯の愛想をふりまいた。海外の記者に問われて、「戦前戦中と、日本人の価値観は何も変わっていません」と、自信満々、いとも平然と答えてもいた。

昭和天皇の死去にあたって発せられた長崎市長のことばが、右翼の人びとの憤激を招いたことはすでに見てきた。

五十六年前、前回の東京オリンピックでは、あふれるほどに日の丸が打ち振られ、以来、スポーツの日の丸は、この国の日常不断の風景になってしまった。

私の中で日の丸は、中国戦線で都市を占領するごとに、その城壁に高々と掲げて打ち振られ、その下に中国の人びとと、日本兵士たちの血のしたたる原風景となっていたから、これを見せられると鮮烈に戦中がよみがえって、常に胸をえぐられる痛み以外のものではなかった。

二〇二〇年の東京オリンピックでは、日章旗の使用を禁止するよう、韓国が国際オリンピック委員会に訴えている。日の丸の戦闘版とも言うべき日章旗は、日本に犯された国々の人たちに対して、どれほどの痛みをかき立てるものであることか、いま多くの日本人は、まったく思いみることもないだろう。

安倍晋三をリードする日本会議

この国の、このような復古懐旧の空気は、どのようにして作り出されてきたのか。

もちろん、戦前戦中のこの国をよしとする少なからぬ人びとが、いまなおあふれているからに他ならない。それはどんな人たちだろうか。

だんだんそれがはっきりと見えるようになってきた。たとえば「日本会議」という集団が、政治世界で大きな力を持って、安倍自民党を支えるというよりは、むしろその政策をリードしているということも。

私は遅ればせながら、青木理氏の書かれた『日本会議の正体』(平凡社新書、二〇一六年)を読んでみた。そして、深く恐れおののかずにはいられなかった。

青木氏によると、「日本会議は一九九七年、いずれも有力な右派団体として知られていた二つの組織――『日本を守る国民会議』と『日本を守る会』が合流する形で産声をあげた」という。

その彼らは、昭和天皇在位五十年の奉祝行事や、元号法制化運動を主導してそれを実現させた政財界、学会、宗教界の右派の人びと。

さらにこの日本会議に、八万を超える全国津々浦々の神社を束ねる伊勢神宮、明治神宮を中心とする神道の政治団体、神政連、神道政治連盟が加わっている。

最初にこの日本会議に注目して世界に伝えたのは、青木氏によれば日本のメディアではなく、多くの海外メディアだったという。青木氏はその内容をくわしく伝えてくれている。

欧米メディア、こぞって警戒、警鐘

「日本会議は、日本の最も強力なロビー団体のひとつとして、国粋主義、歴史修正主義的な目標を掲げている。西洋の植民地主義から東アジア（原文ママ）を〝解放した〟日本をたたえ、再軍備をし、……天皇をうやまう。……奇妙なことに、この団体は日本のメディアの注目をほとんど集めていない。政権の中枢でますます影響力を強めているにもかかわらず――」（イギリス『エコノミスト』誌）

「安倍首相の内閣改造により、日本が急速に右旋回しているという懸念が生じている。改造内閣の

閣僚十九人のうち十五人が所属している日本会議」（イギリス『ガーディアン』紙）

「安倍政権の下、自国優越主義的なナショナリズムが再燃し、極端な右派が勇気づけられ、リベラルなメディアを攻撃し、在日コリアンを標的とするヘイトスピーチが起きている。……日本会議のような反動的グループが安倍内閣を牛耳り……」（アメリカCNNテレビ）

「日本で最も影響力を持つと思われるこの政治組織の正体はほとんど知られていない。日本会議とは、日本の政治をつくりかえようとしている極右ロビー団体。安倍首相以下、閣僚の八割、国会議員の半数が名を連ねている。……究極のロビー団体として……超国家主義、歴史修正主義、天皇の権威の復権、女性の家庭への従属、そして再軍備を掲げている」（オーストラリアABCテレビ）

「西洋の植民地主義から東アジアを〝解放した〟日本をたたえ、再軍備をし」、「安倍首相、改造内閣閣僚十九人のうち十五人が所属している日本会議」、「日本会議のような反動的グループが安倍内閣を牛耳り」、「日本会議は極右ロビー団体。安倍首相以下、閣僚の八割、国会議員の半数が名を連ね……超国家主義、歴史修正主義、天皇の権威の復権、女性の家庭への従属、そして再軍備」。

欧米メディアの日本の政治実態への警戒、危機感がすべてにあふれているではないか。

「西洋の植民地主義から東アジアを〝解放した〟日本をたたえ」る安倍を先頭とする日本の歩みに、彼らは我慢がならなかったのだ。

欧米列強の懺悔——「国際連合憲章」

なぜ西欧のマスメディアは、この日本の政治状況に対して、当の私たち日本人以上に鋭く反応したのか。

日本の朝鮮植民地化、中国への深い侵攻は、西欧列強が、新大陸発見以降、えんえんと何百年もつづけてやってきた凶悪な侵略、それをそのまままねてやってきたその殿《しんが》り、史上最後の所業《しわざ》だったのだ。

この日本の始めた戦争が、その殿りとなったのは、ドイツ、日本など、ファシズム国と戦ってきた欧米先進国の側が、あの大戦の終結にあたって、これまでの彼ら自身の行為、その歴史を、きっぱりと否定すると宣言し、それを実行する道を、着実に進めていったからなのだ。

第二次世界大戦、戦勝国、敗戦国を含めて、七千万、八千万もの人間を殺し合ってきた自分たち人間の愚かさ、罪の深さを、限りない悲哀の中で、最初に、痛切に認識したのは、戦いに勝利した側の人間たちだった。

こんな愚かしいかぎりの行為を、人間たちはこれからもなおもくり返しつづけていくのか。等しく彼らは深くみずから問わずにはいられなかったのだ。第二次世界大戦だけではない。有史以来、絶えることなくつづいてきた人と人の殺し合い、国と国の殺し合い、こんなことを、いつまでわれわれ人類はつづけるのか。

一九四五年五月、ヒトラーのドイツは連合軍に降伏したが、日本はまだ一億一心、鬼畜米英撃滅を叫んでいたその六月、すでに確実な勝利を見越した連合国の指導者たちが集まって、国際連合を結成し、その結成宣言を発したのだ。

「われら連合国の人民はわれらの一生のうちに二度までも言語に絶する悲哀を与えた戦争の惨害」(国際連合憲章)を味わいつくした大戦の勝利者の側が一致してとった、それはまさにこれまでの人類史の道筋を書き換える画期的な決意と行動だった。

こんな愚かさから、人類社会が抜け出すために、われわれひとりひとりの人間はどうしたらいいのか、何をしなければならないのか。

彼らが至りついたのは、散々ぱら侵略戦争をやり、人びとを殺しつづけてきた彼ら自身が、自分たちの歴史を深く断罪せずにはいられぬことになる、まさに革命的認識だった。

それは次のことばによって断乎として明確である。

「基本的人権と人間の尊厳及び価値と男女及び大小各国の同権とに関する信念をあらためて確認」(憲章)することなしには、今後とも同じことがくり返されると、彼らは深く自覚し、決然と宣言したのである。

さらに三年後、国際連合は「世界人権宣言」を発して、

「すべての人間は、生まれながらにして自由であり、かつ、尊厳と権利とについて平等である」

「すべて人は、人種、皮膚の色、性、言語、宗教、政治上その他の意見、国民的もしくは社会的出身、財産、門地その他の地位又はこれに類するいかなる事由による差別をも受けることなく、この宣言に掲げるすべての権利と自由とを享有することができる」

と重ねて表明している。

思ってもみてほしい。実際のところ、彼ら自身こそが、侵攻していった土地土地で、何百年にもわたって人間を殺し、その尊厳を奪い、あらゆる差別意識をもって他者への侵害を平然と行ない、弱小の国々、地域を根こそぎにふみにじりつくしさえしてきたのだ。それがまぎれもなく、西欧先進諸国の「新大陸発見」以来、一貫して歩んできた道だったのだ。

その彼ら自身が、みずからの歴史を正面から見すえて告発、否定し、これを乗り越えなければならないと宣言したのである。

きびしく求められる歴史の清算

ここまで書いてきた私の原稿に対して、この本の担当編集者である真鍋かおるさんから鋭いチェックをいただいた。

「二〇〇一年、ダーバン会議における、欧米諸国の態度をどう見るのか」ということだ。そして真鍋さんは、在日朝鮮人作家徐京植《ソキョンシク》さんの書かれたものを私に示されたのだ。

そこには不覚にもこれまで私の全く認識することのなかった事実が書かれていた(以下、徐京植著『日本リベラル派の頽落』〈高文研、二〇一七年、一〇九〜一一〇頁〉から引用)。

第二次世界大戦後の世界において、私たちに「普遍的価値」への希望を抱かせる出来事は、残念ながら、わずかしかなかった。南アフリカにおけるアパルトヘイト体制の打破を、そのわずかな希望的出来事の一つに数えることは許されるであろう。長く困難な闘争の末に、こうした人種差別体制そのものが「人道に対する罪」であることが国際社会で確認されたことが、大きな成果だった（一九九八年にはローマ会議において、国際刑事裁判所ローマ規程が採択され、国際刑事裁判所ローマ規程第七条で、アパルトヘイトは「人道に対する罪」と規定された――徐）。

この成果の延長上で、二〇〇一年、南アフリカのダーバンで国連主催「人種主義、人種差別、排外主義、および関連する不寛容に反対する国際会議」が開かれた。アパルトヘイト体制からの解放を勝ち取った南アフリカでこの会議が開かれたことそのものが、人類が人種差別や植民地主義を超えて前進していくことができるという希望を象徴する出来事だった。この会議は、欧米諸国が行なってきた奴隷貿易、奴隷制、植民地支配に「人道に対する罪」という概念を適用する可能性を初めて公的に論じる場所だった。

だが、会議は「法的責任」を否定する先進諸国（旧植民地宗主国）の頑強な抵抗に遭って難航した。アメリカとイスラエルは退席した。奴隷制度と奴隷貿易に対する補償要求がカリブ海諸国とアフリカ諸国から提起されると、欧米諸国はこれに激しく反発し、かろうじて「道義的責任」は認めたが、「法的責任」は断固として認めなかった。その結果、ダーバン会議宣言には奴隷制度と奴隷貿易が「人道に対する罪」であることは明記されたが、これに対する「補償の義務」は盛り込まれなかったのである（永原陽子他著『「植民地責任」論―脱植民地化の比較史』青木書店、二〇〇九年）。

そうか、欧米列強の長くつづいた許しがたい広範な侵略が、侵された側の人びとからまともに追及され、問われる場があったのだ。

私は長らく、欧米列強は、自らのこの重大な犯罪行為を、はっきりと認めて、被害を与えた地域、国々の人びとに、深く謝罪しなければならないともちろん思ってきていた。頬かぶりのままでは、歴史の新たなページを開くことはできないはずだと。

だが彼らはこの「国際連合憲章」によって、みずからの歴史を正面から見すえて告発、否定したのも事実である。これはやはり人類の歴史の上でただならぬ事実である。これをもって、まずいったんは侵略や殺し合いの歴史にけりをつけようとしたことと認めなければならないだろうとも。

それであるにもかかわらず、このダーバン会議において、欧米先進諸国はその法的責任を否定し、カリブ海諸国やアフリカ諸国から出された奴隷制度や奴隷貿易に対する補償要求に対しては、断乎として拒否したというのだ。

彼らは、またとないチャンスを逃がしたのだと言うしかない、まことに残念なことではあるけれど。彼らは国連憲章において、自らの過去をきびしく清算する基本的な思想を獲得し表明したにもかかわらず、被害当事者に率直に詫び、補償することはついに肯《がえ》んじなかったのだ。辛うじて道義的責任は認めたにもかかわらず。

私はこの後の文章、「ドイツへの旅」において、戦後ドイツの、ナチスの犯した罪に対して、敗戦直後から、そして今日ただいま、二〇二〇年に至るまで、国の最高責任者たち、歴代の首相、大統領たちが、途切れることなく、深い謝罪のことばを表明しつづけたことを書いているけれど、国家の体面というものは、こんなにも重いものなのであろうか。歴史はさらにきびしく検証され、しっかりと乗り越えられなければならぬであろう。どれだけの時間がかかろうとも。

「日本の戦争は自衛戦争だった」

あの戦争において日本の受けた致命的な深傷《ふかで》も、敵味方を越えたその悲哀の現実の一部ではあったけれど、われわれ日本人は、この体験から何を、どれだけのものを学んだのだろうか。

天皇在位五十年を祝い、元号制度の復活に全力を傾けた勢力は、あの戦争そのものは、決して間違ったものではなかった、むしろ正義の戦いだったと主張する。

あれは西欧列強の侵略に対する止むに止まれぬ自衛のための正義の戦いだったのだと。

見ろ、日本は敗れたけれど、あの戦争の結果、アジアの国々は次々と独立をかちとったではないか。アジアばかりではない。アフリカなどでも続々と独立していった。すべては日本が戦った結果ではないか。どこが間違った戦争だと言うのだ。彼らは、「日本人よ、胸を張ろう」と、いよいよ声高に言ってきた。

それは全く違う。他国他地域への侵略侵攻を、きっぱりと正面から否認否定したのは、これまで久しく全世界各地で侵略をしつづけてきた欧米諸国に他ならなかったのだ。

「基本的人権と人間の尊厳及び価値と男女及び大小各国の同権」をきっぱりと表明したからこそ、彼らは論理必然的に植民地を解放して各国の独立を認めなければならなかったのだ。

この欧米メディアがこぞって、日本の安倍政治の進めつつある危い道に鋭い警戒、警告を発したのは至極当然のことであった。

安倍首相は天皇代替わりのこの機会、その空気を、最大限自分を持ち上げ、その権威権力誇示のために用いることに意をつくした。まさに天皇、天皇制の政治利用そのものであった。新しい元号、「令和」への結論を導くために、彼はあの手この手を実に巧妙に使うのが目に見えた。

これまでの日本の元号は、すべて中国古典にある字句にもとづいて制定されてきたのを、安倍首相は国書、日本の古典に依ることを主導した。中国に対抗して、彼の日常のスローガン、「美しい日本」を殊更に持ち上げたいという意図が明らかだった。そして最終的に、「万葉集」からこの二文字を拾い上げさせて、得意満面だった。

何と浅はかな奴だろう。そもそも元号という制度そのものは、古代中国王朝に発し、その王朝の版図、強い影響の広がったアジアの諸地域で古くから行なわれたものなのだ。中国皇帝は、国土の広がりと、そこに暮らす人民を支配するだけではなく、時代、つまり時間をも支配するのだということを、支配する人民に、世界に誇示するのが、この元号制度というものなのだ。

現在、この元号の制を残しているのは、世界広しと言えど、もはやこの日本国だけ。他の諸国は、封建制、そんな古制からみな脱け出しているのだ。中国に対して、常に対抗的にふるまいつづけている安倍首相なのに、本家本元の中国自身も捨て去った旧制度に後生大事にしがみつくのは、この日本国だけ。マンガみたいだと私は思う。そもそも元号に用いる文字、漢字自体、中国からの贈りものだったではないか。

だが、この日本国は、ほとんど国を挙げてこの新しい元号の制定、改元を喜びはしゃいで迎えたのだ。この狂騒に、私は旧「大日本帝国憲法」がよみがえったかのような錯覚を覚えずにはいられなかった。

天皇を考える

「天皇は、日本国の象徴であり、国民統合の象徴であって、その地位は、主権の存する日本国民の総意に基づく」と、日本国憲法は、その冒頭第一条に規定している。

たとえば花、たとえば旗、これらのものを、何ものかの象徴とすることは、たしかにあり得るし、可能なことであろう。だが、いったい生身の人間が、それ、象徴になることなど、あり得ることなのだろうか。

人間は生きて動き、思い、迷い、なやみ、いずれもひとしく死んでいく。それぞれがたったひとりの個人として存在する、抜きさしのならないきわめて具体的な存在である。抽象そのものである「象徴」などと祭り上げること自体、天皇個人の人間性の否定、抹殺とも言うべきことではないか。

いま、上皇とされた平成の天皇は、彼なりに至って誠実に、この「象徴」とは何かという問いに、身をもって面と向き合って、何とか答えようと努めてきた。ばかりでなく、自分の後を継ぐ次代以降の天皇に対しても、その問いに向き合うことを求めている。だが、どんな答えもあることではない。生身の人間が何かのシンボル、象徴になることなどできる相談ではない。

天皇個人の人間性を尊重する当然の帰結として、「象徴」などという非人間性のしばりから、天皇は解放されなければならない。それが人間すべて、万人の人権の原理なのだ。

日本人の大多数の人びとが、明治維新以来、上から天皇を押しつけつづけられてきて、その習い性《さが》となってしまっているのであろう。とても一朝一夕でこれを払拭することは望めそうもない。それならば、天皇家を、長い歴史を経た、いわば人的、文化的遺産として残すというのなら、それはそれで納得してもいいかな、と今は思うしかない。天皇家は京都に里帰りしてもらう。絶対に、政治、国の統治にかかわる場所に天皇を近づけてはならないという、きびしい保証つきで。さもなければ、「袞龍《こんりょう》の袖にかくれる」あの維新政府の再来が避けられぬことになってしまう。

それにしても、マスコミの力というものを、いやというほどに見せつけられる場面であった。この改元をめぐるさわぎ、すべてはマスコミを担う人びとの、総力を傾けた活動なしには、ここまで恐ろしい場面が展開することは決してなかっただろう。中国侵攻以来、常に戦争を支え戦争と共に栄えたマスコミの姿が、くっきりと再現されていたではなかったか。

安保闘争から六十年

ここで私自身の歩みに戻れば、ともかく、私は、十分長い間、共産党の忠実、熱心な党員でありつづけた。一九五九、六〇年に燃え上がった、いわゆる安保闘争に、自由と民主主義、独立を求める私たちが敗れるまでは。

安保闘争こそは、サンフランシスコ講和条約と引きかえに、この日本国に押しつけられた日米安全保障条約を改定するというチャンスに立って、当然のこと、こんな不平等条約の改定ではなく、断乎としてこれを破棄せよと迫るきわめて広汎な日本国民の明確な意志が結集する、日本の史上初の、最大の大衆運動、国民運動となっていったのだった。連日、国会に向けて数万人、十数万人がデモ行進し、労働組合のストライキだけでなく、中小の企業、商店までもが営業を停止して自分たちの意志を示す閉店ストを行なうなど、まさに未曾有の国民的意志が日々明確になって盛り上がっていく。

私ももちろん連日連夜、デモに参加し、当時たまたま私が委員長をつとめていた筑摩書房労働組合も会社側を説得して、労使一体の意志表示として閉店ストに参加したのだ。

しかし、この高揚した一大国民運動も、何ともあっけなく情けない幕切れを迎えなければならなかった。衆議院ですでに可決されていた安保条約を持続させる修正案が、参議院での審議を経ぬままに、憲法の衆議院優越の規定によって自然成立となってしまったのだ。がっくりと肩を落とした私たちはもはや完全にたたかう術を失って、その成立を許してしまったのだ。

この安保闘争の中で、私の心にひっかかるものが芽生え、それが徐々に成長していくのだった。決定的だったのは、学生たちの組織、全学連の闘争方針と、共産党を主とする勢力の意見、闘争方針の相違だった。彼ら全学連の学生たちは、自然成立の日に向けて、国会への突入も辞さないという強硬な姿勢を鮮明にしていた。その日が刻々と近づく中で、彼らは連日国会の正門前に結集、そこに坐り込んで、いまにも門を破って突入せんばかりの気配を見せていた。自然成立の刻限、六月十五日には実際に突入して女子学生樺美智子が殺されてしまったのだ。

ところが、共産党や大多数の労働組合の方針は違っていた。正門前までは一般労働組合や市民のデモ隊も行進して行くのだが、それを過ぎると、デモは隊列を解いて流れ解散となってしまう。残った学生たちだけが孤立して正門前に坐り込んで気勢をあげる。

国会へ突入するという過激なたたかいがまちがいだというのなら、共産党こそが正門前に坐り込んで、学生たちの行動を抑える説得をするべきなのではないか。学生たちを尻目に、彼らを孤立させたまま流れ解散をしていく人波の中で、私はそう思わぬわけにはいかなかった。彼ら学生だけを、誤りだと共産党が考えるたたかいに立ち向かわせる。それが正しいのか。正しくないのならば、全体の一致した連帯、結束を保つために、彼らの前にこそ共産党は体を張って説得し、その行動を押しとどめなければならないのではないか。

私の中には、入党当初から、党に対してある種の違和感を覚えずにはいられぬものがあった。党の上部の人びとによって常に口にされ、党の指導文書の中でもはっきりと書かれている「党の指導」ということばだ。あらゆる局面で、党の方針にもとづいて「大衆を指導する」。それが、党と党員に与えられる基本の活動方針なのだ。

中国共産党、毛沢東の書いたものの中でもひんぱんに用いられることばがあるのを私は知っていた。「人民大衆に服務する」。それが中国共産党の使命だというのだ。「服務」と「指導」では、まるで意味が逆ではないか。人民が求め、要求する目的の実現のために党が手助けをし、下支えとなって奉仕する。人民への服務とはそういうことだろう。

「大衆を指導する」？　おれにはできないな、指導なんて、大それたこと。私は最初から、このことばに常に内心じくじたるものをおぼえつづけていた。

（いまの中国共産党に、この「人民への服務」という同じことばが生きているのかどうかを私は知らない。外から見るかぎり、かつての日本共産党と同じに、人民に対する「指導」と、さらに強力な「支配」以外のものが、現中国共産党にあるとはとても思えない。）

このまま共産党をつづけることはできないな。激しかった安保闘争の敗北を機として、私は共産党を去る決心をするに至ったのだ。

希望は私たちひとりひとりが作り出す

あの安保闘争から六十年。一貫してつづく自民党政権によって、この国は、戦争を容認し、法制面でもすでに完全にその準備をととのえてしまった。すでに、他国を攻撃することのできる軍備、強力な地上軍や空軍、ミサイル群や航空母艦までも持ち、建造しつつある。

「第九条　日本国民は、正義と秩序を基調とする国際平和を誠実に希求し、国権の発動たる戦争と、武力による威嚇又は武力の行使は、国際紛争を解決する手段としては、永久にこれを放棄する」

「２　前項の目的を達するため、陸海空軍その他の戦力は、これを保持しない。国の交戦権は、これを認めない。」

これが日本国憲法にはっきりと書かれた条文である。

子どもにも読みあやまることのないこの単純明確なことばがあるにもかかわらず、日本国政府は、事実においてそれを完全に無視し、くつがえしたのだ。この時点において、日本国の政治権力は、憲法にのっとったその正当性、合法性をいっさい失ったことが明確である。主権者国民は、この時点で、政権そのものを葬り去らなければならなかったのだ。だが、私たちはそれを成さなかった。国会における単なる多数決という、低次元の暴力にまやかされることによって。

そしていま、安倍首相は自分たちの実行しつつある政策と辻つまを合わせるべく、不戦憲法の廃棄を具体的に次の国会での政治日程にのせてその実現を目ざしている。現在、立憲民主党、国民民主党、共産党、社民党など野党各党が国会においてこの流れをくつがえそうとまっ向からたたかっている。

この自民党に対してたたかっているのは、政党だけではない。たとえば、安倍政権の反憲政治に危機感を覚える人びとが、政党政派を越えて、二〇〇〇年代初期に、小田実、鶴見俊輔、加藤周一氏らの提唱で始まった「九条の会」、一時には、それぞれに独立した七〇〇〇もの会が日本国中に生まれ、全国的規模にひろがった運動は、まことに画期的なものだ。

私自身、つれあいの金住典子とふたりで一九九九年の創刊から二〇一五年まで刊行しつづけてきた雑誌『ひとりから』(このことについては、後で少しくわしくふれるつもりだ)の読者に、それぞれのひとりひとりが九条を守る核、拠点になってほしい、あなたがまず「ひとり九条の会」の名のりをあげてほしいと呼びかけてきたし、それに応えてくれた人びとは少なくなかったのだ。

広く無党派層の人びとが結集して声をあげたと思われる「九条の会」は、現在も各地で地道な活動をつづけている。私たちの住む埼玉県所沢市にあっても、いくつもの「九条の会」が、常に生き生きとした動きをしていることが見えてたのもしい。日本の大地が、草の根が、安倍自民党というおぞましい施政のもたらしたかさぶたの下にあって、たしかに息づいている。このような精神と活動をこそ、私たちはさらにさらに生み出し育てていかなければならない。希望は、私たち市民自身の自由な発想、地道で持続的な努力なくしては決して芽ばえず、育たない。私たちひとりひとりの生きる姿勢こそが、すべての始まりなのだ。もちろんその力が、確実に政党をも動かしていくはずだ。市民、私たちの支持なくしては、政党はそもそも成り立たないのだ。

この九条の会の活動よりさらに激しく見事なたたかいが、すでに久しく、私たちの目の前で続いている。言うまでもない、沖縄県のたたかいだ。その沖縄については、項を改めて別にくわしく書くつもりだ。

三つの旅

中国を訪れた

戦後二十七年、一九七二年、田中角栄内閣によって、初めて日中の国交が恢復されて、「日中友好」がさかんに唱えられる時期があった。程なく、日本人の中国旅行もできるようになって、私と金住典子は、ともにやまれぬ思いにかられて、深く心に抑えこんでいたそれぞれの中国に向けて出かけて行ったのだった。

金住の父は広島県の農家の生まれで、後継者の長男以外、農家の二、三男の常として、初年兵の義務である勤務期間を終えてもそのまま軍隊にとどまって、職業軍人となっていた。それこそが、彼らにとって安定した貴重な就職先だったのだ。

一方、同じ中国の首都北京にあって電話交換手として働いていた日本人女性、金住の母親と出会ってふたりは結婚、その後、父親は原隊の広島連隊に戻された。一九四二年、昭和十七年に長女典子誕生、その三年後の四五年八月六日、父は原爆によって連隊内で被爆、三十一歳で殺されてしまった。まだ生まれたばかりであった典子の弟も自宅の下敷きになって被爆死。母と典子だけが、物蔭にあって閃光、爆風をさえぎられて、死を免れたのだった。まさに奇跡中の奇跡という他はない。典子はこれまで目立った後遺症もなく、健康に生きてきた。

一方、私の最愛の姉は、中国東北部に日本が作り上げた満州帝国の日本人警察官と結婚、ふたりの幼児を育てていたが、敗戦と共に消息を絶ったままであった。日本人警察官とその家族、当然のこと、恨み深い中国の人びとによってか、侵攻してきたソ連兵によってか、殺されたにちがいないと推測するほかはなかった。

私たちはそれぞれの深い思い、私は姉たちの消息を求め、典子はその両親の出会いの地にふれたくて、中国への旅に出かけたのだ。

まったくの私たちだけの単独ツアーだったから、中国現地の旅行社と契約して実現した旅だった。

旧満州の都市ハルビンまで飛行機、そこから私の姉が最後に住んでいたと思われる浜江省珠河県までは、旅行社の通訳と、日本製の大きな四輪駆動車の運転手ふたりに案内されて、内陸に向かったのだった。

大陸は文字通り広大だった。進めども進めども、遠く、近く、平地に広がる耕地、荒野、森や林を抜け、望みながら、走りに走った。でこぼこだらけ、ガタン、ピシンの道だった。猛烈なスピードで走っても、何時間も町一つなく、途中わずか一か所だけ、小さなさびれた集落のわきを通っただけだった。

〽ここはお国を何百里　離れて遠き満州の　赤い夕陽に照らされて　戦友《とも》は野末《のずえ》の石の下……

戦中、さかんに歌われていた軍歌の旋律と歌詞がおのずと胸に浮かばずにはいなかった。

この道を、日本の兵隊は、重い銃と背嚢を背負って、トラックなどはない、ただひたすらに歩きに歩かされたのだ。何か月、何年も、ただただ敵を求め、戦いながら。そして傷つき、倒れた者は道ばたに埋められて、墓標がわりの石が一つ。

なるほど、はいつくばされ、――兵役を逃れようとすれば、国中をくまなく探し出されて銃殺刑だ――駆り立てられた兵士たち。ここを歩みに歩んで戦った彼らこそ、まぎれもなく、天皇の国大日本帝国の第一の被害者だったのだ。被害者は、被害者とされることによって、彼らは否応もなく中国人たちに対する加害者にさせられたのだな。

車にゆすられながら、私はそのことをつくづくと胸にかみしめずにはいられなかった。

ようやく午後おそく目的の珠河の町についた。私たちは町の役場、共産党の支部と思われる建物に入って対応してくれた中年の男性に私が来意を告げた。ここに住んでいたと思われる夫婦と赤ん坊ふたり。その最後の様子を少しでも知りたいのだと。対応した役人は長時間あちこちと連絡相談した上で、私たちを伴なって外に出た。もちろん四輪駆動車で。着いた場所は、濁った水のたたえられる沼が、雑然といくつも広がる野っぱらだった。大きな魚が泳いでいるのを見ると、どうやら養魚池らしい。「当時、このあたりで日本人たちが死んでいたといううわさがあった」と、それだけを役人が私たちに告げた。石があるわけでもない。木が立っているわけでもない。草深く、決して美しいとは言えない泥沼のほとりに、私は長い間、ただ呆然と立ちつくすほかはなかった。

私たちは宿をあてがわれ、翌朝にはふたりだけで朝食もとった。しかし、旅行社のふたりは現れない。どうしたのかと不審に思いながら長時間待った。ようやく現れた彼らは私たちに告げた。あなた方の旅行証には不備があるという。いま調査をしているらしい。通訳の彼は私たちにまずそう告げた上で、それからさらに彼らは役人と私たちの間を往き来しながら、途方に暮れている。私たちには、何が何やらわからぬままに、出発ができずにいるのだった。

ようやくけりがついたらしく、四輪駆動車にエンジンが入り、私たちは帰路につくことができた。役人はついに私たちの前に姿を見せず、旅行社のふたりは、朝食もとらぬままだった。

ここまで来ることができたのは、当然中国の上級機関の正式な許可を得ているからなのだ。それなのに、なぜ現地の機関がそれに口をはさむのだろう。その理由は、中国人旅行社の彼らにも全くわからないと言う。

そうか、現地の役人たちのいやがらせなのではないだろうか。私はそうかんぐるしかなかった。もしかしたら、あの役人は、身近な者を日本軍によって殺されていたのかも知れない。当然そんなことがあったのにちがいない。彼は私たちと接触するうちに、その深い自分たちの傷がうずいたのではないだろうか。こんな日本の奴らを、何でおれたちは笑って迎えなければならないのか。――そんな気持になって当然のことだろう。「とてもこいつらを、すんなりとは帰せない」。

そうだろうなあ。私だって、それはよくわかるよ。私には、彼に向かって、何も言えたものではない。

車は、昨日来た道を、逆方向にひた走る。同じガタビシ道だ。

走っているうちに、昨日その前を通り過ぎた小集落にさしかかったのに気づいて私は通訳の彼に言った。

「あなた方は朝食を食べていない。あそこに、ほら、『小吃《シャオチー》』――ちょっと一杯、軽食あり、と言った感じだろうか、文字からそう読みとった――の旗が立っている。あそこで何か食べましょう」

遠慮する彼らを強いて、車を止めさせた。まさに田舎のさびれた小さな食堂だった。私は通訳を介して、「このおふたりに何か食べさせてください。私たちはすんでるけれど、彼らはまだ何も食べていないんです」「私には白酎《パイチュウ》があれば嬉しいなあ」。

村人たちは、思いもかけず、私たちふたりを心から歓迎してくれた。早速ふたりの中国人に朝食を用意してくれて、つれあいには茶を、私には望み通りに白酎をついでくれたのだ。

「日本人が来たのはここでは初めてだよ。日中友好だよ」

初めての日本人？　それは戦後のことであろうか。それとも戦中も、ここには日本軍はこなかったのだろうか。私はたしかめることができなかった。彼らの傷にふれることが、余りにも恐ろしかったのだ。

彼らはみな精いっぱいの笑みを浮かべて、つれあいと私に心を開いてくれた。先ほどの役人の態度とはまるで違う。私には、彼らの好意と歓迎の気持が素直に伝わって、やたらに嬉しかった。

しかも彼らは、私が白酎の代金を払おうとしても、どうしても受け取ろうとしないのだ。「日中友好だ。金なんかいらない、おれたちのおごりだよ」。

「謝々《シェシェ》、謝々」。私たちはそうくり返すばかりだった。

人間て素敵だな。貧しい人びとは、みんな互いを求め、手をにぎりたいと願っているんだな。私には、強烈な印象を刻みつけられた中国一寒村での思いもかけぬ体験だった。

かつて中国の鄧小平首相を日本に迎えた昭和天皇は、宮中晩餐会で、戦中のことについて、何と言ったか。「かつて一時期、両国の間に不幸なことがあったことは遺憾だった」。

どんな不幸だ？　中国の人びとが、なぜ不幸だったのだ？　あたかも自然災害のことを言っているかのような、これは言い草ではないか。

しかし、つくづく思わぬわけにはいかない。これが、いま現在の、日本人たちの、普通になってしまっている受けとめ方なのではないだろうか。安倍政権になってからは、日本のやってきた事実を国民の目からかくそうとする姿勢はいよいよあらわなものになりつづけてきている。

朝鮮の人びと、中国の人びとを思い、日本の犯しつくしてきた罪の深さ、その罪の上塗りを図りつづける私たちの国を思って、私の胸はきりきりと鋭く痛んでやむことがない。

日本とドイツ、ふたりの少年

あなたは、同じ先の大戦で、ヒトラーの率いたドイツのやってきたことを知っているだろう。そう、ドイツ国内から始まって、彼らの侵攻した国々で、戦争とは直接何の関係もない無数のユダヤ人をはじめ、心身の障害者、ロマなど少数民族の人びとを、殺しに殺しつづけてきたのだ。アウシュビッツをはじめ、各地にガス室を作って、ヨーロッパに生きるすべてのユダヤ人、一一〇〇万人を殺しつくす計画をたて、ドイツ敗戦までに、なんと、五五九万六〇〇〇人を、この絶滅収容所で殺してしまったのだ（石田勇治『ヒトラーとナチ・ドイツ』講談社新書）。

人間とは、こんなにまでも、恐ろしいことをしでかすことができる生きものなのだろうか。人間とは、いったい何なのだ。つくづく、そう思わずにはいられない。私は、実際に行ったのではないドイツを長らくさ迷った。

そのドイツに、ノーベル文学賞を受けた作家、ギュンター・グラスがいる。

彼は、この私と同年の生まれだ。彼は、ノーベル賞を受けた後、戦争中、彼がヒトラー・ユーゲント、ヒトラー青年隊の一員として活動していたことがあばかれる。彼はそれを認めて、後にみずからその当時のことを明かす本を書いて公表したのだ。

受賞作を含めて、彼の作品を一冊も読んではいなかったけれど、彼も、私とまったく同じように、まわりの人びとといっしょになって、ヒトラーの犯罪のお先棒をかつぐ少年だったことを知って、その本を求めて読んだことは言うまでもない。読んで、私はすっかり拍子抜けしてしまった。彼が、当時を顧て語るところはまったく淡々としていて、これと言って、私が戦後になってきりきりと抱きつづけずにはいられなかった深い痛恨の思いと同調するようなところはほとんどなかったのだ。なぜだろう？　この私は、敗戦後、私の、私たちの犯してきた罪の深さにおののいて、胸にうずく苦しみに七転八倒してきたというのに。

私は、実際に戦場に立つことなく、敗戦によって、辛うじて生きのびた。だがあの敗戦のその日まで、私の思いは常に戦場にあった。殺し、殺される戦場に。そしてもちろん、殺す側に。私は敵兵を殺す。われわれに逆らう者はだれひとり容赦はしない。女がいれば、女も敵だ。何のためらいもなく、私は憎しみ、征服の思いにかられながら、強姦もしたに違いない。当然、従軍慰安婦、性奴隷を買ったに違いない。日本兵たちが、実際にやってきたように。それが、戦争ロボットにとっては当然の行為、行動だったのだから。

敗戦後、そのような自分であったことを思って、私は痛苦の悔恨にさいなまれつづけて生きねばならなかったのだ。

なぜだろう？　ヒトラー少年だったギュンター・グラス。天皇少年だった私。それなのにこの彼は、同い年の彼ギュンター・グラスは、どうしてこんなに淡々と、平穏にさえみえる戦後を生きることができたのだろうか。なぜ？

ドイツの政治家、日本の政治家

ずっと考えつづけて、ようやく私は、はっきりとわかってきた。

彼らドイツ人たちにとっても、自分たちの犯してきたあまりにも深く大きな罪に、まともに目を向けることは、決して容易なことではなかったにちがいない。ナチの犯罪を、犯罪として認めたくないドイツ人も少なからず存在したのも事実であった。

だが彼らは、人間として持つまっとうな心と知性を取り戻し、自分たちの犯した罪に、真正面から向き合っていく勇気を、国をあげて徐々に育てていったのだ。

一九五一年、敗戦後西ドイツの初代首相アデナウアーは、ナチの時代、「ドイツ民族の名において筆舌につくすことのできない犯罪が行なわれた」ことを率直に認めて、ユダヤ人に対して「精神的、物質的補償」をしなければならないと国民に訴えた。

この演説が、国民の三人に一人がナチ・ドイツの犠牲者といわれた、建国したばかりのユダヤ人の国イスラエルとの間の和解の糸口となる。事実、ドイツの人びとは、強制労働を強いたかつての捕虜たちに対して、多数の企業が謝罪と補償を行なっている。

（二〇一九年現在、戦中、日本企業で強制労働をさせられた韓国の人びとが、その企業に対して補償を求めた裁判で、韓国最高裁が日本の企業に補償を命じる判決を下したことに対して、日本国政府はまっこうから反論をまくし立てている。日韓の協定によって、そんなものはとっくに解決ずみのことだと。今さらながらの日本政府の非人間的な鉄面皮、私は余りの恥ずかしさに、ことばもない。）

さらに二十年後の一九七〇年、第四代首相ブラントは、ポーランドのワルシャワ・ゲットーの跡地に立つユダヤ人犠牲者追悼碑の前に身を伏せ、ひざまずいて深々と謝罪したのである。

それればかりではない、大戦終結四十周年（四十年もたってなお！）にあたる八五年五月八日、第六代大統領ヴァイツゼッカーは、自分たちドイツ人の犯した恐ろしい罪を一つ一つ具体的に挙げて、その犠牲者に詫びたばかりでなく、自国民に対してきびしく自ら戒めることを求めたのである。

「罪の有無、老若を問わず、われわれ全員が過去を引き受けなければなりません。全員が、過去のもたらした帰結にかかわっており、その責任を負っています」

「過去に目を閉ざす者は、現在にも盲目になります」

ドイツ軍のポーランド侵攻から八十年の二〇一九年九月一日、シュタインマイヤードイツ大統領は、ポーランドの式典で演説をした。

「八十年前のこの日、ドイツはあなた方の国ポーランドを侵略した。この戦争はドイツの犯罪だった」

「私たちは忘れない。ドイツ人がポーランドに負わせた傷を忘れない。私は犠牲者の苦しみにこうべを垂れる。ドイツの歴史的罪に対して許しを乞う」

敗戦後の七十年余を経たこの日本に、このドイツ人政治家たちのような政治指導者がひとりでもいただろうか。

朝鮮を征服して植民地とし、ありとあらゆる物質的、精神的収奪をほしいままにしてきた日本。中国大陸に大軍を送って、いやというほどに殺し、奪い、山野、農地をふみにじってきた日本。中国人捕虜を「マルタ」（丸太？）と呼んで、軍人の医者たちが、生きたまま解剖する生体実験の数々を行なってきた日本。数知れぬ朝鮮、中国、東南アジア、果てはインドネシアのオランダ人女性たちまでを性奴隷としてもてあそんできた日本。

このような行為を、身をもってやってきたのは、否応もなく前線に立たされた日本軍の兵士たちだった。そして、日本軍将兵たちに、すべてのことを命じることができたのは、兵たちを、「朕《ちん》の股肱《ここう》（わが手足）」と呼んだ天皇ただひとり。天皇の命令でなければ、大将も、大臣も、「一兵たりとも」動かすことは許されないというのが、大日本帝国できびしく定められた仕組みだったのだ。

中国への侵攻、戦争を命じた昭和天皇。太平洋戦争の開始を命じた昭和天皇ヒロヒト。その天皇は、ハワイ真珠湾攻撃、マレーシア、シンガポールのイギリス軍の降伏、初戦の華々しい戦果に酔い痴れて、側近の重臣、木戸に対して言ったものだ。「われわれがよく研究してきたからな」と。自分の戦争指導の成果を喜び、誇って得意満面だった昭和天皇。敗戦後には、戦争は、軍の指導者たちのやったことと、シラを切りつづけ、それをやり通したヒロヒト。

二〇一五年、韓国の前大統領朴槿恵《パククネ》氏と電話会談した直後、日本の報道陣に対して安倍晋三首相は、「すべては戦後交わした日韓合意によって決着ずみのことだ。日本の若い世代に対して、もうつべこべ言わせない」というようなことを言って胸を張っている。私の言うのは、単に政治の次元の問題ではない。私たち日本人が、戦場としてきた大陸、太平洋諸国でやってきたすべての行為を顧みるべきことは、人間の存在、そのたましいの深みにかかわる問題なのだと私は思う。

たましい、そこにまでとどくのではなくては、韓国、中国など、日本の踏みにじってきた人びとの怒り、怨嗟、憎しみに向き合うことは決してできず、ましてや彼の地の人びとの思いが晴れることなどは決してあり得ない。歴史の傷をいやすことなど、未来永劫望むべくもない。

同じ戦後を、ドイツで生きたグラス少年と、日本で生きた私。私たちふたりの生きた土壌には、天と地ほどのへだたりがある。

グラス少年は、地にひざまずいて罪を詫びた戦後の最高政治指導者たちと思いを同じくするドイツ国民と共にあった。ドイツという国が犯した巨大な罪のつぐないを、大多数のドイツ国民と、深く分かち担ってきたのだ。

それにひきかえ私は、とてもそんなことはできるはずもないのに、日本国の犯したすべての罪を、ひとりで負わねばならぬ思いで七転八倒するほかはなかったのだ。

グラスさんよ、あなたがまだ存命かどうか私は知らないけれど、どうぞ、いささかは私の胸の内を察してほしいねと、泣きごとを吐きたいほどなのだ。

沖縄の知事選挙

二〇一八年、この文章を書き進めている最中、私の九十一回目の誕生日を目前にした、九月二十四日から二十七日まで、私たち、金住典子と私、ふたりで出向いた沖縄県への旅の報告をしたい。

九月三十日、沖縄県の知事選挙が行なわれることになった。

名護市辺野古に、新たに巨大な米軍基地を作る。日本政府はアメリカの意のままに、すでに二十年にもわたってその計画を、沖縄県民の強い反対、抗議を一顧だにすることなく一方的に進めてきていた。そしていよいよその中心工事、滑走路建設のために、辺野古を囲む海、大浦湾の埋め立てにとりかかろうとしていた。

この埋め立てを認めるか認めないか、その決定の権限は、沖縄県知事のものである。最初は認めないと選挙公約していた前知事仲井《なかい》眞《ま》弘多《ひろかず》は、その在任中、安倍政権のさし出す札束の力に抗しかねて、一転、これを認めてしまったのだ。

沖縄県民にとっていのちの海、貴重なさんごが豊かに生き、ジュゴンが海草を食《は》む大浦湾。大量の土砂を運んでこれを埋め立てて新しい基地を作るという。美《ちゅ》ら海、美しい海を殺してしまう。怒った沖縄県民は、次の知事選挙で、仲井真に対してこの辺野古基地建設を絶対に許さないとする候補者を押し立ててたたかうことになる。

候補者は、何と、長らく沖縄県自民党で幹事長をつとめてきた翁長雄志《おながたけし》氏。

翁長氏は、辺野古基地建設に対しては、保守も革新もない、すべての沖縄県民はこれを許さない。これまで県内にある基地は、すべて占領軍アメリカが、銃剣とブルトーザーをもって住民を追い立てて作ってきたものだ。沖縄県民が同意して作られた基地はひとつもない。私たちは新しい基地を作ることに同意を与えることは断じてない。日本国政府に対して、オール沖縄でたたかうと宣言して選挙戦に立ったのだ。そしてそのたたかいの中心スローガンは、「オール沖縄」、「イデオロギーではなく、アイデンティティを！」。

沖縄の県政を担うのは、本土にもつながって一体の各与野党、そして一つの地域政党だ。自民党から公明党、社民党、共産党までがそれぞれ鋭く対立する主張をかかげて今日まできた。

しかし、基地建設が大詰めとなって大規模な海の埋め立てが始まろうとしているこの今、私たち沖縄県民が願うのはただひとつ、海を殺すな。新たな基地を作らせない。

党派や立場のちがいから、基地に反対する根拠も、たたかい方、つまり依って立つイデオロギーはそれぞれに違うだろう。だがいますべてを越えてわれわれ県民が望むのは、この沖縄に新たな基地を作らせないというただ一点。それが沖縄県民の一体性、つまりアイデンティティではないか。「イデオロギーではなく、アイデンティティを！」。沖縄自民党の重鎮だった翁長氏がかかげたこの明快なことばこそが、事態を根っから動かすことになったのだ。

一体となってたたかった県民は、前の知事選で、埋め立てを承認した仲井真知事を引きずりおろして、翁長氏を新たな知事に押し立てたのだ。

新知事は、あらゆる場面、機会をとらえて基地を許さない施策を進め、強い意志表示を重ねてきた。県民たちも、とぎれることのない工事現場への坐り込み、何度もの大規模な県民集会などを通して、断乎としてその意志を示しつづけてきた。そして間もなく、翁長知事は一期の任期を終えて、再選の時期を間近かに迎えることになった。

だが、それを目前にして、その翁長氏の突然の死。苦渋をきわめ、緊張のゆるむことのないたたかいの先頭に立って、その肉体は極限にまで痛めつけられずにはいなかったのだ。

余りに大きなショックだった。県民たちにとってはもちろん、固唾《かたず》をのんで沖縄を見つめつづけている私、私たちにとってもそれは同様だった。

翁長氏の死去にともなって、新知事選挙の日程が決まった。九月三十日。その日が日一日と迫って、私は居ても立ってもいられない思いを抑えることができなくなってくる。

実はこのころ、私にはどこかへ旅に出たいなという気持がつのってきていた。昨年九月、突然の心筋梗塞におそわれた金住典子が一か月近くの入院、ようやくたしかな回復に向かいつつあった。やや緊張がゆるんで、久しぶりにどこかのんびりと旅にでも、という自然の思いだった。そこへ翁長知事の死に伴う知事選挙。そしてある日、新聞に沖縄ツアーの広告が私の目に入った。四日間、ホテル朝食、レンタカー付き、五万円。

これを見てすぐに、私は、そうだ沖縄に行こう、と思い決めた。現地に行こう、たたかいの場に。しばらくためらった後に、ようやく私はつれあいに言ったのだ。「沖縄に行かないか」。なんで沖縄なの？　と問われるにちがいない。そんな思いが、私をためらわせていたのだ。だが、私が言った途端、彼女は言ったのだ。「行きましょう」。私は嬉しかった。そうか、このひとも同じ思いなんだ。

期限ぎりぎりに私は旅行会社にツアー参加を申し込んだ。彼女の弁護士の仕事の日程をにらんで、九月二十四日から二十七日まで。選挙戦大詰めの時機だ。この緊迫した情況の中で私は彼ら、沖縄の人たちと共にいたい、彼らの顔を見て、彼らのたたかいの、ま近に寄り添いたい。ただそれだけの、しかし痛切な気持だ。

激励から応援へ

そんなところへ、もうひとつ、思いもかけぬ事情が重なった。私たちの住む埼玉県所沢市で、市内辺野古基地受け入れを拒みつづけてきた前名護市長稲嶺《いなみね》進氏の講演会があって、私たちはそこに出向いた。その会から帰ってすぐ、その会の主催者「沖縄と連帯する会」から連絡があった。「沖縄へ行く人はいませんか」というものだった。何というタイミング。「行きます」と、すぐに答えた。連帯する会は、会として選挙応援の人手を現地に送りたいと願っているというわけだ。

そんなことで、私たちはただ行くだけでなく、全く思いもかけず、選挙戦の応援活動をするということになってしまったのだ。

二十四日午後、那覇空港着、レンタカーでまずはホテルへと向かった。私は飛行機の中から体調をくずして、車の運転もようやくのことだった。道は遠かった、思いもかけず。「おどろいた、こんなに沖縄本島は広いのか」と思い、ハンドルをにぎっていた。

これまで私たちは沖縄には何回か来ていた。石垣島、宮古島など、先島諸島をまわったこともある。本島も初めてではなかったけれど、連泊してレンタカーを乗り回すなどというのは初めてのことだった。一時間、二時間かかっても、島の西海岸、残波岬《ざんぱ》にあるホテルにはいっこうに着かない。

体調はまったく良くならぬままに、ようやくの思いでホテルにたどりついたような次第だった。とてもこれから選挙事務所に出向く力はなかった。

二日目、私たちは、折角沖縄に来たんだ、手伝いが始まれば、当然動くことなどできまいから、ちょっとその前に寄ってみようよ、ということで、かねて一度はと思っていた水族館に向けて出発したのだ。選挙事務所のある那覇市とは逆方向だった。「美《ちゅ》ら海水族館」は聞きしに勝るもので、大いに感嘆させられずにはいなかった。だが、これがいけなかった。

水族館を出て、さあ、いよいよ選挙事務所へと車を走らせていて、なんと私は交通事故を起こしてしまったのだ。運転席右のサイドミラーを、対向車のサイドミラーとぶつけて、ふっとばしてしまったのだ。車を道ばたに停めて待った――路面には、相手のミラーも丸ごと落ちていたのだった――のだが、対向車は戻ってこない。やむなく警察に通告、だが待つこと二時間、三時間。あたりはもうすっかり夜になってしまった。ようやくやってきてパトカーを降りたふたりの警官は、「事故が多発して、こんなに遅くなってしまったのだ」と言って、調べが始まった。

当然、これ以上、目的地に向かうなどということは不可能。私たちはホテルに戻るしかなかったのだ。何というていたらく！

レンタカー会社に連絡、明朝、代わりの車をさし向けてくれるという。散々の思いで、私は泡盛をあおるしかなかった。

そんなわけで、何と那覇に着いて三日目のことだった。玉城デニー選挙事務所に、ようやくにして辿りついたのは。車を降りる時、私は胸と背中にゼッケンをぶら下げた。「沖縄のみなさん、がんばって！　そう祈って、言いたくて、ここに来ました。埼玉県、ナイチャー」。選挙応援をすることになるなどとは全く思っていなかったから、ただ沖縄の人びとに私の思いのたけを伝えたいと、用意してきたゼッケンだった。

事務所は想像以上に手広な建物で、幾部屋にも分かれて人びとが働いている様子、私たちは小さな部屋に案内され、中央のテーブルを囲む五、六人の人びとに挨拶。対応してくれた女性はなかなか風格のある方で強く印象づけられた。帰宅後、その方が、たたかう沖縄女性たちの中心的存在のひとり、高里鈴代さんだったと知れた。

すぐに年配の男性が入ってきて、それが知花《ちばな》昌一さんだった。知花さんは何十年もの昔、たしか沖縄国体の時だったか、日の丸の旗を引きずり降ろして火をつけ、ドブに捨てた人。まだ若いスーパー経営者、本土でもその事件は大きく伝えられて、私に強烈な印象を刻みつけた当の人だ。私は手をさしのべて、「ああ、知花さん！」。力をこめて彼の手を握りしめた。

私たちはその知花さんに率いられて、別に男性二人、女性ひとりと共に、十分ほど歩いてモノレールの駅前で行なわれていたスタンディングの列に加わることになった。

「玉城デニー」と大きい文字で染め上げたのぼり旗を持って、道路を走る車に手を振って支持を呼びかけるのだ。道路の両側に、二、三十人、いやもっといただろうか。ひっきりなしに走る車に向かってこちらが手をふると、少なからぬ人びとが、車内から同じように手をふって応えてくれる。うれしくて、思わず笑顔になってしまう。車内の人も同じだ。
一、二時間後、事務所に戻って、知花さんから明日の行動を指示された。私たちのホテルの近く、読谷村《よみたんそん》の中心広場、午前七時、同じくスタンディング。

朝早く、ホテルの朝食を一番にすませて私たちは出かけた。同じ読谷村と言っても、やはりけっこう遠かった。道にも迷い、ようやく着いた大きな交差点には、相手方ののぼりを立てた人びともずっと並んで手をふっている。その人びとを見ると、あまり冴えない顔をした男たちばかり、こちら側は、人数も、男女老若も多彩、私には圧倒的に見えた。

私はここでまず、知花さんから山内徳信さんを紹介していただいた。昨日から、今日、山内さんも参加されると聞いて、ぜひお会いしたいと思っていたからだ。

山内さんは元読谷村の村長。米軍占領中から、読谷村の人びとは、占領軍に対して、実力行使とも言えるような、まことに知恵深く激しい抵抗をもって村の立場を守るたたかいを続けてきていたことは、内地にいる私にも強烈に印象づけられていた。その中心にあったのが村長の山内徳信さん。私は深く共感し、まだ見たこともないこの人を、長く、遠くからあこがれ、尊敬してきていたのだった。

私は山内さんの手を強くにぎり、肩を抱き会うことができた。

「こうやってたたかっていると、楽しくてたまらないんです」。山内さんのことばが、まっすぐに私の胸にひびかずにはいなかった。

「いくつですか」と聞かれて、「九十歳を越えました」と言うと、「知花さんは七十代、私は八十代、みな元気ですね」と、山内さんは満面の笑顔。こうしてお会いできるなんて、嬉しくないわけがないですよね。

私は、沖縄の人びとをただ励ましたいとばかり願ってここに来たつもりだった。それなのに、強く深く励まされたのは私の方だった。彼らのたたかいの歴史、その重みが、痛みが、激しさが、ずしんと私にひびかずにはいないのだ。

沖縄のみなさん、ありがとう。ほんとにありがとうございました。私も、もっとがんばるぞと、気張らないわけにはいきませんよね。

知事選は、歴史的な大差をもって、玉城デニー氏が勝利をものにした。

沖縄から学ぶ

この沖縄県民の勝利は、何によって勝ちとることができたのだろうか。翁長知事のかかげた、「イデオロギーではなく、アイデンティティを！」こそがそのカギであった。考えることは、各政党、各県民それぞれだろう。だが、願うところ、目ざすところは、「新たに基地を作らせない」。それこそがすべての県民の一致した意志、つまりアイデンティティではないか。そしてその合いことばが、沖縄の人びとを、強い一体感をもって結びつけたからこその、圧倒的な勝利だった。

私たち日本国民のアイデンティティ、さまざまなイデオロギー、思想的立場を越えて私たちの目ざすのは、ひとりひとりの、自分の生き方を選ぶ自由、人間の尊厳を守り、人権を尊重する、つまり民主主義。そして反戦、平和、第九条。それを一言で言えば「日本国憲法」。

これで十分ではないか。

私たちは沖縄の人びとのたたかいに励まされながら、ほんとうに貴重なものを学びつつあるのだ。

V 生涯編集者

二十五歳の春、筑摩書房に入社、二十六年間、同社の編集者として仕事をつづけてきた。一九七八年、筑摩書房の倒産にともなって退社、もう編集者はやめようと決意して転職を計画し始めた。しかし運命は私にそれを許さず、逆に私は自分の出版社を立ち上げることになってしまった。径書房。十五年後にその径を退職、四年後、一九九九年三月、つれあいの金住典子とふたりだけの同人誌『ひとりから』を創刊、以降十六年、二〇一五年十二月、第五十八号、私の年齢八十八歳まで刊行をつづけた。まさに生涯を編集者として生きてきたのだった。

職業として、社会活動として

私はこの文章を、最初、私の三人の子どもたちに向けて、まことに私的な「言い遺すこと」のつもりで書き始めた。しかし、実際に書き始めてみると、その対象は、身近な私の肉親にとどまらず、もっと広く、私より後にこの世に生まれた人びとすべてに向けて、ぜひ読んでもらいたい、読んでもらわなければならないという思いがふくらんで、そのために、思いもかけず、とうとうこんな一冊の本にまでなってしまった。

私がどうしても伝えたいこと、言い遺したいことのあらましは、大変拙く不満足ながらも、おおよそのことは書いてきたつもりだ。

あとにもう少し私自身、さらには長らく生活を共にしてきたパートナー、深く憂いと志を同じくしてきたつれあいの金住典子とふたりでやってきたことについて書き足すことによって、この本を結びたいと思う。それが、戦争を進んで担ってきた私の「戦争責任」、さらには「戦後責任」そのものにほかならないものでもあるからだ。

私自身は、ほとんど授業に出ることのなかった大学を終えて就職し、出版社に入社したことは書いた。

ほかにやりたい仕事などいっさいなく、出版社も、積極的に選んで入ったわけではなかった。食うためには、というだけの就職だったのに、就いてみると、いつの間にかその編集者という仕事の意味、魅力が、すっかり私をとりこにしてしまったのだ。

編集者の先達は、仏陀やイエス・キリスト、孔子、ギリシャのソクラテスなどの言行を丹念に集め、記録し、文字として残してくれた彼らの弟子たちだ。彼らが、この人類社会にし残してくれた仕事の大きさ、意味の深さは、今さら言うまでもないだろう。

私が編集者としてなし得たことは、もちろん彼らには遠く遠く及ばぬものの、同時代に生きる人びとのよきことば、その生きた証しを共にしたい、人びとに伝えたいと願うところは少しも違わない。

これはぜひ読んでもらいたい、ひとりでも多くの人びとに読ませたいと私の願うものを本にして、人びとに手渡す。それが編集者の仕事なのだ。

二十五歳で編集者になって以後、私は出版社を作ってその経営にあたったことも含めた職業としてのその仕事を、六十八歳まで、四十三年間つづけてきた。さらにそれを終えてからも、しばらくの間をおいて、一九九九年の三月から、今度は職業としてではなく、この世の中に、私たち自身が積極的に語りかけ、働きかけるために、私と金住典子とふたりで、雑誌『ひとりから』の刊行を始め、以後、二〇一五年十二月、八十八歳までの十六年間にわたってその発行をしつづけてきた。

つまりこの私は、学校を終えてから六十年の余、一度かぎりの人生のすべての時間を、編集者として生きてきたのであった。

最初は職業として、また晩年になってからは、ごく私的な一種の社会活動として始めた私の編集者としての仕事のすべてが目ざしてきたのは、ただひとつの明確な目的のためにほかならなかった。

自分というものを全く持つことなく、世の中全体から、このように生きろ、生きなければならぬと、ひたすらに押しつけられながら、その押しつけにいささかも異をとなえることを知らず、進んで心から従うばかりだった戦争中の私だった。戦後少なからぬ時を経る中で、ようやくそのことに気がついて、私は、なんであれほど愚かだったのだろうという、深い悔恨と屈辱の思いにさいなまれてきたのだ。そしてそれは、私ひとりだけのことではない。当時の日本人すべてが、一億一心、同じ日常を、あの戦争中の日々を、強いられて生きなければならなかったのだ。

私の戦後の人生において願い、求めたことのすべては、自分自身の恢復、と言うよりは、人工のロボットから生まれ変わって、ただあたりまえ、普通の人間として生き直すというものにすぎなかった。そして当然、それは、共にあの戦争を進んで担ってきた日本人全体の課題でもあったはずだった。

私は、今を、そしてこれからを生きる世の中すべての人に訴えずにはいられないのだ。

この私のように生きてはならない。私だけではない、戦争中の、日本人すべてのように。

あなたは、あなた自身を生きてくれ。何ものにも替えることのできないあなた自身を。

職業としてであれ、ささやかな社会活動としてであれ、編集者としての私の生涯の仕事のすべてを導き、支えてきたのは、ただその一点につきるものであった。

私は出版編集者として、数えたことはないけれど、何百冊もの本を作ってきた。筑摩書房では、『展望』『終末から』という雑誌の編集長をつとめ、社外の作家たち、小田実、高橋和巳、柴田翔、開高健氏らの同人文芸雑誌『人間として』の刊行、編集にあたっては、私が筑摩書房側の代表として参画してきた。

筑摩書房が倒産して、当時、取締役編集局次長だった私は筑摩を退社。

すでに三十年間近くも編集者をやってきた私に、退社を機に、もう編集者をやめようではないかという思いがおのずと芽生えてきた。

自分でたくさんの本の刊行をしているのに、書店の店頭に立つことが次第に苦しくなってきていたのだ。書棚には、わんさと本の背中、タイトルが互いに押し合いひしめいて自分を主張している。一冊一冊が、「おれを読め！　読んでくれ！」と叫んでいるように見えて、書棚の前に立つと息苦しくならずにいられないのだ。売れさえすれば何でもいいと、そればかりを求めるようにも見える本たちもあふれている。ここに私も肩を張りつづけるのか。

もう十分だ、足を洗おうという気持がつのってきた。食うために、カレーライス屋でも始めようかと、確実に心が傾いていった。カレーライスのレシピ本を求めて、読み始めもした。九州、筑豊の炭鉱の町に店を開いて、坑夫坑婦たちに会いたい、共に語りたいという願いを秘めて。

筑豊の炭鉱に、上野英信という作家がいた。

私は彼の岩波新書『追われゆく坑夫たち』（一九六〇年）を読み、初めて炭坑で働く人びとを知って深い衝撃を受けていたのだった。戦争中大学生だった彼は、戦後自ら坑夫になって地底深い所でひたすらに石炭を掘って働いていた。それが彼なりの戦争責任の担い方であったことが明らかであった。いっしょに働く坑夫坑婦たちの生きざまの丹念な描写、報告、生き生きとして生きる彼らへの愛と共感にあふれる上野氏の仕事にふれて、このように生きる人が、現に地下深い炭坑に、坑夫たちと共に生きている。そして書いている。こんなすごい人が、その素敵な仲間たちが生きている現場ならば、おれも生きることができる！　彼の存在とその場が、深く強く私を魅了し、励まし支えてくれていたのだった。

私はその筑豊に行こうと考えて準備を始めたのだ。

そこへ、否応もなく、別の事件がおこってしまった。

あの「ふきのとう」の作者、山代巴さんからの、のっぴきならぬ話だ。

全く偶然、山代さんの書いた小さな物語「ふきのとう」に出会ってから数年後、私は筑摩書房に入社して編集者になっていた。ゴム長靴をはいた山代さんがある日筑摩を訪ねてくれて、私は初めて山代さんと会ったのだ。それ以来、ずっとつき合いがつづき、私はいよいよ山代さんの仕事に魅せられていったのだ。そして最後に、私は山代さんと大きな仕事を約束していた。彼女は、戦争中囚われていた広島県三次《みよし》市の女囚刑務所での体験を、一大長編小説として、ずっと書きつづけ、私は私なりに、その山代さんを支えつづけて、その原稿がすでに完成を目前にしていたのだった。全十巻にもなろうという大作品の刊行をいよいよ始めるという矢先の筑摩の倒産だった。当然それがむずかしいことになってしまったのだ。

生涯をかけた大仕事の完成を前に、思いもかけぬなりゆきに、彼女は困惑しきって、彼女の師事する哲学者の久野収氏、物理学者の武谷三男氏と相談しながら、いくつかの出版社に刊行の話を持ちかけたのだけれど、余りにも膨大な仕事、当然のこと、いっこうにめどが立たなかった。

「原田君、あなたにやってもらうしかないよ」

山代さんはとうとう私にその出版を迫ったのだった。ということは、もちろん私が出版社を創業しなければならぬということだ。

「ふきのとう」で、あの放火犯の貧しい農婦を私に出会わせてくれた山代さん。筑摩で刊行した彼女の小説『荷車の歌』は大評判になった。全国農民組合の婦人部がその映画化に取り組んで実現させた。三国連太郎、望月優子を主役としたその映画は、農民女性たちの広汎なカンパ運動によって資金を集め、松竹だったかで製作、全国で公開され、広く大きな反響を呼んでいた。

敗戦を境に、日本の大人たちに対してきっぱりと閉ざしていた私の目を、はっきりと見開かせてくれた山代さん。その恩顧は私にとって並大抵のものではない。その山代さんに迫られて、私は戸惑うばかりだった。

当然、妻に相談した。

当時の妻Sは、筑摩や大月書店にも勤めていたのだから、出版の事情にはくわしく通じている。出版社は、大した資本がなくとも簡単に創業することができる。しかしその末路は大方が幾年ももつことなく、次々と倒産し、消えていく。身近かにその実例を彼女はいくつも見ていた。彼女が頭から私の創業に反対するのは当然のことだった。最後には、山代さんも直接Sへの説得にかかった。広島が本拠の山代さんは、東京に出た時には、わが家に泊って原稿を書いたり、取材に出かけたりしていたから、Sともちろん十分に親しんでいたのだ。

とうとう最後にSは、私に対して、銀行から借金をしない、家を抵当に入れないという絶対条件で、私の創業への反対を取り下げてくれた。

かくして一九八〇年八月十五日（ここでも私は八・一五にこだわっていたのだ）に創業した私の径《こみち》書房は、『山代巴文庫　囚われの女たち』全十巻の第一巻、『霧氷の花』の刊行にこぎつけたのだった。『霧氷の花』の奥付裏に、さらにはすべての刊行書の末尾に、私は創業にあたってのあいさつを印刷した。

細い道です。もちろん幾多の曲折も、時にけわしい岨道《そばみち》もあって、しかしどこまでもつづく道です。

昔は、けものみちだったかも知れません。けものたち、そして人間たちの足が、永い時をかけて踏み分け、踏みかためた道、それが径《こみち》です。けたたましい車の、まして戦車などの通る道ではないのです。

私たちもまたその道を歩みつぎます。歩んで、先人、同時代の人びとの、すぐれた仕事に出会いたい。生きる智恵と勇気を分ち与えられ、狭いとらわれから、みずからのたましいを解き放ちたい。その仕事にたしかな形を与えて、読者、あなたに手渡したい。……この道であなたに出会うために、ともによりよく生きるために、いささかなりとはたらくことができるならば、こんなにありがたいことはありません。……

一九八〇年八月一五日　　　　径（こみち）書房

水上勉さんが、『霧氷の花』のオビに文章を寄せてくれた。

……山代さんは……三次刑務所に囚われていた女性たちとめぐりあわせてから……彼女たちの物語をつむぐ仕事をはじめられた……この国の底辺女性の業苦に眼をすえた大河小説の出発であ

る。……サーカスの女芸人だったコソ泥や、女衒《ぜげん》にかどわかされた枕さがしや、スリの女親分のあれからの記録が、克明に描かれる、それを思うと心躍る思いがする。

……いわゆる文壇小説の地平を破って、こつこつと己れが世界を彫《きざ》む山代巴さんの、ゆるぎない脚下《あしもと》を示す快挙だ。大事業の完結を想像すると、胸が熱い。

あなたはあなたを生きている。私もまた……

水上さんの胸を熱くした山代さんの全十巻の第一巻――その全巻の序章として、私は、あの「ふきのとう」を置いたのだった――が世に出ると、たちまちに熱い反応がどっと湧き上がってきた。続々ととどく読者カードにあふれたのは、何よりも農村女性たちの深く熱い共感だった。当然と言えば当然と言えるその事実ばかりが私に残っていた強い印象だったのだが、実はいま、当時発行していた『径通信』――新刊の発行ごとに、読者の便りを中心に編集したPRのためのパンフレット――を探し出して見たら、意外なことに、若い学生世代の、同じような感動的な反応の多さ、大きさを発見して、いま現在の若者たちの読書離れとの余りのへだたりに衝撃を受けずにはいられないでいる。

ありがたいことに『霧氷の花』は次々と版を重ねて、しっかりと径書房出発の基礎となってくれた。

すでに日本の大地は凍え、乾ききってしまったとの思いを久しく重ねてきていた。

だが、読者の皆さまからのたくさんのお便りにふれて、私は思いを新たにせざるを得ない。こんなにもうるおいに満ち、ほのかなぬくもりをたたえた土が、それぞれの種子を胸深くに抱いて、その芽ぐみ、芽ぶく日をじっと期しているではないか。

いま私には、たしかに何かが見える気がする。……お便りを、しかもその一部を抜き書きで活字にしてしまうと、おひとりおひとりの息づかいの直接性が失われてしまうようで、何とも口惜しく残念なのだけれど、お便りを一字一字原稿紙に筆写している時間は、私にとって至福の時間なのだ。

あなたはあなたを生きている。私もまた。

(『径通信』第三号編集後記。一九八一年四月)

「あなたはあなたを生きている。私もまた」

これが敗戦によって辛うじて取り戻すことのできた「私」の、いまも変わらぬ私とこの世界とのつながり方の原点である。時を同じくして生きる者の共感に発する連帯。それこそが私たちのひとりひとりを強く結びつけ、支えてくれる。

山代巴さんのお仕事から、いろいろな波紋が広がっていった。まず最初にこの仕事の出発を共に喜び祝おうという読者たちの熱い気持が呼びあって、「山代さんと径書房を励ます会」が開かれたのだ。ここに御紹介するのは、当時の宮城教育大学学長、哲学者の林竹二先生が、その会に寄せてくださったメッセージである。

私が原田さんとはじめて交渉をもったのは、一九七二年十二月号の『展望』に初めて寄稿したのがきっかけであったように記憶している。私はもっと素朴な題をつけていたそれを、「亡国日本からの再生をもとめて」という目立った題に改めたのは原田さんでなかったろうかと、勝手に推測しています。それから五年経って、私が『教育の再生をもとめて――湊川でおこったこと』の出版について原田さんの協力を煩わすことになったとき、倒産に瀕していた筑摩書房の屋台骨を支えるために原田さんは夜も昼もなくこまねずみのように走りまわっていた時期だったといまにして思いあたる。筑摩の倒産に絡むいろいろのいきさつの中で、原田さんは二度と出版などという仕事で手を汚したくないというつよい厭離《おんり》の心を堅めていた。もし山代さんの断乎とした説得がなかったら、原田さんはほんとにライスカレー屋のおやじになって（そしていまごろはそれもつぶれて）いたかもしれない。原田さんを柄にもない人生の脱線から救ってくれた山代さんに感謝したい。

「山代さんの仕事があって径書房がある」ということばには微塵も誇張はない。原田さんが径書房をはじめ、そして山代さんの文字通りのライフワークを出版するという情報がつたわると、すべての大新聞が揃ってこれを大きい記事にして報道した。これほど小さい出版社の出版企画を大新聞がそろってこれほど大きいスペースを割いて競って報道した例は、恐らくかつてなかったことだろう。

しかもさらに特筆すべきことは、この無名無資本小出版社の、山代さんの数十巻になるであろう著作集を世に送る仕事が、無名の全国から馳せ参じたヴォランティアたちの無償の奉仕によって大きく支えられているという美挙である。これは山代巴という類まれな良心的作家の仕事と、その出版に己れを賭けた径書房の悲願にたいする、心ある国民すべての声援とみてよいだろう。

私は日本の学校教育に絶望して湊川（小学校）に入ったことで、――林先生は、現場の教師たちに求められて、打ち捨てられた子どもたちを救うために、直接、全国の小、中、高等学校で授業を始められたのだ――小学校中学校で徹底して無残に切り捨てられた子どもたちに出会った。そして彼らの中に、かれらの中にだけ生き残っている学ぶことへの飢えと人間としてのやさしさ、人間らしさに触れて、甦った経験をもつ。それで、三次の刑務所で、社会の最底辺層の人生を生きてきた女囚に会って、全く新しい人生に開眼された山代さんのきもちが、いくらかはわかる気がする。

山代さんの生涯を賭けた大作の刊行に、第二の人生のすべてを賭けようとする原田さんの事業を何としてでも成功させたい。私も私に出来る最大の協力をしたい。ただ申し訳ないことに、本日の「はげます会」にこの会の発企をした一人でありながら出席できない。七十四歳の私も、学校教育の中で窒息しそうになっている全国の子どもたち、教師たちを励ますための東奔西走を止めることができないのです。今日は熊本に飛ばなければならない。どうしてもこの会に出られないので、意あって言葉の足りぬメッセージで、私の満腔《まんこう》の祝いとはげましの微意を表させていただきます。

原田さんはじめ径書房のみなさんが、山代さんの大作はじめ、数は多くなくともよいから、一つ一つ魂のこもった個性ある著者たちの作品を世に送るため、困難の一つ一つをはねのけながら、じっくり腰を据えて仕事に取り組んで下さることを切望します。この荒野のような日本で良心と良識の灯を消さないでください。
心から健闘を祈ります。　一九八一年一月二三日

何とありがたいことばであろう。そしてそれは、間違いなく、多くの読者の気持を代弁していると私は思う。四十余年後のいま読んでも、そう思ってあふれる涙をおさえることができない。私とたくさんの読者との間に、強い共感の絆が結ばれたことがありありと見えるのだ。

『囚われの女たち』第一巻の刊行につづけて、私は林竹二先生の小・中・高校での授業の記録『問いつづけて』、高史明さんの三部作第一巻『少年の闇』を刊行、このどれもが、ベストセラーに名を連ねるほどの売れ行きだった。林先生は『問いつづけて』の印税をいっさい受けとってはくださらなかった。

経営の危機、そして離婚へ

すべり出しの好調に気をよくし、思い上がった私は、何と、大胆にもここで早々に雑誌の刊行を始めてしまったのだ。季刊『いま、人間として』。このタイトルを用いたのは、筑摩で出した作家たちの同人雑誌『人間として』を引き継ぐ思いからだった。

単行本を三、四冊出したばかり、かけ出しの零細出版社が雑誌の刊行に打って出る。それも結構分厚いものだ。当然、少なからぬ赤字となってはね返ってくる。ようやく九号まで刊行、残念ながら二

年余りで休刊とせざるを得なかった。これが経営上の大きな負担となって、やりくりができなくなってしまう。私はふたりの兄から借金をして何とか毎月末をしのぐところにまで追い込まれてしまった。朝、社に出るために水道橋の駅を降りてから、社に向かう五、六分の距離、やりくりを考えると、足が進まなくなってしまうような日々が重なった。

当時妻のSは、長女につづいて年子《としご》を生んだために一年もたたずにやむなく大月書店を退社、十年後には三人になった子育てをしながら木工職人になる修業をしていた。ようやく一人前になりつつあって、私は建て増していた多摩丘陵の家の私の書斎をつぶして彼女のために小さな木工場を建て、木工機械のモーターのために電圧の高い電線も引き入れ、彼女は鼠入らずなど、小さな木工作品の製作に没頭するようになっていた。

そんな所への径書房でつづくさし迫った経営危機、彼女は、あるいは私以上にそれを恐れていたのにちがいない。折角の思いで修業を重ねた末にようやく始まった木工職人の仕事を奪われてしまう。しかも私は社の仲間だけでなく、読者たちとのつき合いも繁くなって相変わらず毎晩の午前様。

彼女の気持が否応なしに私を離れていったのは当然のことだった。

「何であなたは山代さんと結婚しなかったの?」。ぽつりと聞かれたことがある。えっ! まさか! そうか、そんな風に考えていたのだったか。「そんなものでは、全然ないのだよ」と、私は答えることもできなかった。

私たちは土地と家を売って、その代金二千万円を半分ずつ分け合って別居することになってしまった。そして私は東京に部屋を求めてひとり暮らしを始めた。悪い夫、情けない夫だった。いま、ひそかに、遠くから、Sさんに対して深く謝罪するほかはない。

ひとり住まい九年後に、その間、一度も会うこともなく、私たちは正式に離婚の手つづきをとった。私に、つき合うひとができたからであった。

私は、私の受け取る年金の半額を元妻に送金することを条件として協議離婚したのだった。当時、別れた妻に夫の年金が行くことはなかった。それでは、別れた女性はどうやって老後を生きていくのか。私は双方が依頼した弁護士を介して、進んでその条件を提案したのだった。あれから数十年、いまも銀行と契約して、彼女に対して毎月、自動的な送金を実行しつづけている。

季刊誌『ひとりから』創刊

つき合うひとができたと書いた。

これも、山代さんの『霧氷の花』を介してのことだった。それが、私にとって、決定的な出会いへと導いてくれたのだ。そのひとが金住典子だ。

彼女はいつも通う書店の店頭で『囚われの女たち』を購入したという。そして、読者カードを送ってくれた。生まれて初めてのことだったという。「径書房の生き方に共感します」とだけの一行を。

一年ほどたって、彼女は多くの読者と同じように、径書房を訪れてくれた。

彼女は径書房を知るより前に、林竹二先生の映画「授業　人間について」を見て並々ならぬ深い感動にとらえられたと言う。彼女は径の読者と共に「林竹二を読む会」を始める一方、早くから女性フェミニストの仲間たちと、家族計画連盟主催の「優生保護法と堕胎罪を考える」連続シンポジウムを開いて市民運動をつづけていたらしい。その記録を本にしたいという話が彼女から持ち込まれ、私が刊行を引き受けた。『女の人権と性――わたしたちの選択』は、八四年三月に『いま、人間として』別巻IIとして刊行された。

そんな事情もあって、私たちは出会う機会がふえていった。ある日、彼女が言ったのだった。アメリカの最高裁が、堕胎罪を憲法違反として破棄した「ロー判決」を熱烈に評価して、「妊娠した女性だけを罰する堕胎罪は、家父長制、男性支配の国家体制の基盤なんですから、産む、産まないという妊婦の自己決定権を認めたのはすごいこと。自己決定権は、妊婦だけのことではなく、すべての男女の人権の核心なのよ」。

このことばが、私の胸にずんとひびいたのだ。

網走の流氷上からの生還以来、死ぬにせよ、生きるにせよ、「おれの生き死には、このおれの手ににぎるぞ」と、強く自分に誓って生きている私だった。それは法律上のことばで言うなら、つまり自己決定権ということに他ならないだろう。

おどろいた。私ひとりが、自分の胸深くに固めていた思い。全く同じことを、この人は言う。しかも彼女は弁護士だ。「へえ、私と全く関係のない法曹の世界で、何と、私と同じことを考えている人がいるんだ」。これは深い驚きでもあり、喜びだった。

彼女は、この自己決定権の確立こそが、女性にとっても最大の課題だと確信していたが、日本では、その重要性の認識が広がらないことに無念を感じていたらしい。当然彼女は私の深い共感に共感したと後々語っている。

私たちは何でもよく話し合った。私はもちろん酒を飲みながら。今はいっさい口にしなくなった彼女だけれど、当時は少しはたしなんで。

そんな日々を過ごす中で、私はSとの離婚手つづきを終え、私たちは住いを共にすることになった。言い遅れたけれど、彼女は夫との間に一女を生んで離婚していたのだった。当時、母娘ふたり暮らしだった娘のあき子さんは、カナダの大学に留学していて留守だった。夏休みだったかに一度帰国して、その折に私たちは初めて対面したのだけれど、活達、屈託のない明るい少女だった。大学を卒業して帰国してからは、私たち三人は共に暮らすようになったけれど、私たちの間には常にさわやかな風が流れていて、気持のいい共同生活は、彼女が結婚して家を出るまでつづき、その大変好ましい関係は、変わることなく現在もつづいている。彼女は小学校教師となり、みずから志望して障害児たちの特別支援学校で、子どもたちに寄り添って生き生きと充実して働いている。私は、彼女に会うたびに、子どもたちの様子を聞くことを楽しみにしている。

さて、金住典子と暮らすようになって、どれほどたったろうか、ある日、彼女が言ったのだ。「ねえ、ふたりで雑誌を作らない？」　九九年三月、その創刊に至る一年前ぐらいだったろうか。

私は筑摩書房でも、径書房でも、いくつもの雑誌を創刊し、その編集をしてきた。いまはいっさい職業を離れていた。径書房は創業して十五年間を私が代表をつとめていたのだが、一九九五年、後を私の長女純たち若い人びとに委ねて私は仕事といっさいの縁を切って径を退社し、四年たっていた。

純は、小、中学校で不登校をつづけ、中学校もまともに卒業していなかった。当時、安保闘争のつづく中、全中共闘、中学生の闘争組織で活動していたらしい。その後は、すっかり家を離れて、荒れに荒れた生活をつづけている様子だった。そんな姉に、一歳違いの妹の玲が、私たち親の目をかすめて、家から米を運んで渡すなど、さまざまな支援の手をさしのべていることを、私たちは黙って見て見ぬふりをしていた。妹の玲に、秘かに深く感謝しながら。

玲はガラス工芸の仕事を選んで師匠について修業をつづけ、私は励ましのつもりでいくつもの花瓶を買い上げて、それらはいまも私の手もとにある。残念なことに経済的に行きづまって、彼女はたしか十年近くも続けたその仕事から離れてしまった。三人の子どもの母でもある。

どうしようもないと、半ば愛想をつかしかけていた純だったけれど、数年後には、親の私から見ても感性鋭く、なかなかにふてぶてしく逞しい成長をとげているように見えたのだ。いまは私の退いた径書房を継いで、なかなか立派にやっている。もちろん私はその仕事にいっさいタッチしていない。

この本を径書房から出すことも考えたけれど、娘に託さなくてよかったと、今は強く思っている。全くこれまで関係のなかった出版社の手に託すことによって、この原稿は容赦のない目にさらされ、散々の訂正、削除、加筆を促されて、当初のものからはまるで変わったものになってしまった。娘の手に委ねたら、とてもこのように運ぶことはなかっただろう。

ついでだからここに書いておこう。姉たちと年の離れた長男建は、サッカー少年だったけれど、中学生の時に、映画「侵略」だったかを見たのをきっかけに、大きくその関心と歩みを市民政治活動にひろげて行った。今は、神奈川県藤沢市に住んで、市議会議員を長らくつとめている。若い人びとと組んで、ユニークな市民運動をつづけ、妻と交替で議員活動をしている。手塚治虫のファンだった息子が亜友（アトム）と名づけた孫も、いまはサッカー少年らしい。

編集者は、当然若い人たちが、時代と共に歩み、時代を開いていく仕事だ。六十歳を過ぎた私が径書房を退くのは当然のことだった。これより五、六年ほど前、私はまだ二十代の従業員、林竹二先生の授業にゆり動かされて、どうあっても径で働きたいと押しかけ入社した竹井正和さんに深く共感し、何年かたって彼に社長をゆずって交代したことがあったのだけれど、二、三年後、事情があって彼が退社、やむなく私が代表に復帰したこともあったのだ。

「雑誌を作らない？」

彼女の一言が、私に火をつけた。私は相変らず、この日本社会に怒りをもやしつづけている。長い戦争をつづけ、焦土となって敗戦を迎えた結果、私たちは新たな憲法を手にして、全く新たな生き方をすることを選んだにもかかわらず、政治を行なう自民党権力は、その新生日本のすべてに背を向けつづけている。そんな世の中に向かって言いたいことは山ほどある。怒りはうっ屈している。

私はたちどころに答えたのだ。

「雑誌？　よし、やろうじゃないの！」

実にかんたんな話だった。

タイトルも話し合ってすぐに決まった。年四回刊の、季刊『ひとりから』、サブタイトルは〝対等なまなざしの世界をめざして〟。発行所は編集室「ふたりから」。

創刊前に、朝日新聞が『ひとりから』の創刊を伝え、同じ紙面に私たちも寄稿していたらしい。いまその現物は残っていないが、創刊に寄せた読者から早々に反響がとどき始めた。

◉原田さんには、やっぱり出版なのですね。しかも世直しのための、社会を少しでもよくするための。『いま、人間として』も捨てられずにとってあります。あれを持って実家に行ったとき、「何ていい本なんだろう」と、母が感動して叫んだことを思い出します。

『ひとりから』、喜んでエールをこめて取らせていただきます。以下に紹介する人たちにチラシや振り込み用紙を送ってみてください。私からの紹介と一言書き添えて……（日野市　女性）

◉創刊にあたってのおふたりの文章、本当にたのもしく読ませていただきました。なんとすてきなおつれあい同志なのでしょう。まだまだ日本にも、こんな人たちがいてくださるんだと胸が熱くなりました。友達にもぜひ読んでもらいたいと思い、案内をコピーして送ったりしています。（北九州市　女性）

◉学生時代から長い期間筑摩の本と、教師生活の晩年に径書房と、とりわけ『いま、人間として』の序巻——林竹二先生の授業を、子どもたちの写真を添えて紹介したものだ——は何回も読みました。退職後のいま、『ひとりから』に出会えて有り難い。原田さんの源泉から、うんとエネルギーをいただきたく思います。（北海道　男性）

◉憂国の原田氏の奮起に驚嘆。……敗戦の後、恩師南原繁先生——東大総長——が精神革命を叫ばれたが、政治屋どものいいようにされたのは要するに民度の低さの故。原田さんの声が国の隅々に響くことを願う。（横浜市　男性）

◉季刊『ひとりから』、編集室「ふたりから」、これほどシンプルで多くを語るすばらしい名前はありません。ゾクゾクするほどすばらしい。常に自分を真正面から徹底してみつめ、対等なまなざしで相手に向きあってきたお二人ならではのことと思います。これからの時代に求められていることは、まさに「ひとりになれないものは二人にもなれない」です。――創刊から終刊まで、一貫して表紙を飾ったのは、画家岩田健三郎さんから、このころたまたまいただいたばかりの年賀状そのものだった。――　（東京都　女性）

◉原田さんを駆り立て、押し出したところには悲しむべき現実のあることです。しかし原田さんがいること、この人が動くことには期待と頼もしさを覚えうれしくなりました。（東京都　男性）

◉「無責任とごまかし」の上に生きている日本人一人ひとりが変わらなければまた同じ道を行く。次代にどんなメッセージを残せるのか。地域で人間の尊厳が守られる社会を目指してささやかな運動を続けていく以外にない。（東京都　女性）

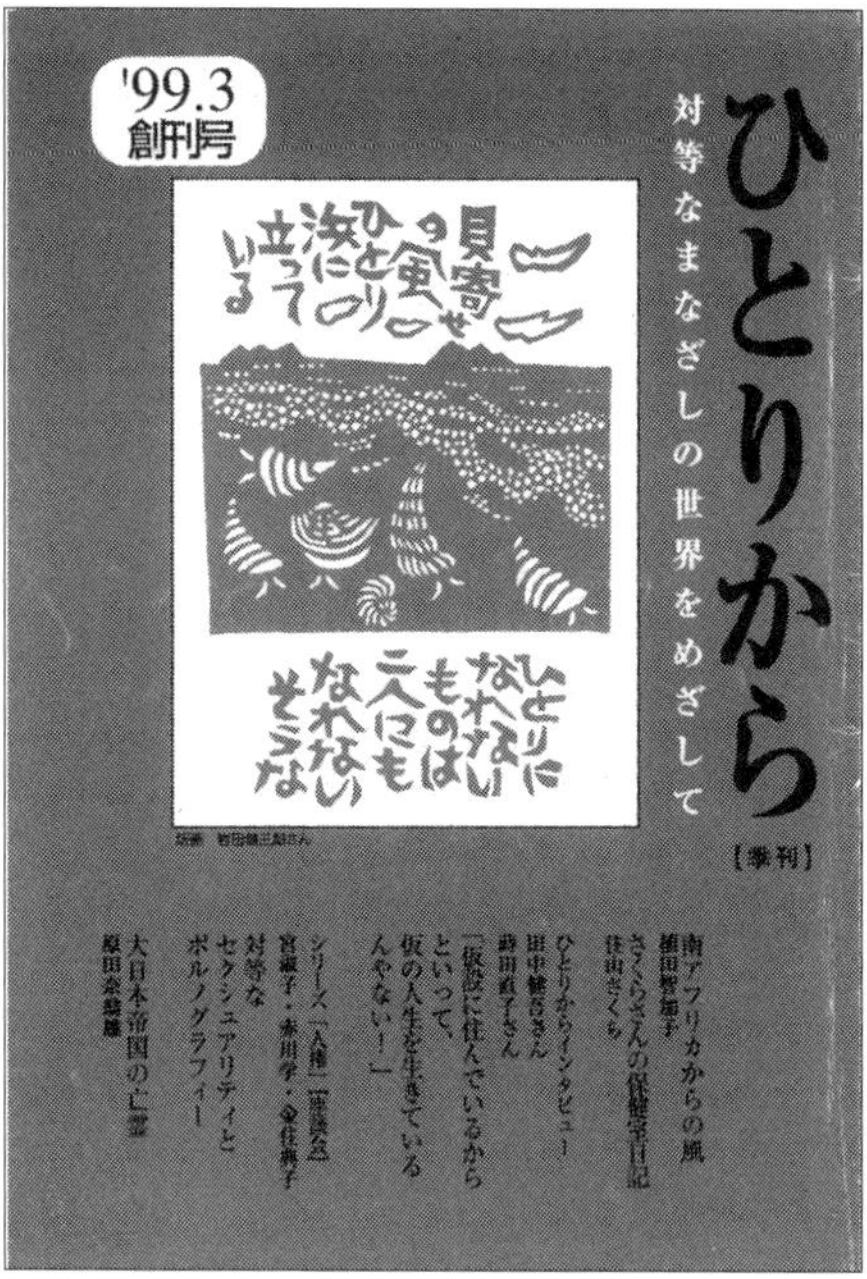
'99.3
創刊号
ひとりから
対等なまなざしの世界をめざして
【季刊】
ひとりになれないものは二人にもなれないそうな

『季刊　ひとりから』創刊号

◉待ってました。ヨオーッ、おふたりさん。という感じが、沸々としてきます。九州の田舎で、シコシコやっている一人として、とても刺激的で、ワクワクしてきます。（福岡県　男性）

◉商業新聞、テレビ等の一般マスコミの媚の入った嘘の報道に虚無感を抱いていた昨今、真実に根ざした言動は、もはや望めないかと思われていた矢先、〝ひとりになれないものは二人にもなれないそうな〟の一言に、ヒリリと響くものを覚えました。

（千葉県　女性）

◉だらだらと続いている『草の根通信』が恥ずかしいです。

（中津市　男性）

（まことにユニークで素敵な、たたかう個人誌『草の根通信』の発行者は、作家の松下竜一さんだ。）

◉朝日新聞を拝見しました。自己決定権という言葉が、男女共通の人権の基本であるとのお考えに共鳴しました。

（神奈川県　男性）

◉何よりも「いま何かが変わるとしたら原動力は共感しかない」という発行の動機に、まさに〝共感〟します。

（東京都　男性）

◉朝日新聞紙上で知りました。日本の現状は、目を覆うばかりの人間性の冒涜が氾濫しております。特に、社会的弱者にとっては屈辱的環境にあり、人間らしい生き方が本当に困難な状況にあります。今こそ、ひとりからの個の確立が急がれております。各個人にとっての拠り所となるような素晴らしい御誌になることとともに一日も早い発刊を待ち望んでおります。

（東京都　女性）

（『ひとりから通信』創刊号から。）

私たちは、だれもが自分ひとり、それぞれ独自の問題をかかえて生きている。同時に、みなが生きるこの世の中が共通にかかえる問題が山とある。それは分かちがたくからまって、人びとひとりひとりに、また世の中全体に、解決しなければならない課題として迫りつづけている。平和がおびやかされているならば、私たちひとりひとりは、自分一箇の問題をかかえると同時に、おびやかされる平和を守るために、自分はどのように生きたらよいのかを考え、求め、模索し、努力しなければならない。だれしもがかかえる生きるという仕事は、全く個別特有なものでありながら、深く共通共同の意志と努力をもって対処しなければならないものでもあるのだ。

私たちふたりが、こんな雑誌を作りたいと述べたであろうことに対して、このような熱い共感の反応が返ってきたことは、多くの人びとが、同じく考え、求めているからこそのこと。みんなが切実に求めていることなのだ。

読者は二、三百もついてくれるだろうか。せいぜい四、五十ページ、二、三年もつづけられればいいな、ぐらいの目算で始めた仕事だった。

仕事は、編集事務から、出来上った雑誌の発送作業まで、金住の法律事務所の歴代事務局員のみなさんに大いに助けてもらってすべり出した。最後の終刊号まで面倒を見てくれた方が記録しておいてくれた資料がある。終刊号の巻末に掲載されたそれを見て、いま改めて、びっくりしている。

創刊号、九九年三月、初版一〇〇〇、つづいて第二刷三〇〇、第三刷二〇〇五年二月、三〇〇。刊行六年後にまで増刷をつづけている。第二号、第三号共に第二刷三〇〇。第十号以降一二〇〇がしばらくつづき、第二十六号以降は終刊号まで一〇〇〇部がつづいている。しかもページ数は号を追ってふえつづけ、二〇〇ページ、三〇〇ページにまでふくらんでいった。

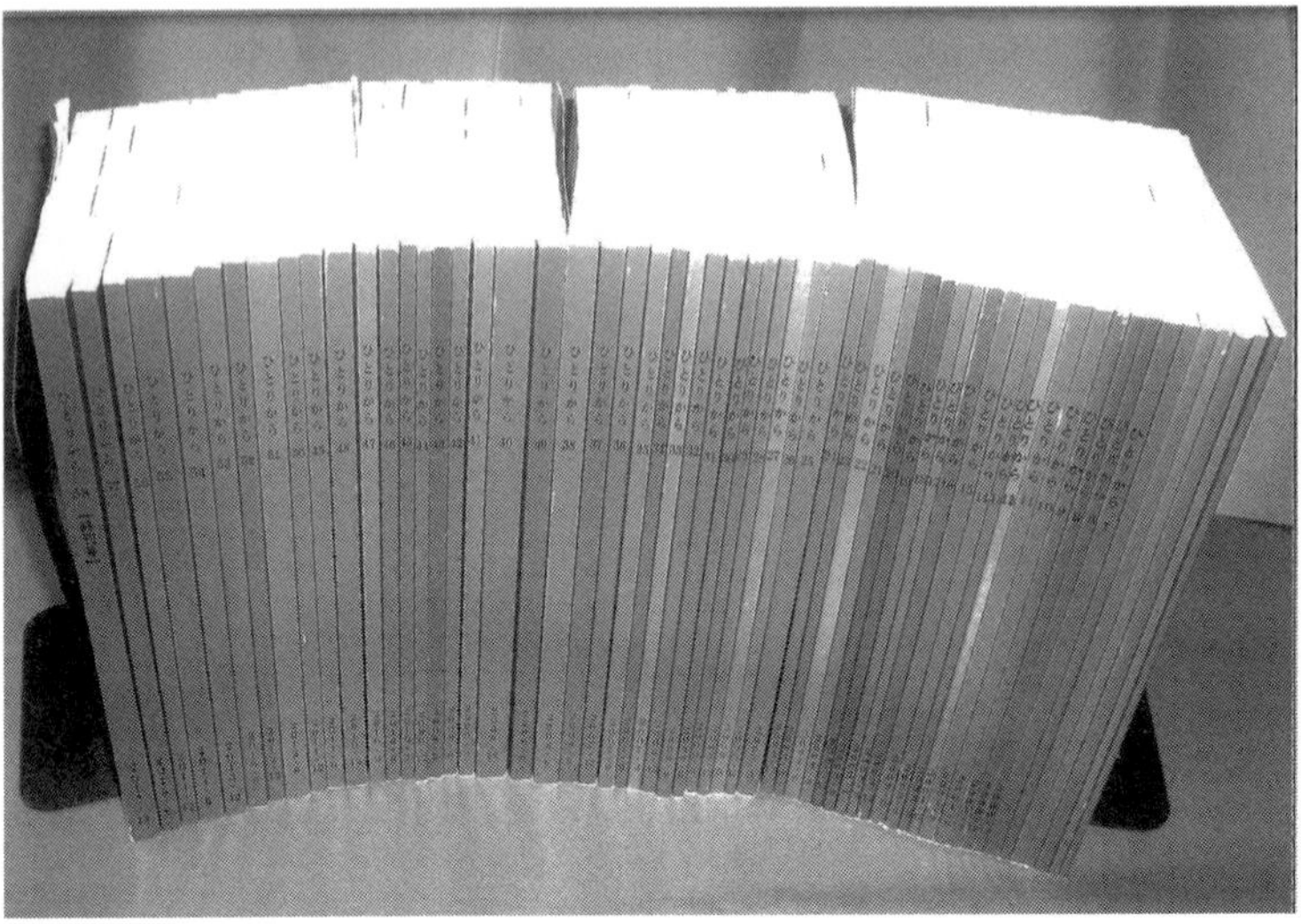

『季刊　ひとりから』創刊号から終刊号まで全58冊。創刊号（右）から、号を重ねるごとにだんだん厚くなっていった

さらに今さらながらおどろいて感激せざるを得ない資料が記載されている。二〇一五年度の会計報告。

入金　購読料（年四〇〇〇円）

二二万五〇〇〇円

カンパ　三七万一七〇〇円

何と、読者のみなさんから寄せられたカンパが購読料を大きく上回っている。涙！

そして、創刊から終刊まで、十六年間の累積赤字も報告している。二〇一五年十一月三十日現在、九八五万五九六二円。

私たちは、この雑誌の発行は私たちが毎日を生きていく上で、食事をとるのと同様の必須の生活費と考えていたから、ふたりで等分負担していたのだった。

この雑誌の何よりの特色は、目次に著名な執筆者の名がほとんど見当らないことだ。毎号の目次を埋める執筆者は、広く名の知られることのない市井の人ばかりだ。〝売りもの〟になる作家・著名人の書いたものはほとんどない。しかし私たちが採り上げたこれら無名の人びとの書き、語ったものは、どれをとっても、それぞれの場に生きるひとりひとりの深く考え、熱く燃え、すくむことなく立って歩み、求めてやまない、きわめて積極的、真摯ないのちそのものの表白であった。この編集方針は、創刊号から十六年、二〇一五年十二月、第五十八号、終刊号に至るまで、いささかもゆらいでいない。ふたりで始めたこんなに地味な仕事が、十六年間もつづいたということは、奇跡とさえ言っていいのではなかろうか。それだけの人びとの共感と支持があったればこそのことであった。

主権者革命を

私たちが、このような編集方針を貫いたのは、何を目ざしてのことであったか。

第一次安倍政権は、国民投票法を制定して、いよいよ憲法改悪に向けて具体的な歩みを始めようとしていた。私たちは、これに対抗するために、一歩先んじて、『ひとりから』誌上で呼びかけたのだ。第三十号、二〇〇六年六月――

九条は日本だけでなく、人類が戦争の悲惨悲劇の愚かさから抜け出すために、世界中に広げていかなくてはならない貴重で確かな第一歩です。

憲法改悪のたくらみの先手を打って、それを許さない私たち主権者の（憲法改悪を許さない）

自主国民投票を始めようではありませんか。

二年、三年かけても、あらゆる人びと、運動体の方たちと連帯して、国民の過半数の投票を積み重ねるまで、この投票は続けます。


さらに三年後、私たちは、この自主国民投票の運動を、はっきりと「主権者革命」と名づけて、つづけて読者に訴えたのだ。


私たちすべてのひとりひとりが、真の主権者になるように自分を変え、育てていく。互いに学び、励まし、支え合っていく。その一歩一歩の歩みが主権者革命です。

この革命に、銃も暴力もいりません。私たちがこの国の主権者であることは、憲法に明記されているのです。

文字通りの主権者になるには、私は私を生きるというはっきりした意志と、人間としての尊厳を守り、創造する実践があればいいだけのことなのです。

「九条改憲を許さない自主国民投票」こそ、私たちの最初の高らかな主権者宣言となるのです。

さあ、あなたの一歩を！（『ひとりから』第四一号、二〇〇九年三月）

たしかに勇ましいよびかけではあった。

終刊号は、二つの呼びかけの結果についても報告している。「自主国民投票」が四四〇七票、「主権者革命」への参加表明一二九一名。私たちふたりの呼びかけに応えた数は、決して小さいものではなかった。

どんな革命であっても、最初はごく少数、こそこそと、せいぜいふたりか三人の陰謀といったようなものから始まるのがこれまでのことではなかっただろうか。だがこの時、「革命に参加する」と、正々堂々と氏名を明記して名のりを上げた人が、なんと一三〇〇人。大したことではないか。そしてその方々が、幸いにして現在もご健在ならば、その志は、深まりこそすれ、少しもゆらいでいることはないと、私は思う。深く秘められた巨大な私たちの力ではないだろうか。


あれからすでに十三年。

私たちの宣言も所詮は蟷螂《とうろう》の斧《おの》、小さなかまきりのはかない抵抗、にすぎなかったと言うしかないのだろうか。

たしかにそれは大きな風を呼ぶことはなかった。疾風怒濤を巻き起こすことはなかった。

その結果が、はっきりと現在のこの国を作っている。安倍一強は変わることなく、その安倍は自民党総裁、首相を三期重ね、いま四期目をねらっている。国民の安倍支持率は常に五割近くをつづけている。二〇一九年七月、参議院選挙において、またしても自公政権が勝利をかちとった。

絶望しかない！　と言うべきだろうか。

生命の歴史が私たちを支える

主権者の絶望、そして沈黙こそは、権力が絶対権力となる絶対条件なのだ。

主権者が沈黙するならば、権力はおのれの望むがまま、ほしいがままにその権力を振るうことができる。自分たちに都合の悪い事実を隠し、記録文書はシュレッダーで粉砕し、役人たちの忖度がそれを先取りし、助長する。政権党の政治家は自身の安泰、昇進を求めてその中心にいっそう身をすり寄せて支える。

かくして権力は、絶対の腐敗におのずと落ち込んでいく。

核爆弾は、権力の腐敗の極致の過不足のない姿、形そのものだ。無限大の破壊、無限大の死、究極の腐敗、腐乱。

私たち二十一世紀の人間は、誰しもがその事実を見てきた。

人間が人間を殺す。殺し合う。限りなく殺し合う。

私たちは、いまなお、それを黙って見ているのか。

人間は生きなければならず、すべての生命は生きつづけなければならないのだ。それが生命の、発生以来持続しつづけてきた唯一絶対の仕事なのだ。

私たちはたたかう。権力の腐敗に立ち向かってたたかう。それこそが、いのちのいのちであることのあかしなのだ。

私はたたかう。この文章を、あなた方、人類すべてに向けて書くことが、私に残されている、ぎりぎり最後のたたかいだ。

これを読んでください！

世界中の人びとに向けて呼びかける。それが私をこの人間世界につなぐ確かな希望であり、人間、生命すべてに対する共感と連帯、生命の永遠への私のたましいの、いのちの共振なのだ。

そしてくり返し書いてきたように、あなたはあなたをぎゅっと抱きしめて、あなた自身を生きぬく。それが、あなただけができる、あなたでなければ絶対にできないあなたのたたかいだ。

それ以外に、どんな道もない。

恐れ、ためらうことは何もない。

ここでもう一度、目を沖縄に転じてみよう。

大浦湾、辺野古の沖に築きつつある埋め立てのための防波堤予定地の海底が、深いマヨネーズ状の軟弱地盤であることが明らかになってきてしまった。

何万本もの強大な杭を深海に打ち込んでしっかりと堅い地底を築かないかぎり、工事を進めることが不可能なことがはっきりしてしまったのだ。だが、マヨネーズ状地盤にそんなものを打ち込むことはできないことは、はっきりとした物理的な事実なのだ。

にもかかわらず、防衛省、安倍政権は、この期に及んで、工事の中止を、言いたくても言いだせない。二十年もかけて進めてきたこの計画の撤回を言いだすことなど、これまでの行きがかりからも、自分たちの体面上からも、とてもできることではないのだ。いったい彼らはどうするのだろう。

安倍政権そのものが、マヨネーズ地盤に足もとをすくわれつつあることは、もはや火を見るよりも明らかなことになってしまった。

中国に侵攻した日本軍が、広大無辺の大陸に足もとをすっかりからめとられたのと全く同じ状況が、いま、沖縄で安倍自民党をとらえてしまっているのだ。

恐竜はなぜ滅んだのか

人間を含めて、地球上のすべての生命は、これまで無限大の歴史を生きついできたのだ。

六五〇〇万年前、私たちの遠い遠い先祖、小さな哺乳類の仲間は、巨大な肉食恐竜たちを恐れおののきながら、彼らの手と口のとどかない岩かげにひそみ、かくれて、辛うじて生きついできた。だがその恐竜たちは、ある日、突如としてすべて滅んでしまった。

なぜ恐竜は滅んだのか。

それはこの地球に大きな隕石が衝突したからだとわかっている。衝突した隕石が巻き起こした大粉塵が、地表と上空をおおいつくしてしまったからだ。太陽はさえぎられて何年も地表にとどかず、空気は冷え、植物たちは育たない。

巨大な体躯を持って、絶えず大量に食をとらなければならず、太陽の熱に体を暖めねばならない恐竜たちに、この環境の激変に耐えることができなかったからこそ、まず草木食の恐竜が滅び、それを食べている食肉恐竜たちも、次いで滅んでいく他はなかったのだ。

だが私たちの遠い祖先、もの蔭にひそんで生きついできた哺乳類を含めて、恐竜以外の小動物たちは、耐えに耐え、忍びに忍んで、ようやく生きのびることを得たのだ。

私たちの先祖は、輝きを取り戻した太陽の下に、手足を伸ばして生き始めたのだ。

私たちの悠久の生命の歴史そのものが、私たちを限りなく励まし、支えてやまないではないか。


だがここで、あえてしっかりと書きとめねばならない。

今日ただいまの地球上にあって恐るべき恐竜とも呼ぶべきものは、大量に蓄積され、そこここで私たちの頭上にふりかざされつづける核であり、地球環境の破壊、さらに温暖化の進行、そして多種多様な化学物質の氾濫ではないだろうか。

そしてそのいずれもが、私たち人間、この人類が作り出し、呼び出したしろものなのだ。そしてそれは、作り出した人間たち自身ばかりではなく、地上の生命すべてにおそいかかりつつあるのだ。

言ってしまえば、人間、人類こそが、現在の恐竜そのものなのではないか。


だが私たち人間は、恐竜たちとは決定的に違う。

恐竜と違って私たちには、自分たち自身を見つめ、考える力がある。

身のまわりをはっきりと見つめ、どうしたらいいのかと、模索し、考え、求める力がある。

私たちは、えんえんとつづいたすべての過去を振り返って見ることができる。

過去をふまえて、現在が見え、開かねばならない未来を求めることができる。
まぎれもなく、私たちはみな、この現在、二十一世紀の世界に生きている。多くのあなた方は、二十二世紀を迎えるだろう。

私たちすべての仕事は、この現在、ただいまを生きることだ。

仕事に飛躍はない。こつこつと、一日一日、一歩一歩、地道に、取り組みつづけるしかない。すべての生きている私たちひとりひとり、あなたが、私が。

共に、この仕事に取り組んで、いっしょに貴重な一瞬一瞬を生きていこうではありませんか。

私たちがあきらめて努力を投げ出さぬかぎり、未来は常に明るいのだ。未来を作り出すための努力だけが、それを導き出し、生み出していく、唯一のたしかなよりどころなのだから。

あとがき

この文章を書き上げるのと、あの世に行くのと、どちらが先かなと危ぶみながら、朝夕緊張しきって執筆をつづけてきた二年と四か月でした。

体の機能すべてが衰えに衰えて、歩行の力もはかばかしくない。それどころか、ひどい日には朝と夕方と、よごれたズボンと下ばきを二度もはき替えねばならないようなこともある情けないありさまで、何とも哀しくなる。でも、これは人間の体にとって致し方のない自然のことであるのでしょう。人間の、私の体だけのことでしょうか。

二〇一五年に採択された国連の「持続可能な開発目標」（ＳＤＧｓ《エスディージーズ》）は、二〇三〇年までに「われわれの世界を変革する」待ったなしの試み、というものです。

待ったなしとは、後十五年先までも、地球を汚染し、破壊しつづけてこのまま進んでしまうなら、もう取り返しのつかぬ所にまで行ってしまうぞ、というぎりぎりぎっちょんの警告です。

この目標を共同で定めながら、しかし四年後の一九年、「ＳＤＧサミット」で国連事務総長は、「われわれは、いるべき場所にほど遠い」、つまり私たちのそのための努力は全然足りない、と訴え、サミットは、この先を、「野心的な行動の十年」と位置づける宣言を発しました。これからの十年、二〇二九年までのわれわれ人類の行動いかんで、この世界の運命が決まってしまう、と言うのです。

――「われわれは、地球を救う機会を持つ最後の世代になるかも知れない」。この期をのがしたら、もはや人類は、人類自身を救うことが永遠にできなくなってしまうのではないかと言うのです。

私たちは、核戦争を恐れるアメリカの科学者たちによって、二〇一九年、地球の終末時計はその二分前と告知されています。さらに地球の気候変動、温暖化の勢いはいよいよ進みつつあり、巨大な台風や風水害はいっそう繁く、激しくなりつつあって、この日本列島でも重ねて多大な被害を受けねばなりませんでした。

地球上の化学物質の蓄積はすでに極限に達し、五十年後には、海中の魚の重量と、そこに浮遊するプラスチックのゴミが同じにまでなってしまうと言います。地球環境は、いまやまさに終末的なありさまに落ち込んでしまっているのです。

わが身の去る日を待ちながら、同時に私は、この私たちの地球の救いようのないおしまいを恐れおののきつつあるのです。

私のいなくなった後の地球は大丈夫なのか？　私たちに身近なみどり豊かな地球、遠くからは美しい青い地球を保つことができるのだろうか。

私はこの地球をこよなく愛しているのだなと、改めてこの自分に深く気づかずにはいられません。地球に、すべての生きものたちが満ちあふれ、人間たちがすこやかにありつづけてくれ。星よ輝け、風よ、さわやかに渡ってくれと、切に祈らずにはいられないのです。

いまを生きるあなた方よ。何としても生きつないでくれ。私は祈る。心の底から祈る。生きつづけていくために、すべての努力を惜しまず、がんばってくれ、と。

先行世代として、地球をこんな所にまで追い込んでしまった私たちの責任を思って、それだけでも土性骨《どしょっぽね》が崩折れるほどの思いです。すみません。許してください。頼みます、あなた方すべての人びとの手によって、あなた方自身を、地球の未来を救ってください。私には、それ以上のことはとても言えたものではありません。

ありがとう。何とかよろしく頼んだぞ。先廻りして礼を言うことしか、いまの私には何もできません。ありがとう！　どうぞ、すべての人間、これからを生きるあなたたち、くれぐれもよろしくお願いいたします。


これを本として世の中に出したいと思い至った時、私の想定したタイトルは、「人類は人類を救えるか」というものでした。それこそが、現代の私たちにさし迫る最大のテーマだと信じているからです。正面からそれに答える本にしたいと願ったからです。

それなのに、原稿を書き上げる最終段階に至って、全く違ったタイトルになってしまいました。

たしかに私は生涯を通して編集者、一編集者でしかありませんでした。だから、この原稿の最終章のタイトルは、最初から「生涯編集者」だったのです。編集者は本や雑誌にとっては、あくまでも黒《く》衣《ろこ》、世間からは表立っては見えぬものにすぎない。そんな編集者という名称がタイトルになっても、多くの人の関心を呼び起こすことなど、とてもあり得ません。

それなのに、この本の刊行を引き受けてくださった高文研の編集者真鍋かおるさん（男性です）の強い説得を受けて、最終的にとうとうそれを受け入れることにしたのです。

私は、戦争ロボットでしかなかった少年時代への痛切な反省から、あのような愚か者が、どのようにしていくらかは普通の人間として生きるようになったのか、その道筋をありのままに書くことによって、私より後から生きるすべての人びとに、まさに他山の石としてほしいと願ったからこそ、これを書き進めたのでした。

その上で、私は、一体どのようにしてあのような自分にならなければならなかったのか、その理由を探って、二度とふたたび、あのような存在を作り上げた世の中、国をあげて、世界をあげての恐ろしい仕組み作りに対抗し、それに打ち勝っていくにはどうしたらよいのか、はっきりと世界中の人びとに示したい、特に若い人びとにこそ考えてもらいたいと願って、その方法、道筋について考えてきました。特に「国家権力」をめぐって、死刑制度をはじめとして、さまざまな基本的な課題について、一所懸命に考えて文章を組み立ててきたのでした。国家権力を制御し、自由と民権、民主主義をたしかなものに作り上げていく、私たちのものにしていく、そのための道筋を考える理くつです。文章の調子が、おのずと説教調になったのも事実だったと思います。

真鍋さんは、特に私がうんうんと唸って書き上げたその短かからぬ理くつ部分について、言うのです。「こんなものを、いまの若い人たちはてんで受けつけませんよ」と。

これはショックでした。必死になって伝え、いっしょになって考えてほしいと願って書いているのに、その当の若い人たちはてんで読みませんよと、私より四十歳ほども若い真鍋さんは、自信満々に断言されるのです。そして言われるのです。「タイトルは『生涯編集者』」、最終章の見出しを指して、「これ以外にはありませんよ」と。

私は泣きたいほどの思いでした。肝心要《かなめ》と最も力をこめたつもりの部分が駄目だと言うなら、この本を出す意味がないではないかとさえ、がっくりきたのです。

実はその同じ部分については、つれ合いの金住典子が最初から、同じことを言っていたのです。「全然ほかの所と調子も違って上から目線という印象だし、あなたらしい文章の魅力に乏しい」、と。

二日間、悶々としたあげく、私は、わかった、改めよう、ようやく思いを定めました。

初めて会って痛打を受けた真鍋さんには、別れる時、私の書いた小さな冊子をお渡ししていました。この本の付録にしたらどうだろうかと思いもかすかにあったものですから。「ご参考までにお目通しくださいませんか」と。私が三十年前に書いた、「お聞きください、陛下」です。

翌日、真鍋さんから電話、「これはあの当時、つまり昭和天皇に死が迫っていたまさにその時に書かれたのですね。これは当然本文として入れるべきです」と。さらに、昭和天皇の死去に伴って、突然に噴出した、天皇の戦争責任をめぐっての一大事件、長崎市長の発言が引き起こした右翼の市長脅迫、逆に市長発言支持、激励の発言、一気に吐き出されたそのすべてをありのままに収録して私の刊行した『長崎市長への七三〇〇通の手紙』、「あれについても書くべきです」と。

真鍋さんとは初対面です。それなのに、この方は何十年も前にした私の仕事をちゃんと見ていてくださっていたのだと、まことに嬉しく、ありがたくも思ったのです。

思い切って、私は原稿の再構成にとりかかりました。

「お聞きください、陛下」は相当の分量があります。これまで書いてきた原稿では、長崎市長の問題にはひと言もふれていません。これをめぐって書くとなれば、相当の分量が必要になります。おのずと、私がむしろ主眼としていた理くつ部分を切り捨てなければ否応なく分厚い本になってしまいます。涙をのむ思いで、私はこれを削除する以外にはなくなってしまったのです。

このようにして仕上がった原稿は、おのずと私の編集者としての仕事の履歴が中心になってしまいました。実際、あの戦争から解放されて辛うじて始まった私の「人間」形成は、その第一歩から、すべてまぎれもなく自分のこの仕事、職業を通してのことでしたから、まあ当然のこととも言えるでしょう。

もともと私は、この本を、だれもが気軽に手を伸ばせるような、定価の安い文庫版とか新書版にできればいいなと思っていたものですから、最初にこの本の刊行について打診したのは、新書版を出しているある有力出版社でした。だがその出版社では、「持ち込み原稿はいっさい受けつけません」と、断わられてしまいました。電話では断わられたのでしたが、私はなお未練がましく直接手紙を添えて原稿そのものを、新書編集責任者に送ったのでした。「お眼鏡にかなわないのであれば、もちろん屑かごに捨ててくださって結構です」と書き添えて。一か月以上も反応を待ちましたけれど、何の連絡もありません。そうか、やはり実際に持ち込み原稿などには目もくれないのだな、残念だなあ、「野に遺賢あり」ということばもあるじゃないか。自分たちで立てる企画以外にはいっさい目もくれないというのでは、ひょっとしてたくましい野性あふれるもの、さらには真の遺賢かも知れぬものを、みすみす見逃すことになるのではないだろうか。もったいないなあと、無論、遺賢なんかでは毛頭ない、土くれ、石ころに過ぎない私は思ったことでした。

実は私はこの某出版社の責任者と同時に、もうひとりだけ、みすず書房の八島慎治さんにも原稿を送っていました。よろしければ読んでみてください、気づくことがあれば、助言してくださればありがたい、と手紙を添えて。もちろんみすずで出版してくださいませんかとは一言も書きませんでした。八島慎治さんとは、私はもう長いつき合いなのです。私が径書房を退社するのと入れ違いに径書房編集部に入社されたので、仕事上のつき合いは全くなかったのですが、個人的には、彼の親しいもと径書房の人たち何人かと、時にはいっしょに会って酒を飲むようなことがありました。

八島さんは私の仕事をずっと外から見ていてくださることはよく承知していました。雑誌『ひとりから』も読んでいてくださって、私にはとてもありがたい存在なのです。しかもいまでも出版界で現役で仕事をしているただひとりの知り合いです。私はこの八島さんに率直な感想、意見、批判をいただいて、推敲を重ねたくて、そうお願いしたのでした。

私はみすず書房の仕事については、品格のあるいい仕事をするなあと、久しく敬意を抱いてきているのですが、私のこの本についてはみすずでの出版ということは全く考えていなかったのでした。何しろみすずの本は、みんな高尚かつ高価なのです。専門書というべきものも多く、最低でも三千円、五千円という値段なのですから、私のこの本には、とうてい向かないと思っていたからなのです。

ところが、原稿を読んでくださった八島さんは、これをみすずで出したい、編集企画会議に提案したいと、おっしゃってくださったのです。八島さんはみすずでは編集部ではなくて、本の製作関係の責任者をしておられます。もちろん私にはありがたいお話ではありましたが、本の値段や発行部数のことについて多大な懸念があったことで（営業部では一千部、五千円でなら、と言うかも知れません、と八島さんはおっしゃっておられました）、どうぞよろしくお願いしますと、お願いをするまでには至っていませんでした。

そんな中で、私は高文研の編集部に電話をして、原稿のご検討をしてくださいませんかと、申し入れたのでした。

私には、十社前後、ここならば出してくれるかな、出してもらってもいいな、という心づもりがあったのですが、最終的には、「エイ、ヤッ」という勘でダイヤルしたのが正直なところでした。

長らく梅田正己さんとおっしゃる方が社長をつとめていらした高文研は、一貫して非常に筋の通った、私の共感、敬服する仕事をつづけているのです。梅田さんの御著書にも私は多々啓発されてもきました。それが真鍋さんとの出会いとなったのでした。

原稿を読んでいただいて、初めてお会いした時の真鍋さんの話の内容が、最初に書いたようなものだったのです。

この人は優秀、素敵な編集者だなと、思いました。原稿の内容について、全く率直、こちらがうなずかずにはいられぬような説得力のある指摘をしてくださる。

よかったな、偶然にもこんなありがたい編集者に出会える執筆者はしあわせだなと思いました。原稿はいっそう磨かれ、無駄が省かれ、さらに必要な加筆が求められる。そしてそれがより深く、より広い読者へとつながれていく。

みすず書房の八島慎治さん、この真鍋かおるさん、私はいい出版者、編集者に出会えたことを、こよなくありがたく思っています。

いま出版の事情には、とてもきびしいものがあるようです。本が売れないのです。特に若者の読書離れには恐ろしいものがあります。年に数冊も本を読まない学生があふれているとも言われます。日本はどうなってしまうんだろうという深い懸念は、決して私だけのものではありません。そんな中で、八島さんや真鍋さんのような、志もあり、きびしい眼力もある編集者、出版者の存在は、とてもたしかな希望の核だなと、私は思うのです。

『生涯編集者』。副題に、せめての思いを表わしたくて、「戦争と人間を見すえて」と付けました。削除したくどくどしい理くつの部分、新しくあるべき世界の構想は、削ってよかったかな、といまは思えるようになりました。私の構想は、過不足なく、すべての人びとに共有されることが可能な、ごく簡単な一語によって、ぴしっと集約することができると思えるからです。

「あなたは、あなた自身をあなたの胸にしっかりと抱いて、あなたを大事に大事にして生きてください。私たちの世界は、そのようなあなたによってしか、決して開かれることはないのです。」

書籍製作の最終仕上げは、本の顔とも言うべき表紙のデザインをどのようなものにするかというものです。

私は書きつつある原稿を本にしようと思った時、その表紙はどうしても画家の味戸《あじと》ケイコさんにお願いしたいと思い決めていました。

私は筑摩書房で創刊した雑誌『終末から』の第二号から終刊号まで、そして径で始めた『いま、人間として』では創刊号から終刊まで、一貫してその表紙画をお願いしてきたのが味戸ケイコさんだったのです。まだお若い味戸さんの表現に深く魅了されていきました。それ以降、私はすでに何十年もその作品を拝見してきましたが、私はその作品一点一点に、味戸さんならではのまことに独特な世界を感じるのです。

この上なく細やかに、丹念に丹念をきわめて重ねられる色彩の広がりと重なり、その交差の生み出すハーモニー。描かれるのは風であり、雲であり、木々の梢、草のそよぎ、花たち、それらの中に立つ少女の姿などなのですが、そのすべてが、何とも言えず深く、そして限りない広がりとなり、立体となって平面を抜け出して匂い立ってくる。これこそ「味戸宇宙」だなと、私は感じるのです。

私は、この本の装画をぜひとも味戸さんにお願いしたいと真鍋さんに頼みました。高文研が刊行してきたこれまでの本たちとは、がらりと異なる雰囲気を生むことは必定ですが、真鍋さんは快く私の願いを受け入れてくれました。嬉しかった。

味戸ケイコさん、グループ展と重なってお忙しい中にもかかわらず、お引き受けいただいたことに、心から感謝いたします。ありがとうございました。

かくして私の本は、最終的に、自分で申すのは何ですが、ここに名をあげたすべての皆さんのお力をいただいて、思いもかけず素敵な本になるでしょう。

この本をお読みくださったあなた。御縁をとてもありがたく思います。どうぞこの本が、ひとりでも多くの人びとと出会ってくれるように、ぜひあなたのお力添えをくださいますように。

何しろ私は、互いに散々殺し合いをつづけてきて、いまもなお止むことのない愚かきわまりない私たち人間、そしていまのいま、核におびえ、地球の温暖化をはじめとする環境破壊にみずからを追いつめている世界中の人びと、なかんずく、私たちの侵した韓国、朝鮮、中国の人びとにぜひとも読んでもらいたいと終始願い、祈って書き上げたものですから。

ありがとうございました。心から御礼を申し上げます。

二〇二〇年一月一日

原田奈翁雄

原田奈翁雄（はらだ なおお）
1927年、東京で生まれた。45年の日本敗戦までは完全な軍国天皇少年として、敗戦後は敵将マッカーサーを狙うテロリストとして生きてきた。そのような自分から抜け出す苦闘がその後の生涯であった。52年、筑摩書房に入社、78年筑摩倒産、退社。80年、径（こみち）書房創業、95年退社。99年、季刊誌『ひとりから』を金住典子とふたりで編集刊行、2011年6月からは年2回刊行。2015年12月、第58号をもって同誌終刊。
著書：『終末からの出発』（明治図書）、『絶望を退けるいとなみ』（一茎書房）、『祈りと微笑』（たいまつ社）、『本のひらく径』（日本エディタースクール出版部）、『死ぬことしか知らなかったボクたち』（龍野忠久との共著、径書房）、『どう生きる、日本人』（東方出版）、『この国は道理も道徳も破壊しつくした』（清流出版）

生涯編集者

●二〇二〇年三月一〇日――――第一刷発行

著　者／原田奈翁雄

発行所／株式会社 高文研
東京都千代田区神田猿楽町二―一―八
三恵ビル（〒一〇一―〇〇六四）
電話03＝3295＝3415
http://www.koubunken.co.jp

印刷・製本／中央精版印刷株式会社

★万一、乱丁・落丁があったときは、送料当方負担でお取りかえいたします。

ISBN978-4-87498-716-2　C0095